Hye Won World Best

Hye Won World Best 53

무명·꿈 외

이광수 지음

惠園出版社

인생이 괴로움의 바다요, 불붙는 집이라면, 감옥은 그중에도 가장 괴로운 데다.
게다가 옥중에서 병까지 들어서 병감에 한정 없이 뒹구는 것은 이 괴로움의 세 겹
괴로움이다. 이 괴로운 중생들이 서로서로 괴로워함을 볼 때에 중생의 업보는
'헤어 알기 어려워라' 한 말씀을 다시금 생각하지 아니할 수 없었다.

〈무명〉中에서

차례

일러두기

1. 이 책은 발췌 수록이 아닌 모든 작품의 전문을 수록하였다.
2. 표기는 원작에 충실했으되 오자는 현행 맞춤법에 따랐으며, 당시의 방언이나 속언은 살리되 의미 전달을 의해 가급적 현대표기법을 따랐다.
3. 띄어쓰기는 개정된 한글 맞춤법에 따랐다.
4. 외래어는 현행 외래어 표기법에 따랐다.
5. 대화체와 인용은 " "부호로, 독백이나 생각은 ' '부호로 표기했다. 책명은 ≪ ≫로, 잡지나 신문명은 「 」부호로 표기하였다.
6. 이해하기 어려운 단어는 번호를 지정해 뜻풀이를 해놓았다.
7. 이 책의 수록 순서는 연대순이다.

영당 할머니

　내가 절에 온 지 며칠 되어서 아침에 가서 거닐다가 이상한 노인 하나를 보았다. 회색 상목으로 지은 가랑이 넓은 바지에 행전[1] 같은 것으로 정강이를 졸라매고 역시 같은 빛으로 기장 길고 소매 넓은 저고리를 입고 머리에 헝겊으로 만든 승모를 쓴 것까지는 늙은 중으로 으레 하는 차림이지마는 이상한 것은 그의 얼굴이었다. 주름이 잡히고 눈썹까지도 세었으나 무척 아름다웠다. 여잔가 남잔가.

　후에 알고 보니 그가 영당 할머니라는 이로서 연세가 78, 이 절에 와 사는 지도 40년이 넘었으리라고 한다. 지금 이 절에 있는 중으로서는 그 중에 고작 나이가 많은 조실 스님도 이 할머니보다 나중에 이 절에 들어왔으니 이 할머니가 이 절에 들어오는 것을 본 사람은 없다.

　내가 이 절에 오래 있게 되매 자연 영당 할머니와 마주칠 때도 있어서 나는 그때마다 합장하고 허리를 굽혀서 경의를 표하였다. 그의 나이가 꼭 돌아가신 내 어머니와 동갑인 것이 더욱 내게 특별한 관심을 주었다. 어려서 어머니를 여읜 나는 어머니와 동갑 되는 부인을 대하면 반가웠다. 동갑

---

1) 행전(行纏) : 반듯한 헝겊으로 소맷부리처럼 만들고 위쪽에 끈을 두 개 달아서 돌라매게 되어 있음. 비지나 고의를 입을 때 정강이에 감아 무릎 아래에 매는 물건.

만 되어도 내 어머니와 가까운 것 같았다. 나는 젊은 어머니를 알 뿐이요, 어머니가 살아 계셔서 일흔여덟 살이 되셨더면 어떤 모양이었을까 해도 그것은 상상할 수가 없었다. 그렇기 때문에 어머니와 동갑 되는 부인은 다 내 어머니와 같았다.

비록 영당 할머니께 대해서 내가 이렇게 반가운 마음을 가지고 있다 하여도 또 아무리 그가 나의 어머니 나이인 팔십 노인이라 하더라도 역시 남녀의 사이라 친히 말할 기회는 없었다. 그러다가 얼마 뒤에 비로소 그 할머니와 한자리에 앉아서 이야기할 일이 생겼다.

C 할머니가 나를 찾아왔다. 그도 영당 할머니와 같은 나이로 일흔여덟 이다. 이 할머니는 50년 전 신여성으로 남편도 아무도 없이 독립운동으로 늙은 이다. 그러나 이제 와서는 의지할 곳이 없이 떠돌아다니는 이다. 그는 내가 이 절에 있단 말을 듣고 이곳에 좀 머물러 있을 뜻을 가지고 찾아 온 것이었다.

나는 C 할머니가 있을 방을 하나 얻어드리려고 두루 생각한 결과로 영당 할머니를 처음 찾아갔다. 영당 할머니는 C 할머니보다 귀가 먹어서 내가 온 뜻을 통하기에 매우 힘이 들었으나 옆에서 그의 딸이라는 애꾸 마누라의 통역으로 겨우 뜻을 통하였다. 영당 할머니는 그 하얀 눈썹을 곱게 움직여 빙그레 웃으면서,

"나는 몰라요. 선생님 말씀대로 하겠습니다. 늙은이 둘이 이 방에 같이 살지요."

하여서 허락을 얻었다.

나는 곧 내 처소로 돌아와서 거기서 기다리고 있던 C 할머니에게 영당 할머니가 승낙했다는 말을 전하고 C 할머니를 인도하여 영당 할머니와 대면을 시켰다. 두 늙은 부인의 눈이 분주히 피차를 정탐하는 것이 무시무시 하였다. 두 분은 연해 너털웃음을 웃으나 웃음 따로 생각 따로였다. 귀머거리 두 늙은이가 피차에 저편이 더 못 알아듣는다고 성화를 하는 것도

가관이요, 또 저마다 제 과거를 드러내어서 제 값을 높이려고 애쓰는 것도 가관이었다. 나는 첫인상으로는 이 두 늙은이가 서로 저를 높이고 저편을 낮추는 것이었다. C 할머니는 자기는 역사에 오를 만한 민족운동의 지사인 것을 내세우고, 영당 할머니는 자기도 옛날에는 교사 노릇도 하였고, 또 30여 년 염불을 모셔서 수도한 것을 내세웠다. 그러나 서로 저편 말은 귓등으로 듣고 제 말만 하고들 있었다. 어찌 갔으나 필경에는 두 늙은이가 한방에 같이 있기로 작정이 되었다.

C 할머니는 하루에도 몇 번씩 나를 찾아와서는 즐겨서 시국 이야기를 하였다. 그의 시국담에는 귀를 기울일 만한 이야기도 있었다.

하루 나하고 이런 문답을 하였다.

"선생, 지금 우리 나라가 건국의 터를 츠[2]는 시대요? 독립이란 집이 다 되어 가지고 낙성[3]연을 하는 시대요? 어디 선생 똑바로 말해 보시오."

하고 C 할머니가 내게 물은 것이 문답의 개시였다.

"터를 츨 시대겠지요."

나는 '츨'에 힘을 주었다.

"옳소. 츠는 시대도 아니요, 츨 시대란 말이지요?"

"그렇게 봅니다."

하고 나는 저이가 무슨 말을 하려고 이 말을 꺼내는가 하고 호기심을 느꼈다.

"나도 그렇게 보아요. 그런데 일터에 모인 일꾼들을 보니, 가래, 삽을 든 꾼은 하나도 없고, 모두 연미복에 모닝에 흰 장갑까지 떨띠리고[4] 왔는데, 선생은 그 사람들이 손에 무엇을 들고 왔는지 아시오?"

"몰라요. 가래, 삽은 아니고, 무엇을 들고 왔을까요. 부채나 들고 왔나?"

---

2) 츠다 : 치우다. 치다.
3) 성이 함락되는 것.
4) 떨뜨리다 : 거만하게 뽐내다.

나는 이렇게 웃었다.

"아니오. 부채 같으면 시원한 바람이나 나지. 무엇을 손에들 들고 왔는고 하니 커다란 문패란 말요. 저거, 저거, 저것들 보시오, 글쎄. 모두 커다란 문패들을 내두르면서 어우러져 싸우고들 있구려. 이 집이 되면 저마다 제 문패를 붙인다고요. 글쎄 저런 어리석은 사람들이 어디 있어요. 집을 지어 놓고야 문패를 붙이지 않소? 비인 터에다가 막대기를 꽂고 문패를 붙인단 말인가."

하고 바로 눈앞에 사람들이 보이는 것처럼 C 할머니는 '저거저거' 하고 손가락질을 한다.

나는 웃었다. 그러고 얼른 생각나는 대로,

"자필로 쓴 문패는 무용이라 하고 하나 패를 써 박지요."

하였더니, C 할머니는 두 무릎을 탁 치면서,

"됐소, 됐소. 자필 문패 무용이라, 하하하하."

하고 눈에서 눈물이 나오도록 웃는다.

그러나 C 할머니는 언제나 이런 정치담만 하는 것은 아니다. 이런 이야기가 제일장이요, 제이장은 영당 할머니 모녀 이야기요, 제삼장은 자기의 신세 타령이었다.

"잠을 잘 수가 있어야지."

하고 C 할머니가 영당 할머니에게 대한 불평이 시작된다.

"새벽 3시면 이 마누라 극락 공부하노라고 일어나는구려. 나는 잠이 잘 못 드는 병이 있지 않소? 자정도 넘고 새로 1시나 되어서 가까스로 잠이 들만 하면, 글쎄 이 마누라가 일어나서 부시대기를 치는구면. 미리 화로에 놓아 두었던 대야물로 세수를 한다, 손발을 씻는다, 아 글쎄 쭈글쭈글한 볼기짝을 내게로 둘러대고 뒷물까지 하지 않겠소? 부시럭부시럭, 절벅절벅, 덜그덕덜그덕 원 잘 수가 있어야지. 내 담에 누워 자던 젊은 마누라도 끙하고는 이불을 막 쓰고 돌아눕지 않겠소? 이것이 밤마다이니 원 옆엣사람이 견디어 배길 수가 있나? 그러고는 미친 사람 모양으로 무엇에 대고 절을 하노라고 펄럭펄럭 바람을 내지 않나, 그것이 끝나면 염주를 째깍째깍하면서 염불을 하지 아니하나. 이러기를 한 시간이나 하고 다른 사람들이 일어날 때가 되면 도로 자리에 드러눕는구먼. 극락세계가, 원 그렇게까지 가고 싶을까?"

"선생님은 극락세계에 가고 싶지 않으시오?"

나는 C 할머니를 이렇게 건드려 보았다.

"갈 수만 있으면야 가고 싶지. 그렇지만 나같이 팔자가 사나워서 이 세상에서도 붙일 곳이 없는 것이 어떻게 극락왕생을 바라겠소? 나 같은 사람이 다 극락세계를 간다면 극락세계가 도로 지옥이 되게, 하하하하."

C 할머니는 저를 비웃는 웃음을 웃는다.

"선생님이 무슨 죄가 있으시겠어요. 소년 과수로 평생 수절을 하셨것다, 민족운동에 일생을 바치시고 교육사업이나 하시고, 그렇게 지금까지 살아오셨는데 그런 이가 극락에를 못 가시면 극락세계가 비게요"

"피이. 겉으로 보면 그럴 듯하지. 나도 사람에게 책잡힐 일은 한 것 없어요. 그렇지마는 마음으로야 무슨 일을 안 했겠소? 갖은 못된 짓 다 했지요. 에퉤! 제가 생각해도 내 마음이 더러운데 하느님의 눈에야 얼마나 더 럽겠소? 구리고 고리고 말할 나위가 없겠지. 수절? 수절하노라니 죄짓지. 민족운동? 말이야 좋지. 아주 애국자인 체, 내 마음에는 나라밖에는 없는 것 같지. 그렇지만 정말 애국한 날이 며칠 되오? 내 이름을 내자니 애국자인 체, 미운 사람을 욕을 하자니 내가 가장 애국잔 제—그서 그런 셉니다. 내가 그런 사람이란 말야요. 에퉤! 생각하면 구역이 나지요. 그런 것이 극락세계엘 가? 흥, 극락세계가 좁아 터지게."

C 할머니는 끝없이 저를 책망하고 있다. 그의 눈과 얼굴 표정까지도 조롱하는 빛이 그득하다.

C 할머니는 영당 할머니에 대한 험구가 점점 늘었다. 새벽에 일어나서

부스대기를 쳐서 잠을 못 잔다는 것만은 언제나 공통한 죄목이지마는 그 밖에도 죄목이 많았다.

"글쎄. 그 마누라가 속에 똥 한 방울도 없는 척해도 젊어서는 남의 첩으로 댕기고 여기도 도를 닦으러 온 것이 아니라 어떤 중을 못 잊어서 따라왔더라는구면. 아따 그 중이 누구라더라, 원 정신이 없어서. 그 딸이라는 젊은 마누라한테 들었건마는, 그 중이 잘났더래. 풍신이 좋고. 그러다가 그 중이 죽고 저는 나이 많고 하니까나 여기 눌어붙은 거래. 그만하면 천하 잡년이지 무엇이오. 젊어서는 이 서방 저 사내 실컷 노닥거리다가 다 늙어서 나무아미타불! 흥 그런다고 극락세계에 가겠어요?"

이런 말을 할 때에는 C 할머니도 여성다운 표정을 하였다.

'허, 이거 큰일났군' 하고 나는 두 분 할머니가 오래 같이 있지 못할 것을 느꼈다. 딴은 그럴 게다. 귀머거리 두 마누라가 서로 정이 들 건덕지가 있을 리가 없다. 서로 저편에 무엇을 주고 싶은 것이 있고, 무엇을 받고 싶은 것이 있어야 정이 들 터인데, 그러자면 남녀간이거나, 핏줄이 마주 닿았거나, 뜻이 같거나 해야 할 터인데, 이를테면 해골바가지 둘이서 무슨 애정을 주고받으랴. 서로 얼굴이 보이면 고개가 돌려지고, 소리가 들리면 양미간이 찌푸려지고, 만일에 살이 닿으면 진절머리가 나는 것이다. 이런 두 식구가 한방에 모여 있게 되었으니 기막힌 인연이었다.

하루는 영당 할머니가 처음으로 내 처소에를 찾아왔다. C 할머니가 남성적인 반대로 영당 할머니는 철두철미 여성적이었다. 웃을 때에는 젊었을 적 아름다움을 연상시키는 눈웃음이 있었다.

영당 할머니가 나를 찾은 것은 C 할머니에 대한 하소연을 하기 위함이었다. 그의 말에 의하면 C 할머니는 저만 알고 남의 생각은 아니하고, 고집이 세고, 거만하고, 나라 일은 저 혼자 한 것처럼 자랑을 하는 위인이었다.

"글쎄 당신 자실 밥을 화로에다가 따로 짓는구려. 우리 딸이 아무리 부얼에서 지어드린대도 막무가내하여, 어어 내 손으로 지어야 된다고, 남의 손으로 한 밥은 못 먹는다고, 아 글쎄 그러시는구려. 그러니 한집에 있는 사람의 마음이 편하겠어요? 왜 우리 밥솥엔 똥이 묻었나요? 아 이러고야 우리 딸이 앙잘거리지5) 않겠어요? 아서라, 그러지 마라, 내 집에 오신 손님이니 마음 편하게 해드려야 한다, 이러고 내가 딸을 타이르지요. 아, 그나 그뿐인가요. 나라 일에 너무 정신을 써서 신경이 쇠약해서 잠을 못 이루노라고 자꾸 한숨을 쉬고 이리 뒤집고 저리 뒤집고 일어났다 앉았다 하니 어디 옆엣사람이 잘 수가 있어요? 잠이 아니 오거든 가만히 누워 있거나 앉아 있으면 좋지 않아요? 남까지 못 자게 할 것이 무엇이야요, 글쎄. 그러고는 서울서 해 가지고 온 반찬을 이 항아리 저 단지에 꼭꼭 봉해 놓고는 혼자만 자시니 아무리 짜게 조린 것이기로니 오래 두면 상할 것 아냐요? 게다가 밥에는 꼭 콩을 두어 자시는구려. 콩밥에 썩은 고기를 자시니 속이 좋을 리가 있나. 그러니깐 껄껄 트림은 하지, 방귀는 뀌지. 방귀를 뀌었으면 가만히 있어야 다른 사람의 코에 구린내가 안 들어갈 것 아니야요? 그런데 이 마나님은 방구를 뀌고는 어, 이거 구려서 살겠느냐 이불을 번쩍 들었다 놓으니 이거 사람 살겠어요. 그나 그뿐인가요? 이렇게 자정이 넘도록 부시대길 치고는 그 다음에는 집이 떠나가거라 하고 코를 곱니다그려. 팽, 팽, 킁, 킁 안 나는 소리가 없으니 이거 어디 살겠어요? 그래서 참다가 못해서 내가, 여보시오 C 선생, 좀 모로 누우시오 하면 내가 언제 코를 골았느냐 벌떡 일어나서 한바탕 푸념을 하시지 않겠어요? 조금이라도 비위를 건드렸다가는 큰일나거는요. 그래 가만두시요. 나 내 업보다 하고요. 그렇지만 젊은 거야 어디 그래요? 잠 못 자겠다고 벌써부터 열반당 집에 가서 잔답니다."

대개 이런 소리였다.

---

5) 앙잘거리다 : 잔소리로 앙알거리다.

C 할머니는 또 영당 할머니와 그 딸과의 암투를 내게 일러주었다. 그 말은 대개 이러하였다.

"아, 글쎄 자식이 없으면 없는 대로 살지, 무얼 하겠다고 남의 자식을 얻어다가 기르오? 이왕 남의 자식을 얻어 오겠거든 좀 얌전한 것이나 얻어오면 몰라도, 원, 그 애꾸눈이 심술패기를 얻어다가 길러 가지고 저 곡경이로구려. 인제 겨우 사십 넘은 과부가 왜 아들만 바라보고 가만 있으려드냐. 어디서 놈팽이 하나를 얻어들여서는 누님, 동생 하고 그 비싼 양식에 석 달이나 먹여 주었다는구면. 했더니 이 녀석이 머 큰 이 남을 장사가 있다고 집안에 있는 돈도 몽땅 긁어 가지고 간다바라를 했단 말요. 새파랗게 젊은 녀석이 왜 애꾸 늙으대기 바라고 있을랍디까. 그래 홀딱 벗겨 가지고 달아났대. 그래서 모녀간에 으르렁거리는 거래. 어머니는 딸더러 잡년이라고 하고 딸은 어머니더러 이 사내 저 사내 줏어 먹던 늙은이라고 들이댄단 말야. 아이 구찮아. 어머니는 나를 보고 딸 험구, 딸은 나를 보고 어머니 험구, 쌀 뒤주 쇳대를 이년아 도로 내라 하고 어머니가 으릉거리면 딸은 돌아가시거든 관 속에 넣어드리오리다, 하고 빈정댄단 말야. 에퉤, 원 세상에 이런 일도 있소? 이름만이라도 어버이 자식이어든."

하루는 영당 할머니 집에서 와자지껄하고 여자들이 떠드는 소리가 나더니 영당 할머니 손자가 숨이 차게 달려와서 영당 할머니가 나를 오란다고 부른다. 나는 한숨을 한번 길게 쉬고 그 집으로 갔다. 영당 할머니는 방 아랫목에 그린 듯이 앉아 있고 C 할머니는 툇마루를 주먹으로 두들기며,

"고약한 것들 같으니. 그래 내게 그렇게 해야 옳아? 내가 무얼 잘못 했어? 쌀자루를 봉한 조희가 떨어졌기에 떨어졌다고 한마디 했을 뿐인데 그것이 그렇게 잘못야? 왜 떨어졌느냐고 묻는 말이지, 누가 임자더러 그것을 뜯고 쌀을 훔쳐냈다는 게야. 생사람을 잡는다고, 홍. 내가 무얼 생사람을 잡았어. 그러고 극락세계엘 갈 테야?"

C 할머니는 자기 쌀자루, 반찬 항아리를 끼니 때마다 종이로 꼭꼭 봉하

고 봉한 이에짬6)에다가 도장까지 박아둔다는 말은 벌써부터 아는 일이었으므로 나는 더 물어볼 것 없이 이 싸움의 원인을 알았다.

나는 이제는 C 할머니가 있을 곳을 다른 데 구할 수밖에 없었다.

(발표지 미상)

---

6) 이에짬 : 두 물건을 맞붙여 이은 짬.

무 명

  입감한 지 사흘째 되는 날, 나는 병감으로 보냄이 되었다. 병감이라야 따로 떨어진 건물이 아니고, 감방 한편 끝에 있는 방들이었다. 내가 들어간 곳은 1방이라는 방으로, 서쪽 맨 끝방이었다. 나를 데리고 온 간수가 문을 잠그고 간 뒤에, 얼굴 희고 눈 맑스그레한 간병부가 날더러,

  "앉으시거나, 누시거나 자유예요. 가만가만히 말씀도 해도 괜찮아요. 말소리가 크면 간수헌테 걱정 들어요."

  하고 이르고는, 내 번호를 따라서 자리를 정해 주고 가 버렸다. 나는 간병부에게 고개를 숙여 고맙다는 뜻을 표하고 나보다 먼저 들어와 있는 두 사람을 향하여 고개를 숙여서 인사를 하였다.

  이때에 바로 내 곁에 있는 사람이 옛날 조선식으로 내 팔목을 잡으며,

  "아이고, 진상이시오. 나 윤○○이에요."

  하고 곁방에까지 들릴 만한 큰소리로 외쳤다.

  나도 그를 알아보았다. 그는 C 경찰서 유치장에서 십여 일이나 나와 함께 있다가 나보다 먼저 송국된 사람이다. 그는 빼빼 마르고 목소리만 크고 말끝마다 ○대가리라는 말을 쓰기 때문에 같은 방 사람들에게 ○대가리라는 별명을 듣고 놀림감이 되던 사람이다. 나는 이러한 기억이 날 때에 터

지려는 웃음을 억제하기가 매우 어려웠다. 윤씨는 옛날 조선 선비들이 가지던 자세와 태도로 대단히 점잖게 내가 입감된 것을 걱정하고, 또 곁에 있는 '민'이라는, 껍질과 뼈만 남은 노인에게 여러 가지 칭찬하는 말로 나를 소개하고 난 뒤에 퍼렁 미결수 옷 앞자락을 벌려서 배와 다리를 온통 내어놓고 손가락으로 발등과 정강이도 찔러 보고 두 손으로 뱃가죽을 잡아 당겨 보면서,

"이거 보세요. 이렇게 전신이 부었어요. 근일에 좀 내린 것이 이꼴이오. 일동 팔방에 있을 때에는 이보다도 더 했는디."

전라도 사투리로 제 병 증세를 길다랗게 설명하였다. 그는 마치 자기가 의사보다 더 잘 자기의 병 증세를 아는 것같이. 그러고 의사는 도저히 자기의 병을 모르므로, 자기는 죽어 나갈 수밖에 없노라고 자탄하였다. 윤씨 자신의 진단과 처방에 의하건대, 몸이 부은 것은 죽을 먹기 때문이요, 열이 나고 기침이 나고 설사가 나는 것은 원통한 죄명을 썼기 때문에 일어나는 화기라고 단언하고, 이 병을 고치자면 옥에서 나가서 고기와 술을 잘 먹는 수밖에 없다고 중언부언[1]한 뒤에, 자기를 죽이는 것은 그의 공범들과 의사 때문이라고 눈을 흘기며 소리를 질렀다.

윤씨의 죄라는 것은 현모(玄某), 임모(林某) 하는 자들이 공모하고, 김모(金某)의 토지를 김모 모르게 어떤 대금업자에게 저당하고 삼만여 원의 돈을 얻어 쓴 것이라는데, 윤은 이 공문서 사문서 위조에 쓰는 도장을 파 준 것이라고 한다. 그는,

"현가놈은 내가 모르고, 임가놈으로 말하면 나와 절친한 친구닝게, 우리는 친구 위해서는 사생을 가리지 않는 성품이닝게, 정말 우리는 친구 위해서는 목숨을 아니 애끼는 사람이닝게, 도장을 파 주었지라오. 그래서 진상도 아시다시피 내가 돈을 한 푼이나 먹었능기오? 현가놈, 임가놈 저희들

---

1) 중언부언(重言復言) : 이미 한 말을 자꾸 되풀이함.

끼리 수만 원 돈을 다 처먹고, 윤○○이 무슨 죄란 말이야?"

하고 뽐내었다.

그러나 윤의 이 말은 내게 하는 말이 아니요, 여태까지 한방에 있는 '민' 더러 들으라는 말인 줄 나는 알았다. 왜 그런고 하면 경찰서 유치장에 있을 때에도 첫날은 지금 이 말과 같이 뽐내더니마는 형사실에 들어가서 두어 시간 겪을 것을 겪고 두 어깨가 축 늘어져서 나오던 날 저녁에, 그는 이 일이 성사되는 날에는 육천 원 보수를 받기로 언약이 있었던 것이며, 정작 성사된 뒤에는 현가와 임가는 윤이 새긴 도장은 잘 되지를 아니하여서 쓰질 못하고, 서울서 다시 도장을 새겨서 썼노라고 하며, 돈 삼십 원을 주고 하룻밤 술을 먹이고 창기 집에 재워 주고 하였다는 말을, 이를 갈면서 고백하였다. 생각컨대, 병감에 같이 있는 민씨에게는 자기가 무죄하다는 말밖에 아니하였던 것이 불의에 내가 들어오매 그 뒷수습을 하느라고 예방선으로 이런 소리를 하는 것이라고 나는 생각하고, 또 한번 웃음을 억제하였다.

껍질과 뼈만 남은 민씨는 밤낮 되풀이하던 소리라는 듯이 윤이 열심으로 떠드는 말을 일부러 안 듣는 양을 보이며 해골과 같은 제 손가락을 들여다보고 앉았다가 끙하고 일어나서 똥통으로 올라간다.

"또 똥질이야."

하고 윤은 소리를 꽥 지른다.

"저는 누구만 못한가?"

하고 민은 끙끙 안간힘을 쓴다.

똥통은 바로 민의 머리맡에 놓여 있는데 볼 때마다 칠 아니한 관을 연상케 하였다. 그 위에 해골이 다 된 민이 올라앉아서 끙끙대는 것이 퍽이나 비참하게 보였다. 윤은 그 가늘고 날카로운 눈으로 민의 앙상한 목덜미를 흘겨보며,

"진상요, 글쎄 저것이 타작을 한 팔십 석이나 받는다는디, 또 장남한[2])

자식이 있다는디, 또 열아홉 살 된 여편네가 있다나요. 그런데두 저렇게 제 애비, 제 서방이 다 죽게 되어두, 어리친 강아지 새끼 하나 면회도 아니 온단 말씀이지라오. 옷 한 가지, 벤또 한 그릇 차입하는 일도 없고, 나는 집이나 멀지. 인제 보아. 내가 편지를 했으닝게. 그래도 내 당숙이 돈 삼십 원 하나는 보내 줄게요. 내 당숙이 면장이오. 그런디 저것은 집이 시흥이 라는디. 그래, 계집년 자식새끼 얼씬도 안 해야 옳담? 흥, 그래도 성이 민가라고 양반 자랑은 허지. 민가문 다 양반이여? 서방도 모르고 애비도 모르는 것이 무슨 빌어먹다 죽을 양반이여?"

윤이 이런 악담을 하여도 민은 들은 체 못 들은 체. 이제는 끙끙 소리도 아니하고, 멀거니 앉아 있는 것이 마치 똥통에서 내려오기를 잊어버린 것 같았다.

민의 대답 없는 것이 더 화가 나는 듯이 윤은 벌떡 일어나더니 똥통 곁으로 가서 손가락으로 민의 옆구리를 꾹 찌르며,

"글쎄, 내가 무어랬어? 요대로 있다가는 죽고 만다닝게. 먹은 게 있어야 똥이 나오지. 그까짓 쌀뜨물 같은 미음 한 모금씩 얻어먹은 것이 오줌이나 될 것이 있어? 어서 내 말대로 집에다 기별을 해서, 돈을 갖다가 우유도 사 먹고 달걀도 사 먹고 그래요. 돈은 다 두었다가 무엇하자는 게여? 애비 가 죽어 가도 면회도 아니 오는 자식녀석에게 물려줄 양으로? 흥, 흥. 옳 지, 열아홉 살 먹은 계집이 젊은 서방 얻어서 재미있게 살라고?"

하고 민의 비위를 박박 긁는다.

민도 더 참을 수 없던지,

"글쎄. 웬 걱정이야? 나는 자네 악담과 그 독살스러운 눈깔딱지만 안 보 게 되었으면 좀 살겠네. 말을 해도 헐 말이 다 있지. 남의 아내를 왜 거들 어? 그러니까 시굴 상것이란 헐 수 없단 말이지."

---

2) 장남하다 : '장성하다'를 속되게 이르는 말.

이런 말을 하면서도 민은 그렇게 성낸 모양조차 보이지 아니한다. 그 움펑눈이 독기를 띠면서도 또한 침착한 천품을 보이는 것이었다.

그 후에도 날마다 몇 차례씩 윤은 민에게 같은 소리로 그를 박박 긁었다. 민은 그 소리가 듣기 싫으면 눈을 감고 자는 체를 하거나, 그렇지 아니하면 유리창으로 내다보이는 여름 하늘의 구름이 나는 것을 언제까지나 바라보고 있었다. 이렇게 민이 침착하면 침착할수록 윤은 더욱 기를 내어서 악담을 퍼부었다. 그러고 그 끝에는 반드시 열아홉 살 된 민의 아내를 거들었다. 이것이 윤이 민의 기를 올리려 하는 최후 수단이었으니 민은 아내의 말만 나면 양미간을 찡기며 한두 마디 불쾌한 소리를 던졌다.

윤이 아무리 민을 긁어도 민이 못 들은 체하고 도무지 반항이 없으면 윤은 나를 향하여 민의 험구를 하는 것이 버릇이었다. 도무지 민이 의사가 이르는 말을 아니 듣는다는 말, 먹으라는 약도 아니 먹는다는 둥, 천하에 깍쟁이라는 둥, 민의 코끝이 빨간 것이 죽을 때가 가까워서 회가 동하는 것이라는 둥, 민의 아내에게는 벌써 어떤 젊은 놈팡이가 붙었으리라는 둥, 한량없이 이런 소리를 하였다. 그러다가 제가 졸리거나 밥이 들어오거나 해야 말을 끊었다. 마치 윤은 먹고, 민을 못 견디게 굴고, 똥질하고, 자고, 이 네 가지만을 위해서 살아가는 사람인 것 같았다. 또 한 가지 있다면 그것은 자기의 병 타령과 공범에 대한 원망이었다. 어찌했거나 윤의 입은 잠시도 다물고 있을 새는 없었고, 쨍쨍하는 그 목소리는 가끔 간수의 꾸지람을 받으면서도 간수가 돌아선 뒤에는 곧 그 쨍쨍거리는 목소리로 간수에게 또 욕을 퍼부었다.

나는 윤 때문에 도무지 마음이 편안하기가 어려웠다. 윤의 말은 마디마디 이상하게 사람의 신경을 자극하였다. 민에게 하는 악담이라든지, 밥을 대할 때에 나오는 형무소에 대한 악담, 의사, 간병부, 간수, 자기 공범, 무릇 그의 입에 오르는 사람은 모조리 악담을 받는데, 말들이 칼끝같이, 바늘끝같이 나의 약한 신경을 찔렀다. 내가 가장 원하는 것은 마음에 아무 생각도 없이 가만히 누워 있는 것인데, 윤은 내게 이러한 기회를 허락지 아니하였다. 그가 재재거리는 말이 끝이 나서 '인제 살아났다' 하고 눈을 좀 감으면 윤은 코를 골기 시작하였다. 그는 두 다리를 벌리고, 배를 내어 놓고, 베개를 목에다 걸고, 눈을 반쯤 뜨고 그러고는 코로 골고, 입으로 불고, 이따금 꺽꺽 숨이 막히는 소리를 하고, 그렇지 아니하면 백일해 기침과 같은 기침을 하고, 차라리 그 잔소리를 듣던 것이 나은 것 같았다.

그럴 때면 흔히 민이,

"어떻게 생긴 자식인지 깨어서도 사람을 못 견디게 굴고, 잠이 들어서도 사람을 못 견디게 굴어."

하고 중얼거릴 때에는 나도 픽 웃지 아니할 수가 없었다.

"저 배 가리워. 15호, 저 배 가리워. 사타구니 가리우고. 웬 낮잠을 저렇게 자? 낮잠을 저렇게 자니까 밤에는 똥통만 타고 앉아서 다른 사람을 못 견디게 굴지."

하고 순회하는 간수가 소리를 지르면 윤은,

"자기는 누가 자거디오?"

하고 배와 사타구니를 쓸며,

"이렇게 화기가 떠서, 열기가 떠서, 더워서 그러오!"

그러고는 옷자락을 잠깐 여미었다가 간수가 가 버리면 윤은 간수 섰던 자리를 그 독한 눈으로 흘겨보며,

"왜 나를 그렇게 못먹어 해?"

하고는 다시 옷자락을 열어젖힌다.

민이 의분심에 못 이기는 듯이,

"왜, 간수 말이 옳지. 배때기를 내놓고 자빠져 자니까 밤낮 똥질을 하지. 자네 비위에는 옳은 말도 다 악담으로 들기나 봐. 또 그게 무에야, 밤낮 사타구니를 내놓고 자빠졌으니?"

그래도 윤은 내게 대해서는 끔찍이 친절하였다. 내가 몸을 움직이지 못

하는 병인 것을 안다고 하여서 그는 내가 할 일을 많이 대신해 주었다.

"무슨 일이 있으면 내게 말씀하시란게요. 왜 일어나시능기오?"

하고 내가 움직일 때에는 번번이 나를 아끼는 말을 하여 주었다. 내가 사식 차입이 들어오기 전, 윤은 제가 먹는 죽과 내 밥과를 바꾸어 먹기를 주장하였다. 그는,

"글쎄, 이 좁쌀 절반, 콩 절반, 이것을 진상이 잡수신다는 것이 말이 되능기오?"

하고 굳이 내 밥을 빼앗고, 제 죽을 내 앞에 밀어놓았다. 나는 그 뜻이 고마웠으나, 첫째로는 법을 어기는 것이 내 뜻에 맞지 아니하고, 둘째로는 의사가 죽을 먹으라고 명령한 환자에게 밥을 먹이는 것이 죄스러워서 끝내 사양하였다. 윤과 내가 이렇게 서로 다투는 것을 보고 민은 미음 양재기를 앞에 놓고, 입맛이 없어서 입에 대일 생각도 아니하면서,

"글쎄 이 사람아, 그 쥐똥 냄새 나는 멀건 죽 국물이 무엇이 그리 좋은 게라고 진상에게 권하나? 진상, 어서 그 진지를 잡수시오. 그래도 콩밥 한 덩이가 죽보다는 낫지요."

하면 윤은 민을 흘겨보며,

"어서 저 먹을 거나 처먹어. 그래두 먹어야 사는 게여."

하고 억지로 내 조밥을 빼앗아 먹기를 시작한다.

나는 양심에 법을 어긴다는 가책을 받으면서도 윤의 정성을 물리치는 것이 미안해서 죽 국물을 한 모금만 마시고는 속이 불편하다는 핑계로 자리에 와서 누워 버렸다.

윤은 내 밥과 제 죽을 다 먹어 버리는 모양이다. 민도 미음을 두어 모금 마시고는 자리에 돌아와 눕건마는 윤은 밥덩이를 들고 창 밑에 서서 연해 간수가 오는가 아니 오는가를 바라보면서 입소리 요란하게 밥과 국을 먹고 있다.

민은 입맛을 쩍쩍 다시며,

"그저 좋은 배갈에 육회를 한 그릇 먹었으면 살 것 같은데."

하고 잠깐 쉬었다가, 또 한번,

"좋은 배갈을 한잔 먹었으면 요 속에 맺힌 것이 확 풀려 버릴 것 같은데."

하고 중얼거린다.

밥과 죽을 다 먹고 나서 물을 벌컥벌컥 들이켜던 윤은,

"홍, 게다가 또 육회여? 멀건 미음두 안 내리는 배때기에 육회를 먹어? 금방 뒈지게. 그렇지 않아도 코끝이 빨간데. 벌써 회가 동했어. 그렇게 되구 안 죽는 법이 있나?"

하며 밥그릇을 부시고 있다. 콧물이 흐르면, 윤은 손등으로도 씻지 아니하고 세 손가락을 모아서 마치 벌레나 떼어 버리는 것같이 콧물을 집어서 아무 데나 홱 뿌리고는, 그 손으로 밥그릇을 부신다. 그러다가 기침이 나기 시작하면 고개를 돌리려 하지도 아니하고 개수통에, 밥그릇에, 더 가까이 고개를 숙여가며 기침을 한다. 그래도 우리 세 사람 중에는 자기가 그 중 몸이 성하다고 해서 밥을 받아들이는 것이나, 밥그릇을 부시는 것이나, 밥 먹은 자리에 걸레질을 하는 것이나 다 제가 맡아서 하였고, 또 자기는 이러한 일에 대해서 썩 잘하는 줄로 믿고 있는 모양이었다. 더구나 아침이 끝나고 '뼁끼 준비' 하는 구령이 나서 똥통을 들어낼 때면 사실상 우리 셋 중에는 윤밖에 그 일을 할 사람이 없었다. 그는 끙끙거리고 똥통을 들어낼 때마다 민을 원망하였다. 민이 밤낮 똥질을 하기 때문에 이렇게 똥통이 무겁다는 불평이었다. 그러면 민은,

"글쎄 이 사람아, 내가, 하루에 미음 한 공기도 다 못 먹는 사람이 오줌 똥을 누기로 얼마나 누겠나? 자네야말로 죽두 두 그릇, 국두 두 그릇, 냉수두 두 주전자씩이나 처먹고는 밤새도록 똥통을 타고 앉아서 남 잠두 못 자게 하지."

하는 민의 말은 내가 보기에도 옳았다. 더구나 내게 사식 차입이 들어

온 뒤로부터는 윤은 번번이 내가 먹다가 남긴 밥과 반찬을 다 먹어 버리기 때문에 그의 소화불량은 더욱 심하게 되었다. 과식을 하기 때문에 조갈증이 나서 수없이 물을 퍼먹고, 그러고는 하루에, 많은 날은 스무 차례나 똥질을 하였다. 그러면서도 자기 말은,

"똥이 나와 주어야지. 꼬챙이루 파내기만 하면 나올까? 허기야 먹는 것이 있어야 똥이 나오지."

이렇게 하루에도 몇 차례씩 혹은 민을 보고 혹은 나를 보고 자탄하였다.

윤의 병은 점점 악화되었다. 그것은 확실히 과식하는 것이 한 원인이되는 것이 분명하였다. 나는 내가 사식 차입을 먹기 때문에 윤이 더해 가는 것을 퍽 괴롭게 생각하여서, 인제부터는 내가 먹고 남은 것을 윤에게 주지 아니하리라고 결심하고 나 먹을 것을 다 먹고 나서는 윤의 손이 오기 전에 벤또 그릇을 창틀 위에 갖다 놓았다. 그러고 나는 부드러운 말로 윤을 향하여,

"그렇게 잡수시다가는 큰일나십니다. 내가 어저께는 세어 보니까 스물네번이나 설사를 하십디다. 또 그 위에 열이 오르는 것도 너무 잡수시기 때문인가 하는데요."

하고 간절히 말하였으나 그는 듣지 아니하고 창틀에 놓은 벤또를 집어다가 먹었다.

나는 중대한 결심을 하지 아니할 수 없었다. 그것은 내가 사식을 끊어 버리는 것이었다. 그래서 나는 저녁 한 때만 사식을 먹고 아침과 점심은 관식을 먹기로 하였다. 나는 아무쪼록 영양분을 섭취하지 아니하면 아니될 병자이기 때문에 이것은 적지 아니한 고통이었으나 나로 해서 곁에 사람이 법을 범하고, 병이 더치게 하는 것은 차마 못할 일이었다. 민도 내가 사식을 끊은 까닭을 알고 두어 번 윤의 주책없음을 책망하였으나, 윤은 도리어 내가 사식을 끊은 것이 저를 미워하여서나 하는 것같이 나를 원망하였다. 더구나 윤의 아들에게서 현금 삼 원 차입이 와서, 우유며 사식을 사

먹게 되고 지리가미(주— 휴지)도 사서 쓰게 된 뒤로부터는 내게 대한 태도가 심히 냉랭하게 되었다. 예전에는 내가 충고하는 말이면, '선생님 말씀이 옳아요' 하고 순순히 듣던 것이 인제는 나를 향해서도 눈을 흘기게 되었다.

윤은 아들이 보낸 삼 원 중에서 수건과 비누와 지리가미를 샀다.

"붓빙 고오뉴(물건 사라)."

하는 날은 한 주일에 한 번밖에 없었고, 물건을 주문한 후에 그 물건이 올 때까지는 한 주일 내지 십여 일이 걸렸다. 윤은 자기가 주문한 물건이 오는 것이 늦다고 하여 날마다 하루에도 몇 차례씩 형무소 당국의 태만함을 책망하였다. 그러다가 물건이 들어온 날 윤은 수건과 비누와 지리가미를 받아서 이리뒤적 저리뒤적 하면서,

"글쎄, 이걸 수건이라고 가져와? 망할 자식들 같으니. 걸렛감도 못 되는걸. 비누는 또 이게 다 무어여, 워디 향내 하나 나나?"

하고 큰 소리로 불평을 하였다.

민이 아니꼬워 못 견디는 듯이 입맛을 몇 번 다시더니,

"글쎄 이 사람아, 자네네 집에서 언제 그런 수건과 비누를 써 보았단 말인가. 그 돈 삼 원 가지고 밥술이나 사 먹을 게지. 비누 수건은 왜 사? 자네나 내나 그 상판대기에 비누는 발라서 무엇하자는 게구, 또 여기서 주는 수건이면 고만이지 타월 수건은 해서 무엇하자는 게야? 자네가 그 따위로 소견머리 없이 살림을 하니깐 가난 껍질을 못 벗어 놓지."

이렇게 책망하였다. 윤은 그닐부터 세수힐 때에믄 제 비누를 썼다. 그러나 수건을 빨 때라든지 발을 씻을 때에는 웬일인지 여전히 내 비누를 쓰고 있었다.

윤은 수건 거는 줄에 제 타월 수건이 걸리고, 비누와 잇솔과 치마분이 있고, 이불 밑에 지리가미가 있고, 조석으로 차입 밥과 우유가 들어오는 동안 심히 호기가 있었다. 그는 부채도 하나 샀다. 그 부채가 내 부채 모양

으로 합죽선이 아닌 것을 하루에도 몇 번씩 원망하였으나 그는 허리를 쭉 뻗고 고개를 젖히고 부채를 딱딱거리며 도사리고 앉아서, 그가 좋아하는 양반 상놈 타령이며 원망이며 형무소 공격이며 민에 대한 책망이며, 이런 것을 가장 점잖게 하였다.

윤은 이삼 원어치 차입 때문에 자기의 지위가 대단히 높아지는 것을 느끼는 모양이었다. 간수를 보고도 인제는 겁낼 필요가 없이, '나도 차입을 먹노라'고 호기를 부렸다.

윤이 차입을 먹게 되매, 나도 십여 일 끊었던 사식 차입을 받게 되었다. 윤과 나와 두 사람만은 노긋노긋한 흰밥에 생선이며 고기를 먹으면서, 민 혼자만이 미음 국물을 마시고 앉았는 것이 차마 볼 수 없었다. 민은 미음 국물을 앞에 받아 놓고는 연해 나와 내 밥그릇을 바라보는 것 같고 또 침을 껄떡껄떡 삼키는 모양이 보였다. 노긋노긋한 흰밥, 이것이 이 세상에서 가장 귀하고 고마운 것인 줄은 감옥에 들어와 본 사람이라야 알 것이다. 밥의 하얀 빛, 그 향기, 젓갈로 집고 입에 넣어 씹을 때에 그 촉각, 그 맛, 이것은 천지간에 있는 모든 물건 가운데 가장 귀한 것이라고 느끼지 아니할 수 없었다. 쌀밥, 이러한 말까지도 신기한 거룩한 음향을 가진 것같이 느껴졌다. 이렇게 밥의 고마움을 느낄 때에 합장하고 하늘을 우러러,

'모든 중생으로 하여금 밥의 즐거움을 골고루 받게 하소서.'

하고 빌지 아니할 사람이 있을까? 이때에 나는 형무소의 법도 잊어버리고, 민의 병도 잊어버리고 지리가미에 한 숟갈쯤 되는 밥덩어리를 덜어서,

"꼭꼭 씹어 잡수세요."

하고 민에게 주었다. 민은 그것을 받아서 입에 넣었다. 그의 몸에는 경련이 일어나는 것 같고 그의 눈에는 눈물이 글썽글썽하는 것 같음은 내 마음 탓일까. 민은 종이에 붙은 밥 알갱이를 하나 안 남기고 다 뜯어서 먹고,

"참 꿀같이 달게 먹었습니다. 어쩌면 그렇게도 맛이 있을까? 지금 죽어

도 한이 없을 것 같습니다."

하고 더 먹고 싶어하는 모양 같으나 나는 더 주지 아니하고 그릇에 밥을 좀 남겨서 내놓았다. 윤은 제 것을 다 먹고 나서 내가 남긴 것까지 마저 휘몰아 넣었다.

윤의 삼 원어치 차입은 일 주일이 못해서 끊어지고 말았다. 윤의 당숙되는 면장에게서 오리라고 윤이 장담하던 삼십 원은 오지 아니하였다. 윤이 노 말하기를 자기가 옥에서 죽으면 자기 당숙이 아니 올 수 없고 오면은 자기의 장례를 아니 지낼 수 없으니 그러면 적어도 삼십 원은 들 것이라, 죽은 뒤에 삼십 원을 쓰는 것보다 살아서 삼십 원을 보내어 먹고 싶은 것을 먹으면 자기가 죽지 아니할 터이니, 당숙이 면장의 신분으로 형무소까지 올 필요도 없고, 또 설사 자기가 옥에서 죽더라도 이왕 장례비 삼십 원을 받아먹었으니 친족에게 폐를 끼치지 아니하고 형무소에서 화장을 할터인즉, 지금 삼십 원을 청구하는 것이 부당한 일이 아니라고, 이렇게 면장 당숙에게 편지를 하였으므로 반드시 삼십 원은 오리라는 것이었다.

나도 윤의 당숙 되는 면장이 윤의 이론을 믿어서 돈 삼십 원을 보내어주기를 진실로 바랐다. 더구나 윤의 사식 차입이 끊어짐으로부터 내가 먹다가 남긴 밥을 윤과 민이 다투게 되매 그러하였다. 내가 민에게 밥 한 숟갈 준 것이 빌미가 됨인지, 민은 끼니 때마다 밥 한 숟갈을 내게 청하였고 그럴 때마다 윤은 민에게 욕설을 퍼붓고 심하면 밥그릇을 둘러엎었다. 한 번은 윤과 민과 사이에 큰 싸움이 일어나서 차마 입에 담지 못할 욕설을 서로 주고받고 하였다. 그때에 마침 간수가 지나가다가 두 사람이 싸우는 소리를 듣고 윤을 나무랐다. 간수가 간 뒤에 윤은 자기가 간수에게 꾸지람 들은 것이 민 때문이라고 하여 더욱 민을 못 견디게 굴었다. 그 방법은 여전히 며칠 안 있으면 민이 죽으리라는 둥, 열아홉 살 된 민의 아내가 벌써 어떤 젊은 놈하고 붙었으리라는 둥, 민의 아들들은 개 돼지만도 못한 놈들이라는 둥, 이런 악담이었다.

나는 다시 사식을 중지하여 달라고 간수에게 청하였다. 그러나 내가 사식을 중지하는 것으로 두 사람의 감정을 완화할 수는 없었다. 별로 말이 없던 민도 내가 사식을 중지한 뒤로부터는 윤에게 지지않게 악담을 하였다.

"요놈, 요 좀도둑놈. 그래, 백주에 남의 땅을 빼앗아 먹겠다고 재판소 도장을 위조해? 고 도장 파던 손목쟁이가 썩어 문드러지지 않을 줄 알구."

이렇게 민이 윤을 공격하면 윤은,

"남의 집에 불 논 놈은 어떻고? 그 사람이 밉거든 차라리 칼을 가지고 가서 그 사람만 찔러 죽일 게지. 그래, 그 집 식구는 다 태워 죽이고 저는 죄를 면하잔 말이지? 너 같은 놈은 자식새끼까지 다 잡아먹어야 해! 네 자식 녀석들이 살아 남으면 또 남의 집에 불을 놓겠거든."

이렇게 대꾸를 하였다.

하루는 간수가 우리 방문을 열어젖히고,

"99호!"

하고 불렀다.

99호를 15호로 잘못 들었는지, 윤이 벌떡 일어나며,

"네, 내게 편지 왔능기오?"

하였다. 윤은 당숙 면장의 편지를 간절히 기다리는 마음에 99호를 15호로 잘못 들은 모양이다.

"네가 99호냐?"

하고 간수는 소리를 질렀다. 정작 99호인 민은 나를 부를 자가 천지에 어디 있으랴 하는 듯이 그 옴팡눈으로 팔월 하늘의 흰구름을 바라보고 누워 있었다.

"99호 귀먹었니?"

하는 소리와,

"이건 눈 뜨고 꿈을 꾸고 있는 셈인가? 단또상이 부르시는 소리도 못

들어?"

하고 윤이 옆구리를 찌르는 바람에 민은 비로소 누운 대로 고개를 젖혀서 문을 열고 섰는 간수를 바라보았다.

"99호, 네 물건 다 가지고 이리 나와."

그제야 민은 정신이 드는 듯이 일어나 앉으며,

"우리 집으로 내어보내 주세요?"

하고 그 해골 같은 얼굴에 숨길 수 없는 기쁜 빛이 드러난다.

"어서 나오라면 나와. 나와 보면 알지."

"우리 집에서 면회하러 왔어요?"

하고 민의 얼굴에 나타났던 기쁨은 반 이상이나 스러져 버린다. 간수 뒤에 있던 키 큰 간병부가,

"전방이에요, 어서 그 약병이랑 다 들고 나와요."

하는 말에, 민은 약병과 수건과 제가 베고 있던 베개를 들고 지척거리고 문을 향하고 나간다. 민은 전방이라는 뜻을 알아들었는지 분명치 아니하였다. 간병부가,

"베개는 두고 나와요. 요 윗방으로 가는 게야요."

하는 말에 비로소 민은 자기가 어디로 끌려가는지 알아차린 모양이어서 힘없이 베개를 내어던지고 잠깐 기쁨으로 빛나던 얼굴이 다시 해골같이 되어서 나가 버리고 말았다. 다음 방인 2방에 문 열리는 소리가 나고 또 문이 닫히고 짤깍하고 쇠 잠그는 소리가 들렸다. 나는 민이 처음 보는 사람들 틈에 어리둥절하여 누운 자리를 찾는 모양을 눈앞에 그려 보았다.

"에잇, 고자식 잘 나간다. 젠장, 더러워서 견딜 수가 있나? 목욕이란 한 번도 안 했으닝게. 아침에 세수하고 양치질하는 것 보셨능기오? 어떻게 생긴 자식인지 새 옷을 갈아입으래도 싫다는고만."

하고 일변 민이 내어버리고 간 베개를 자기 베개 밑에 넣으며 떠나간 민의 험구를 계속한다.

"민가가 왜 불을 놓았는지 진상 아시능기오? 성이 민가기 때문에 그랬던지, 서울 민○○ 대감네 마름[3]노릇을 수십 년 했지라오. 진상도 보시는 바와 같이 자식이 저렇게 독종으로 깍쟁이로 생겼으닁게 그 밑에 작인들이 배겨날 게요? 80석이나 타작을 한다는 것도 작인들의 등을 처먹은 게지 무엇잉게라오? 그래 작인들이 원망이 생겨서 지주 집에 등장[4]을 갔더라나요. 그래서 작년에 마름을 떼웠단 말이오. 그러고 김 무엇인가 한 사람이 마름이 났는데요, 민가녀석은 제 마름을 뗀 것이 새로 마름이 된 김가 때문이라고 해서 금년 음력 설날에 어디서 만났더라나. 만나서 욕지거리를 하고 한바탕 싸우고, 그러고는 요 뱅충맞은 것이 분해서 그날 밤중에 김가 집에 불을 났단 말야. 마침 설날 밤이라, 밤이 깊도록 동넷사람들이 놀러 댕기다가 불이야! 소리를 쳐서 얼른 잡았기에 망정이지 하마터면 김가네 식구가 죄다 타 죽을 뻔하지 않았능기오?"

하고 방화죄가 어떻게 흉악한 죄인 것을 한바탕 연설을 할 즈음에, 간병부가 오는 것을 보고 말을 뚝 끊는다. 그것은 간병부도 방화범인 까닭이었다.

간병부가 다녀간 뒤에 윤은 계속하여 그 간병부들의 방화한 죄상을 또 한바탕 설명하고 나서,

"모두 숭악한 놈들이지요. 남의 집에 불을 놓다니! 그런 놈들은 씨알머리도 없이 없애 버려야 하는 기라오."

하고 심히 세상을 개탄하는 듯이 길게 한숨을 쉰다.

1방에 윤과 나와 단둘이 있게 되어서부터는 큰소리가 날 필요가 없었다. 밤이면 우리 방에 들어와 자는 간병부가 윤을 윤 서방이라고 부른다고 해서 윤이 대단히 불평하였으나 간병부의 감정을 상하는 것이 이롭지 못한 줄을 잘 아는 윤은 간병부와 정면 충돌하는 일은 별로 없고, 다만 낮에

---

3) 마름 : 지주를 대신하여 소작지를 관리하는 사람.
4) 등장 : 여러 사람이 연명하여 관청에 무엇을 호소하는 일.

나하고만 있을 때에,

"서울말로는 무슨 서방이라고 부르는 말이 높은 말잉기오? 우리 전라도서는 나 많은 사람보고 무슨 서방이라고 하면 머슴이나 하인이나 부르는 소리랑기오."

하고 곁눈으로 나를 바라본다. 나는 그가 묻는 뜻을 알았으므로 대답하기가 심히 거북살스러워서 잠깐 주저하다가,

"글쎄, 서방님이라고 하는 것만 못하겠지요."

하고 웃었다. 윤은 그제야 자신을 얻은 듯이,

"그야 우리 전라도에서도 서방님이라고 하면사 대접하는 말이지요. 글쎄, 진상도 보시다시피 저 간병부놈이 언필칭5) 날더러 윤 서방, 윤 서방하니, 그래 그놈의 자식은 제 애비나 아재비더러도 무슨 서방 무슨 서방할텐가? 나이로 따져도 내가 제 애비뻘은 되렷다. 어 고약한 놈 같으니."

하고 그 앞에 책망받을 사람이 섰기나 한 것처럼 뽐낸다.

윤씨는 윤 서방이라는 말이 대단히 분한 모양이어서 어떤 날 저녁에는 간병부가 들어올 때에도 눈만 흘겨보고 잘 다녀왔느냐 하는 늘 하던 인사도 아니하는 적이 있었다. 그러다가 하루 저녁에는 또 '윤서방'이라고 간병부가 부른 것을 기회로 마침내 정면 충돌이 일어나고 말았다. 윤이,

"댁은 나를 무어로 보고 윤서방이라고 부르오?"

하는 정식 항의에 간병부가 뜻밖인 듯이 눈을 크게 뜨고 한참이나 윤을 바라보고 앉았더니, 허허하고 경멸하는 웃음을 웃으면서,

"그럼 댁더러 무어라고 부르라는 말이오? 댁의 직업이 도장장이니, 도장장이라고 부르라는 말이오? 죄명이 사기니 사기쟁이라고 부르라는 말이오? 밤낮 똥질만 하니 윤 똥질이라고 부르라는 말이오? 옳지, 윤 선생이라고 불러 줄까? 왜 되지 못하게 이 모양이야? 윤 서방이라고 불러 주면

---
5) 언필칭 : 말을 할 때마다 반드시.

고마운 줄이나 알지. 낯살을 먹었으면 몇 살이나 더 먹었길래, 괜스리 그러다가는 윤가놈이라고 부를걸."

하고 주먹으로 삿대질을 한다.

윤은 처음에 있던 호기도 다 없어지고 그만 수그러지고 말았다. 간병부는 민 영감 모양으로 만만치 않은 것도 있거니와 간병부하고 싸운댔자, 결국은 약 한 봉지 얻어먹기도 어려운 줄을 깨달은 것이었다.

윤은 침묵하고 있건마는 간병부는 누워 잘 때에까지도 공격을 중지하지 아니하였다.

이튿날 아침, 진찰도 다 끝나고 난 뒤에 우리 방에 있는 키 큰 간병부는 다음 방에 있는 간병부를 데리고 와서,

"흥, 저 양반이, 내가 윤 서방이라고 부른다고 아주 대노하셨다나!"

하며 턱으로 윤을 가리키는 것을 보고 키 작은 간병부가,

"여보! 윤 서방, 어디 고개 좀 이리 돌리오. 그럼 무어라고 부르리까. 윤 동지라고 부를까? 윤 선달이 어떨꼬? 막 싸구려판이니 어디 그 중에서 맘에 드는 것을 고르시유."

하고 놀려먹는다. 윤은 눈을 깜박깜박하고 도무지 아무 대답이 없었다.

본래 간병부에게 호감을 못 주던 윤은 윤 서방 사건이 있은 뒤부터 더욱 미움을 받았다. 심심하면 두 간병부가 와서 여러 가지 별명을 부르면서 윤을 놀려 먹었고, 간병부들이 간 뒤에는 윤은 나를 향하여,

"두 놈이 옥 속에서 썩어져라."

하고 악담을 퍼부었다.

이렇게 윤이 불쾌한 그날그날을 보낼 때에 더욱 불쾌한 일 하나가 생겼다. 그것은 정이라는 역시 사기범으로 일동 팔방에서 윤하고 같이 있던 사람이 설사병으로 우리 감방에 들어온 것이었다. 나는 윤에게서 정씨의 말을 여러 번 들었다. 설사를 하면서도 우유니 달걀이니 하고 막 처먹는다는 둥, 한다는 소리가 모두 거짓말뿐이라는 둥, 자기가 아무리 타일러도 말을

듣지 않는 꼭 막힌 놈이라는 둥, 이러한 비평을 하는 것을 여러 번 들었다. 하루는 윤하고 나하고 운동을 나갔다가 들어와 보니 웬 키가 커다랗고 얼굴이 허연 사람이 똥통을 타고 앉아서 싱글싱글 웃고 있었다. 윤은 대단히 못마땅한 듯이 나를 돌아보고 입을 삐죽하고 나서 자리에 앉아서 부채를 딱딱거리면서,

"데이상, 입때까지 설사가 안 막혔능기오? 사람이란 친구가 충고하는 옳은 말은 들어야 하는 법이여. 1동 8방에 있을 때에 내가 그만큼이나 음식을 삼가라고 말 안 했거디? 그런데 내가 병감에 온 지가 벌써 석 달이나 되는디 아직도 설사여?"

하고 똥통에 올라앉은 사람을 흘겨본다. 윤의 이 말에 나는 그가 윤이 늘 말하던 정씨인 줄을 알았다.

똥통에서 내려온 정씨는 윤의 말을 탓하지 않는, 지어서 하는 듯한 태도로,

"인상, 우리 이거 얼마 만이오. 그래 아직도 예심중이시오?"

하고 얼굴 전체가 다 웃음이 되는 듯이 싱글싱글 하며 윤의 손을 잡는다. 그리고 나서는 내게 앉은절을 하며,

"제 성명은 정홍태올시다. 얼마나 고생이 되십니까?"

하고 대단히 구변이 좋았다. 나는 그의 말의 발음으로 보아 그가 평안도 사람으로서 서울말을 배운 사람인 줄을 알았다. 그러나 저녁에 인천 사는 간병부와 인사할 때에는 자기도 고향이 인천이라 하였고, 다음에 강원도 철원 사는 간병부와 인사를 할 때에는 자기 고향이 철원이라 하였고, 또 그 다음에 평양 사는 죄수가 들어와서 인사하게 된 때에는 자기 고향은 평양이라고 하였다. 그때에 곁에 있던 윤이 정을 흘겨보며,

"왜 또 해주도 고향이라고 아니했소? 대체 고향이 몇이나 되능기오?"

이렇게 오금을 박은 일이 있었다. 정은 한두 달 살아본 데면 그 지방 사람을 만날 때 다 고향이라고 하는 모양이었다.

무 명 ■ 31

정은 우리 방에 오는 길로,

"이거 방이 더러워 쓰겠느냐?"

고 벗어부치고 마룻바닥이며 식기며를 걸레질을 하고 또 자리 밑을 떠들어 보고는,

"이거 대체 소제라고는 안 하고 사셨군? 이거 더러워 쓸 수가 있나?"

하고 방을 소제하기를 주장하였다.

"그 너무 혼자 깨끗한 체하지 마시오. 어디 그 수선에 정신차리겠능기오."

하고 윤은 돗자리 떨어내는 것을 반대하였다. 여기서부터 윤과 정의 의견충돌이 시작되었다.

저녁밥 먹을 때가 되어 정이 일어나 물을 받는 것까지는 참았으나, 밥과 국을 받으려고 할 때에는 윤이 벌떡 일어나 정을 떼밀치고 기어이 제가 받고야 말았다. 창 옆에서 음식을 받아들이는 것은 감방 안에서는 큰 권리로 여기는 것이었다.

정은 윤에게 떼밀치어 머쓱해 물러서면서,

"그렇게 사람을 떼밀 거야 무엇이오? 그러니깐두루 간 데마다 인심을 잃지. 나 같은 사람과는 아무렇게 해도 관계치 않소마는 다른 사람보고는 그리 마시오. 뺨 맞지요, 뺨 맞아요."

하고 나를 돌아보며 싱그레 웃었다. 그것은 마치 자기는 그만한 일에 성을 내는 사람이 아니라는 것을 보이려 함인 것 같았으나 그의 눈에는 속일 수 없이 분한 빛이 나타났다.

밥을 먹는 동안 폭풍우 전의 침묵이 계속되었으나 밥이 끝나고 먹은 그릇을 설거지할 때에 또 충돌이 일어났다. 윤이 사타구니를 내어놓고 있다는 것과 제 그릇을 먼저 씻고 나서 내 그릇과 정의 그릇을 씻는다는 것과 개수통에 입을 대고 기침을 한다는 이유로 정은 윤을 책망하고 윤이 씻어 놓은 제 밥그릇을 주전자의 물로 다시 씻어서 윤의 밥그릇에 닿지 않도록

따로 포개놓았다. 윤은 정더러,

"여보 당신은 당신 생각만 하고 다른 사람 생각은 못 하오? 그 주전자 물을 다 써 버리면 밤에는 무엇을 먹고 아침에 네 식구가 세수는 무엇으로 한단 말이오? 사람이란 다른 사람 생각을 해야 쓰는 거여."

하고 공격하였으나 정은 못 들은 체하고 주전자 물을 거의 다 써서 제 밥그릇과 국그릇과 젓가락을 한껏 정하게 씻고 있었던 것이다.

이 모양으로 윤과 정과의 충돌은 그칠 사이가 없었다. 그러나 정은 간병부와 내게 대해서는 아첨에 가까우리만치 공손하였다. 더구나 그가 농업이나, 광업이나, 한방의술이나, 신의술이나 심지어 법률까지도 모르는 것이 없었고, 또 구변이 좋아서 이야기를 썩 잘하기 때문에 간병부들은 그를 크게 환영하였다.

이렇게 잠깐 동안에 간병부들의 환심을 샀기 때문에 처음에는 한 그릇씩 받아야 할 죽이나 국을 두 그릇씩도 받고, 또 소화약이나 고약이나 이러한 약도 가외로 더 얻을 수가 있었다. 정이 싱글싱글 웃으며 졸라대면 간병부들은 여간한 것은 거절하지 아니하였다. 그리고 이따금 밥을 한 덩이씩 가외로 얻어서 맛날 듯한 것을 젓가락으로 휘저어서 골라 먹고, 그리고 남은 찌꺼기를 행주에다가 싸고 소금을 치고 그러고는 그것을 떡반죽하듯이 이겨서 떡을 만들어서는 요리로 한입, 조리로 한입 맛남직한 데는 다 뜯어먹고, 그리고 나머지를 싸두었다가 밤에 자러 들어온 간병부에게 주고는 크게 생색을 내었다. 한번은 정이 조밥으로 떡을 만들며 나를 돌아보고,

"간병부 녀석들은 이렇게 좀 먹여야 합니다. 이따금 달걀도 사 주고 우유도 사 주면 좋아하지요. 젊은 녀석들이 밤낮 굶주리고 있거든요. 이렇게 녹여 놓아야 말을 잘 듣는단 말이야요. 간병부와 틀렸다가는 해가 많습니다. 그 녀석들이 제가 미워하는 사람의 일은 좋지 못하게 간수들한테 일러바치거든요."

하면서 이겨진 떡을 요모조모 떼어 먹는다.

"여보, 그게 무에요? 데이상은 간병부를 대할 때엔 십년 만에 만나는 아자씨나 대한 듯이 살이라도 베어 먹일 듯이 아첨을 하다가 간병부가 나가기만 하면 언필칭 이녀석 저녀석 하니 사람이 그렇게 표리가 부동6)해서는 못쓰는 게여. 우리는 그런 사람은 아니어든. 대해 앉아서도 할 말은 하고 안 할 말은 안 하지. 사내 대장부가 그렇게 간사를 부려서는 못쓰는 게여. 또 여보, 당신이 떡을 해 주겠거든 숫밥으로 해 주는 게지, 당신 입에 들어 왔다 나갔다 하던 젓가락으로 휘저어서 밥 알갱이마다 당신의 더러운 침을 발라 가지고 그러고 먹다가 먹기가 싫으닝게 남을 주고 생색을 낸다? 그런 일을 해선 못쓰는 게여. 남 주고도 죄 받는 일이어든. 당신 하는 일이 모두 그렇단 말여. 정말 간병부를 주고 싶거든 당신 돈으로 달걀 한 개라도 사서 주어. 흥, 공으로 밥 얻어서 실컷 처먹고, 먹기가 싫으닝게 남을 주고 생색을 낸다, 웃기는 왜 웃소, 싱글싱글? 그래 내가 그른 말 해? 옳은 말은 들어 두어요, 사람되려거든. 나, 그 당신 싱글싱글 웃는 거 보면, 느글느글해서 배창수가 다 나오려든다닝게. 웃긴 왜 웃어? 무엇이 좋다고 웃는 게여?"

이렇게 윤은 정을 몰아세웠다. 정은 어이없는 듯이 듣고만 앉았더니,

"내가 할 소리를 당신이 하는구려. 그 배때기나 가리고 앉아요."

그날 저녁이었다. 간병부가 하루 일이 끝이 나서 빨가벗고 뛰어들어왔다. 정은,

"아이, 오늘 얼마나 고생스러우셨어요? 그래도 하루가 지나가면 그만큼 나가실 날이 가까운 것 아니오? 그걸로나 위로를 삼으셔야지. 그까짓 한 3, 4년 잠깐 갑니다. 아 참, 100호하고 무슨 말다툼을 하시던 모양이던데."

이 모양으로 아주 친절하게 위로하는 말을 하였다.

---

6) 표리 부동하다 : 마음이 음충맞아서 겉과 속이 다르다.

100호라는 것은 다음 방에 있는 키 작은 간병부의 번호이다. 나도 '이놈 저놈' 하며 둘이서 싸우는 소리를 아까 들었다.

간병부는 감빛 기결수 옷을 입고 제자리에 앉으면서,

"고놈의 자식을 찢어 죽이려다가 참았지요. 아니꼬운 자식 같으니. 제가 무어길래, 제나 내나 다 마찬가지 전중7)이고 다 마찬가지 간병부지. 흥, 제놈이 나보다 며칠이나 먼저 왔다고 나를 명령하려 들어? 쥐새끼 같은 놈 같으니. 나이로 말해도 내가 제 형뻘은 되고, 세상에 있을 때에 사회적 지위로 보더라도 나는 면서기까지 지낸 사람인데. 그래 제 따위 한 자요, 두자요 하던 놈과 같은 줄 알고? 요놈의 자식, 내가 오늘은 참았지마는 다시 한 번만 고따위로 주둥아리를 놀려 봐? 고놈의 아가리를 찢어 놓고 다릿마댕이를 분질러 놓을걸. 우리는 목에 칼이 들어오더라도 할 말은 하고, 할 일은 하고야 마는 사람여든!"

하고 곁방에 있는 '100호'라는 간병부에게 들리라 하는 말로 남은 분풀이를 하고 있다. 정은 간병부에게 동정하는 듯이 혀를 여러 번 차고 나서,

"쩟, 쩟, 아 참으셔요. 신상 체면을 보셔야지. 고까짓 어린 녀석하고 무얼 말다툼을 하세요. 아이, 나쁜 녀석! 고녀석 눈깔딱지하고 주둥아리하고 독살스럽게도 생겨 먹었지. 방정은 고게 또 무슨 방정이야? 고녀석 인제 또 옥에서 나가는 날로 또 뉘 집에 불놓고 들어올걸. 원, 고녀석, 글쎄, 남의 집에 불을 놓다니."

간병부는 정의 마지막 말에 눈이 뚱그레지며,

"그래, 나도 남의 집에 불놓았어. 그랬으니 어떻단 말이어? 당신같이 남의 돈을 속여 먹는 것은 괜찮고, 남의 집에 불놓는 것만 나쁘단 말이오? 원, 별 아니꼬운 소리를 다 듣겠네. 여보, 그래 내가 불을 놓았으니 어떡허란 말이오? 웃기는 싱글싱글 왜 웃어? 그래 100호나 내가 남의 집에 불을

---

7) 전중 : 징역살이하는 사람을 속되게 이르는 말.

놓았으니 어떡허란 말이야?"

하고 정에게 향하여 상앗대질8)을 하였다.

정의 얼굴은 빨개졌다. 정은 모처럼 간병부의 비위를 맞추려고 하던 것이 그만 탈선이 되어서 이 봉변을 당하게 된 것이었다. 그러나 정의 얼굴에는 다시 웃음이 떠돌면서,

"아니, 내 말이 어디 그런 말이오? 신상이 오해시지."

하고 변명하려는 것을 간병부는,

"오해? 육회가 어떠우?"

"아니, 그런 말이 아니라, 신상도 불을 놓으셨지마는 신상은 술이 취하셔서 술김에 놓으신 것이어든. 그 술김이 아니면 신상이 어디 불놓으실 양반이오? 신상이 우락부락해서 홧김에 때려 죽인다면 몰라도 천성이 대장부다우시니까 사기나 방화나 그런 죄는 안 지을 것이란 말이오! 그저 애매하게 방화죄를 지셨다는 말씀이지요. 내 말이 그 말이어든. 그런데 말이오. 저 100호, 그 녀석이야말로 정신이 멀쩡해서 불을 논 것이 아니오? 그게 정말 방화죄거든. 내 말이 그 말씀이야, 인제 알아들으셨어요?"

하고 정은 제 말에 신이라는 간병부의 분이 풀린 것을 보고,

"자, 이거나 잡수세요."

하며 밥그릇통 속에 감추어 두었던 조밥 떡을 내어 팔을 길다랗게 늘여서 간병부에게 준다.

"날마다 이거 미안해서 어떻게 하오?"

하고 간병부는 그 떡을 받았다.

간병부가 잠깐 일어나서 간수가 오나, 아니 오나를 엿보고 난 뒤에 그 떡을 한 입 베어 물었다. 아까부터 간병부와 정과의 언쟁을 흥미있는 눈으로 흘끗흘끗 곁눈질하던 윤이,

---

8) 말다툼할 때, 주먹이나 손가락 따위로 상대의 얼굴을 향하여 푹푹 내지르는 짓.

"아뿔싸! 신상, 그것 잡숫지 마시오."

하고 말만으로도 부족하여 손까지 살래살래 내흔들었다.

간병부는 꺼림직한 듯이 떡을 입에 문 채로,

"왜요?"

하며 제자리에 와 앉는다. 간병부 다음에 내가 누워 있고, 그 다음에 정, 그 다음에 윤, 우리들의 자리 순서는 이러하였다. 윤은 점잖게 도사리고 앉아서 부채를 딱딱하며,

"내가 말라면 마슈. 내가 언제 거짓말했거디? 우리는 목에 칼이 오더라도 바른말만 하는 사람이어든."

그러는 동안에 간병부는 입에 물었던 떡을 삼켜 버린다. 그러고 그 나머지를 지리가미에 싸서 등뒤에 놓으면서,

"아니 어째 먹지 말란 말이오?"

"그건 그리 아실 건 무엇 있소? 자시면 좋지 못하겠으닝게 먹지 말랑게지."

"아이, 말해요. 우리는 속이 갑갑해서, 그렇게 변죽만 울리는 소리를 듣고는 가슴에 불이 일어나서 못 견디어."

이때에 정이 불쾌한 얼굴로,

"신상, 그 미친 소리 듣지 마시오. 어서 잡수세요. 내가 신상께 설마 못 잡수실 것을 드릴라구?"

하였건마는 간병부는 정의 말만으로는 안심이 안 되는 모양이어서,

"윤 서방, 어서 말씀하시오."

하고 약간 노기를 띤 언성으로 재차 묻는다.

"그렇게 아시고 싶을 건 무엇 있어서? 그저 부정한 것으로만 아시라닝게. 내가 신상께 해로운 말씀할 사람은 아니닝게."

"아따, 그 아가리 좀 못 닥쳐?"

하며 정이 참다못해 벌떡 일어나서 윤을 흘겨본다.

윤은 까딱 아니하고 여전히 몸을 좌우로 흔들흔들하면서,

"당신네 평안도서는 사람의 입을 아가리라고 하는지 모르겠소마는, 우리네 전라도서는 점잖은 사람이 그런 소리는 아니하오. 종교가 노릇을 20년이나 했다는 양반이 그 무슨 말버릇이란 말이오? 종교가 노릇을 20년이나 했길래로 남 먹으라고 주는 음식에 침만 발라 주었지, 십 년만 했더면 코발라 줄 뻔했소그려? 내가 아까 그러지 않아도 이르지 않았거디? 사람에게 먹을 것을 주려거든 숫으로 덜어서 주는 법이어. 침 묻은 젓가락으로 휘저어 가면서 맛날 듯한 노란 좁쌀은 죄다 골라먹고 콩도 이것 집어다가 놓고, 저것 집어다가 놓고 입에 댔다가 놓고, 노르스름한 놈은 죄다 골라먹고. 그러고는 퍼렇게 뜬 좁쌀, 썩은 콩만 남겨서 제 밥그릇, 죽그릇, 젓가락 다 씻은 개숫물에 행주를 축여 가지고는 코 묻은 손으로 주물럭주물럭해서 떡이라고 만들어 가지고, 그런 뒤에도 요모조모 맛날 듯싶은 데는 다 떼어 먹고 그것을 남겼다가 사람을 먹으라고 주니, 그러고 벼락이 무섭지 않아? 그런 것은 남을 주고도 벌을 받는 법이라고, 내가 그만큼 일렀단 말이어. 우리는 남의 흠담은 도무지 싫어하는 사람이닝게 이런 말도 안 하려고 했거든. 신상, 내 어디 처음에야 말했가디? 저 진상도 증인이어. 내가 그만큼 옳은 말로 타일렀고, 또 덮어 주었으면 평안도 상것이 '고맙습니다' 하는 말은 못할망정, 잠자코나 있어야 할 게지. 사람이란 그렇게 뻔뻔해서는 못쓰는 게여."

윤의 말에 정은 어쩔 줄 모르고 얼굴만 푸르락누르락 하더니 얼른 다시 기막히고 우습다는 표정을 하며,

"참, 기막히오. 어쩌면 그렇게 뻔뻔스럽게도 거짓말을 꾸며대오? 내가 밥에 모래와 쥐똥, 썩은 콩, 티검불 이런 걸 고르느라고 젓가락으로 밥을 저었지, 그래 내가 어떻게 보면 저 먹다 남은 찌꺼기를 신상더러 자시라고 할 사람 같아 보여? 아서우, 아서우. 그렇게 거짓말을 꾸며대면, 혓바다 잘린다고 했어. 신상, 아예 그 미친 소리 듣지 마시고 잡수시우. 내 말이 거

짓말이라면, 마른 하늘에 벼락을 맞겠소!"

하고 할 말 다 했다는 듯이 자리에 눕는다. 정이 맹세하는 것을 듣고 나는 머리가 쭈뼛함을 깨달았다.

어쩌면 그렇게 영절스럽게 곁에다가 증인을 둘씩이나 두고도 벼락맞을 맹세까지 할 수 있을까? 사람의 마음이란 헤아릴 수 없이 무서운 것이라고 깊이깊이 느껴졌다. 내가 설마 나서서 증거야 서랴? 정은 이렇게 내 성격을 판단하고서 마음놓고 이렇게 꾸며대인 것이다. 나는,

'윤씨 말이 옳소. 정씨 말은 거짓말이오.'

이렇게 말할 용기가 없었다. 내게 이러한 용기 없는 것을 정이 빤히 들여다본 것이다. 윤도 정의 엄청난 거짓말에 기가 막힌 듯이 아무 말도 없이 딴 데만 바라보고 앉아 있었다. 간병부는 사건의 진상을 내게서나 알려는 듯이 가만히 누워 있는 내 얼굴을 들여다보고 있었다. 내게 직접 말로 묻기는 어려운 모양이었다. 내게서 아무 말이 없음을 보고, 간병부는 슬그머니 떡을 집어서 정의 머리맡에 놓으며,

"옛소, 데이상이나 잡수시오. 나, 두 분 더 쌈 시키고 싶지 않소."

하고는 쩝쩝 입맛을 다신다. 나는 속으로 '참 잘한다' 하고 간병부의 지혜로운 판단에 탄복하였다.

그러나 이 사건은 정이 윤에게 대한 깊은 원한을 맺히게 한 원인이었다. 윤이 기침을 하면 저쪽으로 고개를 돌리라는 둥, 입을 막고 하라는 둥, 캥캥 하는 소리를 좀 작게 하라는 둥, 소갈머리가 고약하게 생겨 먹어서 기침도 고약하게 한다는 둥, 또 윤이 낮잠이 들어 코를 골면, 팔꿈치로 윤의 옆구리를 찌르며 소갈머리가 고약하니깐 잘 때까지도 사람을 못 견디게 군다는 둥, 부채를 딱딱거리지 마라, 햴끔햴끔 곁눈질하는 것 보기 싫다, 이 모양으로 일일이 윤의 오금을 박았다.[9] 윤도 지지 않고, 정을 해댔으나

---

9) 오금(을) 박다 : 함부로 말하거나 행동하지 못하도록 닦아세우다.

입심으론 도저히 정의 적수가 아닐 뿐더러, 성미가 급한 사람이라 매양 윤이 곯아떨어지는 것 같았다. 코를 골기로는 정도 윤에게 지지 아니하였다. 더구나 정은 이가 빠드러지고 입술이 뒤궁그러져서 코를 골기에는 십상이었지마는, 그래도 정은, 자기는 코를 골지 않노라고 언명하였다. 워낙 잠이 많은 윤은 정이 코를 고는 줄을 모르는 모양이었다. 간병부도 목침에 머리만 붙이면 잠이 드는 사람이므로, 정과 윤이 코를 고는 데에 희생이 되는 사람은 잠이 잘 들지 못하는 나뿐이었다. 윤은 소프라노로, 정은 바리톤으로 코를 골아대면 나는 언제까지든지 눈을 뜨고 창을 통하여 보이는 하늘의 별을 바라보고 있을 수밖에 없었다. 더구나 정은 윤의 입김이 싫다 하여 꼭 내 편으로 고개를 향하고 자고, 나는 반듯이 밖에는 누울 수 없는 병자이기 때문에 정은 내 왼편 귀에다가 코를 골아 넣었다. 위확장병으로 윗속에서 음식이 썩는 정의 입김은 실로 참을 수 없으리만큼 냄새가 고약한데, 이 입김을 후끈후끈 밤새도록 내 왼편 뺨에 불어 붙였다. 나는 속으로 정이 반듯이 누워 주었으면 하였으나, 차마 그 말을 못하였다. 나는 이것을 향기로운 냄새로 생각해 보리라, 이렇게 힘도 써 보았다. 만일 그 입김이 아름다운 젊은 여자의 입김이라면 내가 불쾌하게 여기지 아니할 것이 아닌가? 아름다운 젊은 여자의 뱃속엔들 똥은 없으며 썩은 음식은 없으랴? 모두 평등이 아니냐? 이러한 생각으로 코 고는 소리와 냄새나는 입김을 잊어버릴 공부를 해 보았으나 공부가 그렇게 일조 일석에 될 리가 만무하였다. 정더러 좀 돌아누워 달랄까 이런 생각을 하고는 또 하고는 하였다. 뒷절에서 울려 오는 목탁 소리가 들릴 때까지 잠을 이루지 못하는 날이 많았다. 새벽 목탁 소리가 나면 아침 세시 반이다. 딱딱딱 하는 새벽 목탁 소리는 퍽이나 사람의 마음을 맑게 하는 힘이 있다.

"원컨대는 이 종 소리, 법계에 고루 퍼져지이다."

한다든지,

"일체중생이 바로 깨달음을 얻어지이다."

하는 새벽 종 소리 구절이 언제나 생각되었다. 인생이 괴로움의 바다요, 불붙은 집이라면, 감옥은 그 중에도 가장 괴로운 데다. 게다가 옥중에서 병까지 들어서 병감에 한정 없이 뒹구는 것은 이 괴로움의 세 겹 괴로움이다. 이 괴로운 중생들이 서로서로 괴로워함을 볼 때에 중생의 업보는 '헤어 알리 어려워라'한 말씀을 다시금 생각하지 아니할 수 없었다.

새벽 목탁 소리를 듣고 나서 잠이 좀 들 만하면, 윤과 정은 번갈아 똥통에 오르기를 시작하고, 더구나 제 생각만 하지 남의 생각이라고는 전연 하지 아니하는 정은 제가 흐뭇이 자고 난 것만 생각하고, 소리를 내어서 책을 읽거나, 또는 남들이 일어나기 전에 먼저 마음대로 물을 쓸 작정으로 세수를 하고, 전신에 냉수마찰을 하고, 그러고는 운동이 잘 된다 하여 걸레질을 치고, 이 모양으로 수선을 떨어서 도무지 잠이 들 수가 없었다. 정은 기침 시간 전에 이런 짓을 하다가 간수에게 들켜서 여러 번 꾸지람을 받았지마는 그래도 막무가내하였다.

떡 사건이 일어난 이튿날 키 작은 간병부가 우리 방 앞에 와서 누구를 향하여 하는 말인지 모르게 키 큰 간병부의 흉을 보기 시작했다. 그것은 어저께 싸움에 관한 이야기였다.

"키다리가 어저께 무어라고 해요? 꽤 분해하지요? 그놈 미친놈이지. 내게 대들어서 무슨 이를 보겠다고. 밥이라도 더 얻어먹고 상표라도 하나 타보려거든, 내 눈밖에 나고는 어림도 없지. 간수나 부장이나 내 말을 믿지, 제 말을 믿겠어요. 그런 줄도 모르고 걸핏하면 대든단 말야. 건방진 자식 같으니! 제가 아무리 지랄을 하기로니 내가 눈이나 깜짝할 사람이오? 가만히 내버려 두지. 이따금 빡빡 긁어서 약을 올려 놓고는 가만히 두고 보지. 그러면 똥구멍 찔린 소 모양으로, 저 혼자 영각[10]을 하고 날치지. 목이 다 쉬도록 저 혼자 떠들다가 좀 짐짓하게 되면 내가 또 듣기 싫은 소리를

---

10) 황소가 암소를 찾아 길게 뽑아 우는 소리.

한마디해서 빡빡 긁어 놓지. 그러면 또 길길이 뛰면서 악을 고래고래 쓰지. 그러고는 가만히 내버려 두지. 그러면 제가 어쩔 테야? 제가 아무러기로 손찌검은 못할 테지? 그러다가 간수나 부장한테 들키면 경은 제가 치지.” 하고 매우 고소한 듯이 웃는다. 아마 키 큰 간병부는 본감에 심부름을 가고 없는 모양이었다.

“참, 9호(키 큰 간병부)는 미련퉁이야. 글쎄 햐꾸고오상하고 다투다니 말이 되나? 햐꾸고오상은 주임이신데, 주임의 명령에 복종을 해야지.”

이것은 정의 말이다.

“사뭇 소라닝게. 경우를 타일러야 알아듣기나 하거디? 밤낮 면서기 다니던 게나 내세우지. 햐꾸고오상도 퍽으나 속이 상하실 게요.”

이것은 윤의 말이다.

“무얼 할 줄이나 아나요? 아무것도 모르지. 게다가 홀게가 늦고 게을러 빠지고, 눈치는 없고…….”

이것은 키 작은 간병부의 말.

“그렇고말고요. 내가 다 아는걸. 일이야 햐꾸고오상이 다 하시지. 규고오상이야 무얼 하거디? 게다가 뽐내기는 경치게 뽐내지.”

이것은 윤의 말이다.

“그까짓 녀석 간수한테 말해서 쫓아보내지. 나도 밑에 많은 사람을 부려봤지마는 손 안 맞는 사람을 어떻게 부리오? 나 같으면 사흘 안에 내쫓아 버리겠소.”

이것은 정의 말이다.

“그렇기로 인정간에 그럴 수도 없고, 나만 꾹꾹 참으면 고만이라고 여태껏 참아왔지요. 그렇지마는 또 한 번 그런 버르장머리를 해 봐라, 이번엔 내가 가만두지 않을걸.”

이것은 키 작은 간병부의 말이다. 이때에 키 큰 간병부가 약병과 약봉지를 가지고 왔다. 키 작은 간병부는,

"아마 오늘 전방들 하시게 될까 보오."

하고 우리 방으로 장질부사11) 환자가 하나 오기 때문에 우리들은 다음 방으로 옮아가게 되었으니, 준비를 해 두라는 말을 하고 무슨 바쁜 일이나 있는 듯이 가 버리고 말았다.

키 큰 간병부는 '윤 참봉', '정 주사' 이 모양으로 농담삼아 이름을 불러 가며 병에 든 물약과 종이 주머니에 든 가루약을 쇠창살 틈으로 들여보낸다.

윤은 약을 받을 때마다 늘 하는 소리로,

"이깐놈의 약 암만 먹으면 낫거디? 좋은 한약을 서너 첩 먹었으면 금시에 열이 내리고 기침도 안 나고 부기도 빠지겠지만."

하며 일어나서 약을 받아 가지고 돌아와 앉는다.

다음에는 정이 일어나서 창살 틈으로 바짝 다가서서 물약과 가루약을 받아들고 물러서려 할 때에 키 큰 간병부가 약봉지 하나를 더 주며,

"이거 내가 먹는다고 비리발괄을 해서 얻어온 거요. 아껴 먹어요. 많이만 먹으면 되는 줄 알고 다른 사람 사흘에 먹을 것을 하루에 다 먹어 버리니 어떻게 해. 그 약을 누가 이루 댄단 말이오."

"그러니깐 고맙단 말씀이지. 규고오상, 나 그 알코올 솜 좀 얻어 주슈. 이번엔 좀 많이 줘요. 그냥 알코올 좀 얻을 수 없나? 그냥 알코올 한 고뿌 얻어 주시오그려. 사회에 나가면 내가 그 신세 잊어버릴 사람은 아니오."

"이건 누굴 경을 치울 양으로 그런 소리를 하오?"

"아따, 그 햐ㄴ고오는 살랑살랑 오는 것만 봐도 몸에 소름이 쪽쪽 끼쳐. 제가 무엔데 제 형님뻘이나 되는 규고오상을 그렇게 몰아세요? 나 같으면 가만두지 않을 테야."

"흥, 주먹을 대면 고 쥐새끼 같은 놈 어스러지긴 하겠구."

---

11) 장티푸스.

정이 이렇게 키 큰 간병부에게 아첨하는 것을 보고 있던 윤이,

"규고오상이 용하게 참으시거든. 그 악담을 내가 옆에서 들어도 이가 갈리건만 용하게 참으셔— 성미가 그렇게 괄괄하신 이가 용하게 참으시거든!"

하고 깊이 감복하는 듯이 혀를 찬다.

얼마 뒤에 키 큰 간병부는 알코올 솜을 한웅큼 가져다가,

"세 분이 노나 쓰시오."

하며 들여민다. 정이 부리나케 일어나서,

"아리가도오 고자이마쓰(고맙습니다)."

하고는 그 솜을 받아서 우선 코에 대고 한참 맡아 본 뒤에 알코올 제일 많이 먹은 듯한 데로 삼 분의 이쯤 떼어서 제가 가지고 그리고 나머지 삼 분의 일을 둘로 갈라서 윤과 나에게 줄 줄 알았더니, 그것을 또 삼 분에 갈라서 그 중 한 분은 윤을 주고, 한 분은 나를 주고, 나머지 한 분을 또 둘에 갈라서 한 분은 큰 솜 뭉텅이에 넣어서 유지로 꽁꽁 싸 놓고, 나머지 한 분으로 얼굴을 닦고 손을 닦고 머리를 닦고 발바닥까지 닦아서 내어 버린다.

그는 알코올 솜을 이렇게 많이 얻어서 유지에 싸 놓고는 하루에도 몇 번씩 얼굴과 손과 모가지를 닦는데, 그것은 살결이 곱고 부드러워지게 하기 위함이라고 한다.

저녁을 먹고 나서 전방을 할 줄 알았더니, 거진 다 저녁때가 되어서 키 작고 통통한 간수가 와서 철컥 하고 문을 열어젖히며,

"뎀보오, 뎀보오!"

하고 소리를 친다. 그 뒤로 키 작은 간병부가 와서,

"전방요, 전방."

하고 통역을 한다. 정이 제 베개와 알루미늄 밥그릇을 싸 가지고 가려는 것을,

"안 돼! 안 돼!"

하고 간수가 소리를 질러서 아까운 듯이 도로 내어놓고, 간신히 겨우 알코올 솜 한 뭉텅이만은 간수 못 보는 데 집어넣고, 우리는 주렁주렁 용수를 쓰고 방에서 나와서, 다음 방으로 들어갔다. 철컥 하고 문이 도로 잠겼다. 아랫목에는 민이 우리가 들어오는 것을 보고 어린애 모양으로 방글방글 웃고 앉아 있었다. 서로 떠난 지 20여 일 동안에 민은 무섭게 수척하였다. 얼굴에는 그 옴팡눈만 있는 것 같고, 그 눈도 자유로 돌지를 못하는 것 같았다. 두 무릎 위에 늘인 팔과 손에는 혈관만이 불룩불룩 솟아 있고, 정강이는 무르팍 밑보다도 발목이 더 굵었다. 저러고 어떻게 목숨이 붙어 있나 하고 나는 이 해골과 같은 민을 보면서,

"요새는 무얼 잡수세요?"

하고 큰소리로 물었다. 그의 귀가 여간한 소리는 듣지 못할 것같이 생각됐던 까닭이다.

민은 머리맡에 삼 분의 이쯤 남은 우유병을 가리키면서,

"서울 있는 매부가 돈 오원을 차입을 해서 날마다 우유 한 병씩 사 먹지요. 그것도 한 모금 먹으면 더 넘어가지를 않아요. 맛은 고소하건만 목구멍에 넘어를 가야지. 내 매부가 부자지요. 한 칠백 석하고 잘 살아요. 나 가기만 하면 매부네 집에 가 있을 텐데, 사랑도 널쩍하고 좋지요. 그래도 누이가 있으니깐, 매부도 사람이 좋구요. 육회도 해 먹고 배갈도 한 잔씩 따뜻하게 데워 먹고 하면, 살아날 것도 같구면!"

이런 소리를 하고 있었다. 그는 매부가 부자라는 것을 자랑하기 위해서 이런 말을 하는 모양이었다.

또 민의 바로 곁에 자리를 잡게 된 윤은 부채를 딱딱거리며,

"그래도 매부는 좀 사람인 모양이지? 집에선 아직도 아무 소식이 없단 말여? 이 봐. 내 말대로 하라닝게. 간수장한테 면회를 청하고 집에 있는 세간을 팔아서 먹구픈 것 사 먹기도 하고, 변호사를 대어서 보석청원도 해

요. 저렇게 송장이 다 된 것을 보석을 안 시킬 리가 있나? 인제는 광대뼈 꺼정 빨갛다닝게. 저렇게 되면 한 달을 못 간단 말이여. 서방이 다 죽게 되도 모르는 체하는 열아홉 살 먹은 계집년을 천 냥을 남겨 주겠다고? 또 그까짓 자식새끼? 나 같으면 모가지를 비틀어 빼어 버릴 테야! 저 봐. 할딱할딱하는 게 숨이 목구멍에서만 나와. 다 죽었어, 다 죽었어.”

하고 앙잘거린다.

“글쎄, 이 자식이 오래간만에 만났거든 그래도 좀 어떠냐 말이나 묻는 게지. 그저 댓바람에 악담이야? 네녀석의 악담을 며칠 안 들어서 맘이 좀 편안하더니 또 요길 왔어? 너도 손발이 통통 분 게 며칠 살 것 같지 못하다. 아이고 제발 그 악담 좀 말아라.”

민은 이렇게 말하고 한숨을 쉬고는 자리에 눕는다.

이 방에는 민 외에 강이라고 하는 키 커다랗고 건장한 청년 하나가 아랫배에 붕대를 감고 벽에 기대어 앉아 있었다. 나중에 들으니 그는 어떤 신문지국 기자로서, 과부 며느리와 추한 관계가 있다는 부자 하나를 공갈을 해서 돈 일천육백 원을 뺏어 먹은 죄로 붙들려온 사람이라고 하며, 대단히 성미가 괄괄하고 비위를 거슬리는 일은 참지를 못하는 사람이 되어서, 가끔 윤과 정을 몰아세운다. 윤이 민을 못 견디게 굴면 반드시 윤을 책망하였고, 정이 윤을 못 견디게 굴면 또 정을 몰아세운다. 정과 윤은 강을 향하여 이를 갈았으나 강은 두 사람을 깍쟁이같이 멸시하였다. 윤 다음에 정이 눕고, 정의 곁에 강이 눕고, 강 다음에 내가 눕게 된 관계로 강과 정과가 충돌할 기회가 자연 많아졌다. 강은 전문학교까지 졸업한 사람이기 때문에 지식이 상당하여서 정이 아는 체하는 소리를 할 때마다, 사정없이 오금을 박았다.

“어디서 한마디 두마디 주워들은 소리를 가지고 아는 체하고 지절대오?[12] 시골구석에서 무식한 농민들 속여 먹던 버르장머리를 아무 데서나 하려 들어? 벙글벙글하는 당신 상판대기에 나는 거짓말쟁이오 하고 뚜렷이 써 붙였어. 인제 낫살도 마흔댓 살 먹었으니 죽기 전에 사람 구실을 좀 해 보지. 댁이 의학은 무슨 의학을 아노라고 걸핏하면 남에게 약 처방을 하오? 다른 사기는 다 해 먹더라도 잘 알지도 못하는 의원 노릇일랑 아예 말어. 침도 아노라, 한방의도 아노라, 양의도 아노라, 그렇게 아는 사람이 어디 있어? 당신이 그 따위로 사람을 많이 속여 먹었으니 배때기가 온전할 수가 있나? 욕심은 많아서 한 끼에 두 사람 세 사람 먹을 것을 처먹고는 약을 처먹어, 물을 처먹어. 그러고는 방귀질, 또 똥질, 트림질, 게다가 자꾸 토하기까지 하니 그놈의 냄새에 곁엣사람이 살 수가 있나? 그렇게 처먹고 밥주머니가 늘어나지 않아? 게다가 한다는 소리가 밤낮 거짓말— 싱글벙글 웃기는 왜 웃어? 누가 이쁘다는 게야? 알코올 솜으로 문지르기만 하면 상판대기가 예뻐지는 줄 아슈? 그 알코올 솜도 나랏돈이오. 당신네 집에서 언제 제 돈 가지고 알코올 한 병 사 봤어? 벌써 꼬락서니가 생전 사람구실 해 보기는 틀렸소마는, 제발 나 보는 데서만은 그 주둥아리 좀 닫치고 있어요."

강은 자기보다 근 20년이나 나이 많은 정을 이렇게 몰아세운다.

한번은 점심때에 자반 멸치 한 그릇이 들어왔다. 이것은 온 방 안에 있는 사람들이 골고루 나누어 먹으라는 것이다. 멸치라야 성한 것은 한 개도 없고, 꼬랑지, 대가리, 모두 부스러진 것뿐이요, 게다가 짚 검불이며, 막대기며, 별의별 것이 다 섞여 있는 것들이나, 그래도 감옥에서는 한 주일에 한 번이나 두 주일에 한 번밖에는 못 얻어먹는 별미여서, 이러한 반찬이 들어오는 날은 모두들 생인이나 명절을 당한 것처럼 기뻐하였다. 정은 여전히 밥 받아들이는 일을 맡았기 때문에 이 멸치 그릇을 받아서 젓가락으로 뒤적거리며 살이 많은 것은 골라서 제 그릇에 먼저 덜어놓고, 대가리와 꼬랑지만은 다른 네 사람을 위하여 내어놓았다. 내가 보기에도 정이 가진

---

12) 지절대다 : 수다스럽게 자꾸 지껄이다.

것은 절반은 다 못 되어도 삼 분지 일은 훨씬 넘었다. 그러나 정의 눈에는 그것이 멸치 전체의 오 분지 일로 보인 모양이었다.

나는 강의 입에서 반드시 벼락이 내릴 것을 예기하고, 그것을 완화해 볼 양으로 정더러,

"여보시오, 멸치가 고르게 분배되지 않은 모양이니, 다시 분배를 하시오."

하였으나, 정은 자기 그릇에 담았던 멸치 속에서 그 중 맛없을 만한 것 서너 개를 골라서 이쪽 그릇에 덜어놓을 뿐이었다. 그러고는 대단히 맛나는 듯이 제 그릇의 멸치를 집어 먹는데, 그것도 그 중 맛나 보이는 것을 골라서 먼저 먹었다.

민은 아무 욕심도 없는 듯이 쌀뜨물 같은 미음을 한 모금 마시고는 놓고, 또 한 모금 마시고는 놓고 할 뿐이요, 멸치에 대해서는 아무 관심이 없는 모양이었으나, 윤은 못마땅한 듯이 연해 정을 곁눈으로 흘겨보면서 그래도 멸치를 골라 먹고 있었다. 강만은 멸치에는 젓가락을 대어보지도 않고, 조밥 한 덩이를 다 먹고 나더니마는, 멸치 그릇을 들어서 정의 그릇에 쏟아 버렸다. 나도 웬일인지 멸치에는 젓가락을 대지 아니하였다.

정은 고개를 번쩍 들어 강을 바라보며,

"왜 멸치 좋아 안하셔요?"

"우린 좋아 아니해요. 두었다 저녁에 자시오."

하고 강은 아무 말 없이 물을 먹고는 제자리에 가서 드러누웠다. 나는 강의 속에 무슨 생각이 났는지 몰라 우습기도 하고 궁금하기도 하였다.

정은 역시 강의 속이 무서운 모양이었으나, 다섯 사람이 먹을 멸치를, 게다가 소금 절반이라고 할 만한 멸치를 거진 다 먹고 조금 남은 것을 저녁에 먹는다고 라디에이터 밑에 감추어두었다.

정은 대단히 만족한 듯이 싱글싱글 웃으며 제자리에 와 드러누웠다. 그러더니 얼마 아니해서 코를 골았다. 식곤증이 난 모양이라고 나는 생각하

였다. 아무리 위장이 튼튼한 장정 일꾼이라도 자반 멸치 한 사발을 다 먹고 무사히 내릴 리는 없을 것 같았다. 강도 그 눈치를 알았는지 배의 붕대를 끌러놓고 부채로 수술한 자리에 바람을 넣으면서 픽픽 웃고 앉았더니, 문득 일어나서 물주전자 있는 자리에 와서 그것을 들어 흔들어 보고 그러고는 뚜껑을 열어 보았다. 강은 나와 윤에게 물을 한 잔씩 따라서 권하고, 그러고는 자기가 두 보시기나 마시고, 그 나머지로는 수건을 빨아서 제 배를 훔치고, 그러고는 물 한 방울도 없는 주전자를 마룻바닥에 내어던지듯이 덜컥 놓고는 제자리에 돌아와 앉았다.

강이 하는 양을 보고 앉았던 윤은,

"강 선생, 그것 잘 하셨소. 흥, 이제 잠만 깨면 목구멍에 불이 일어날 것이닝게."

하고는 주전자 뚜껑을 열어 물이 한 모금도 아니 남은 것을 보고 제자리에 돌아와 앉는다.

정은 숨이 막힐 듯이 코를 골더니 한 시간쯤 지나서 눈을 번쩍 뜨며 일어나는 길로 주전자 앞으로 달려갔다. 그러나 주전자에 물이 한 방울도 없는 것을 보고, 와락 화를 내어 주전자를 동댕이를 치고 윤을 흘겨보면서,

"그래, 물을 한 방울도 안 남기고 자신단 말이오? 내가 아까 물이 있는 걸 보고 잤는데, 그렇게 남의 생각을 아니하고 제 욕심만 채우니깐 두루 밤낮 똥질을 하지."

하고 트집을 잡는다.

"뉘가 할 소리여? 그게 춘치 자명13)이라는 것이여."

하고 윤은 점잖을 뺀다.

"물은 내가 다 먹었소."

하고 강이 나앉는다.

---

13) 춘치 자명(春雉 自鳴) : 시키거나 요구하지 않아도 자기 스스로 함.

"멸치는 댁이 다 먹었으니, 우리는 물로나 배를 채워야 아니하오? 멸치도 혼자 다 먹고 물도 혼자 다 먹었으면 속이 시원하겠소?"

정은 아무 말도 아니하였다. 그러나 목이 말라 죽을 지경인 모양이었다. 그는 누웠다 앉았다, 도무지 자리를 잡지 못하였다. 그가 가끔 일어나서 철창으로 복도를 바라보는 것은 간병부더러 물을 청하려는 것인 듯하였다. 그러나 간병부는 어디 갔는지 좀체로 보이지 아니하였고, 그 동안에 간수와 부장이 두어 번 지나갔으나, 차마 물 달라는 말은 나오지 않는 모양이었다. 그 동안이 퍽 오래 지난 것 같았다. 이때에 키 작은 간병부가 왔다. 정은 주전자를 들고 일어나서 창으로 마주가며,

"햐꾸고오상, 여기 물 좀 주세요. 도무지 무엇을 먹지를 못하니깐두루 헛헛증[14]이 나고, 목이 말라서. 물이 한 방울도 없구면요."

하고 얼굴 전체가 웃음이 되어 아첨하는 빛을 보인다.

"여기가 어딘 줄 아슈? 감옥살이를 일 년을 해도, 감옥소 규칙도 몰라? 저녁때 아니고 무슨 물이 있단 말이오?"

100호는 이렇게 웃어 버린다. 정은 주전자를 높이 들어 흔들며,

"그러니까 청이지요. 목마른 사람에게 물 한잔 주는 것도 급수공덕이라는 말을 못 들으셨어요? 한잔만 주세요. 수통에서 얼른 길어오면 안 되오?"

"그렇게 배도 곯아 보고, 목도 말라 보아야 합니다. 남의 돈 공으로 먹으려다가 붙들려 왔으면, 그만한 고생도 안 해?"

하고 말하다가, 간수 오는 것을 봄인지 간병부는 얼른 가 버리고 만다. 정은 머쓱해서 주전자를 방바닥에 놓고 자리에 와 앉는다. 옆방 장질부사 환자의 간호를 하고 있는 키 큰 간병부가 통행금지하는 줄 저편에서 고개를 기웃하여 우리들이 있는 방을 들여다보며,

---

14) 헛헛증 : 헛헛한 증세. 공복감. 공복증.

"정 주사, 물 좀 줄까? 얼음 냉수 좀 줄까?"

하고 환자 머리 식히는 얼음주머니에 넣던 얼음 한 조각을 한줌 들어보인다. 정은 벌떡 일어나서 창 밑으로 가며,

"규고오상, 그거 한 덩이만 던져 주슈."

하고 손을 내민다.

"이건 왜 이래? 장질부사 무섭지 않아? 내 손에 장질부사 균이 득시글득시글한다나."

"아따, 그 소독물에 좀 씻어서 한 덩어리만 던져 주세요. 아주 목이 타는 것 같구려. 그렇잖으면 이 주전자에다가 물 한 구기만 넣어 주세요. 아주 가슴에 불이 인다니깐."

"아까 들으니까 멸치를 혼자 자시는 모양입디다그려. 그걸 그냥 새겨야지. 물을 먹으면 다 오줌으로 나가지 않우? 그냥 새겨야 얼굴이 반드르해진단 말야."

그러고는 키 큰 간병부는 새끼손가락만한 얼음 한 덩이를 정을 향하고 집어 던졌으나, 그것이 하필이면 쇠창살에 맞고 복도에 떨어져 버리고 말았다. 그러고는 키 큰 간병부는 얼음주머니를 가지고 방으로 들어가 버렸다.

정은 제자리에 돌아와 고개를 숙이고 앉았다.

"소금을 자슈. 체한 데는 소금을 먹어야 하는 게야."

이것은 강의 처방이었다. 정은 원망스러운 듯이 강을 한번 힐끔 돌아보고는 입맛을 다셨다.

"저 타구15)에 물이 좀 있지 않아? 양칫물은 남의 세 갑절 쓰지? 그게 저 타구에 있지 않아? 그거라도 마시지."

이것은 윤의 말이었다.

---

15) 타구(唾具) : 가래침을 뱉는 그릇. 타호(唾壺).

"아까 짠것을 너무 자십디다. 속도 좋지 않은 이가 그렇게 자시고 무사할 리가 있소?"

하며 민이 자기 머리맡에 놓았던 우유병을 정에게 주었다.

"이거라도 자셔 보슈."

"고맙습니다. 그저 병환이 하루바삐 나으시고 무죄가 되어서 나갑소사."

하고 정은 정말 합장하여 민에게 절을 하고 나서 그 우유병을 단숨에 들이켰다.

"사람들이 그래서는 못쓰는 것이오. 남을 위할 줄을 알아야 쓰는 게지. 남을 괴롭게 하고 비웃고 하면 천벌을 받는 법이오. 하느님이 다 내려다보시고 계시거든."

정은 이렇게 한바탕 설교를 하고 다시는 물 얻어먹을 생각도 못하고 누워 버리고 말았다.

"당신이 사람은 아니오. 너무 처먹어서 목이 갈한 데다가 또 우유를 먹으면 어떡허자는 말이오? 흥, 뱃속에서 야단이 나겠수. 탐욕이 많으면 그런 법입니다. 저 먹을 만큼만 먹으면 배탈이 왜 난단 말이오? 그저 이건 들여라 들여라니 당신 그러다가는 장위가 아주 결판이 나서 나중엔 미음도 못 먹게 되오! 알긴 경치게 많이 알면서 왜 제 몸 돌아볼 줄만은 몰라? 그러고는 남더러 천벌을 받는다고. 인제 오늘 밤중쯤 되면 당신이야말로 천벌받는 것을 내가 볼걸."

강은 이렇게 빈정대었다.

이러는 동안에 또 저녁 먹을 때가 되었다. 저녁 한 때만은 사식을 먹는 정은 분명히 굶어야 옳은 것이언만, 받아놓고 보니 하얀 밥과 섭 산적과 자반 고등어와 쇠꼬리 국과를 그냥 내어놓을 수는 없는 모양이었다.

"저녁을랑 좀 적게 자시지요."

하는 내 말에 정은,

"내가 점심에 무얼 먹었다고 그러십니까? 왜 다들 나를 철없는 어린애로 아슈?"

하고 화를 내었다.

정은 저녁 차입을 다 먹고 점심에 남겼던 멸치도 다 핥아 먹고, 그렇게도 그립던 물을 세 보시기나 벌컥벌컥 마셨다.

'슈우신(취침)' 하는 소리에 우리들은 다 자리에 누워서 잠을 기다리고 있었다.

정은 대단히 속이 거북한 모양이어서, 두어 번이나 일어나서 소금을 먹고는 물을 마셨다. 그러고도 내 약봉지에 남은 소화약을 세 봉지나 달래서 다 먹었다.

옆방에 옮아 온 장질부사 환자는 연해 앓는 소리와 헛소리를 하고 있었다. 집으로 보내어 달라고 소리를 지르고 '아주머니 아주머니' 하고 목을 놓아 울기도 하였다.

이 젊은 장질부사 환자의 앓는 소리에 자극이 되어서 좀체로 잠이 들지 아니하였다. 내 곁에 누운 간병부는 그 환자에 대하여 내 귀에 대고 이렇게 설명하였다.

"저 사람이 ○전 출신이라는데, 지금 스물일곱 살이래요. 황금정에 가게를 내고 장사를 하다가 그만 밑져서 화재보험을 타먹을 양으로 불을 놓았다나요. 그래 검사한테 십년 구형을 받았대요. 십년 구형을 받고는 법정에서 졸도를 했다고요. 의사의 말이 살기가 어렵다는 걸요. 집엔 부모도 없고, 형수 손에 길리었다고요. 그래서 저렇게 아주머니만 찾아요. 사람은 괜찮은데 어쩌다가 나 모양으로 불놓을 생각이 났는지."

장질부사 환자는 여전히 아주머니를 찾고 있었다.

정은 밤에 세 번이나 일어나서 토하였다. 방 안에는 멸치 비린내나는 시큼한 냄새가 가뜩 찼다. 윤과 강은 이거 어디 살겠느냐고 정에게 편잔을 주었으나 정은 대꾸할 기운도 없는 모양인지 토하는 일이 끝나고는 배멀미하는 사람 모양으로 비틀비틀 제자리에 돌아와 쓰러져 버렸다. 이것이

무 명 ■ 53

빌미가 되어서 정은 이틀이나 사흘 만에 한 번씩은 토하는 증세가 생겼는데, 그래도 정은 여전히 끼니 때마다 두 사람 먹을 것을 먹었고, 그러면서도 토할 때에 간수한테 들키면 아무것도 먹은 것은 없는데 저절로 뱃속에 물이 생겨서 이렇게 토하노라고 변명을 하였다. 그러고는 우리들을 향하여서도,

"글쎄, 조화 아니야요? 아무것도 먹은 것이 없는데 이렇게 물이 한 타구씩 배에 고인단 말이야요. 나를 이 주일만 놓아 주면 약을 먹어서 단박에 고칠 수가 있건마는."

이렇게 아무도 믿지 아니하는 소리를 지껄이는 것이었다.

민의 모양이 시간시간 글러지는 양이 눈에 띄었다. 요새 며칠째는 윤이 아무리 긁적거려도 한 마디의 대꾸도 아니하였고, 똥통에서 내려오다가도 두어 번이나 뒹굴었다. 그는 눈알도 굴리지 못하는 것 같고 입도 다물 기운이 없는 것 같았다. 우리는 밤에 자다가도 가끔 그가 숨이 남았나 하고 고개를 쳐들어 바라보게 되었다. 그래도 어떤 때는 흰밥이 먹고 싶다고 한 숟가락을 얻어서 입에 물고 어물어물하다가 도로 뱉으며,

"인제는 밥도 무슨 맛인지 모르겠어. 배갈이나 한잔 먹으면 어떨지?"

하고 심히 비감[16]한 빛을 보였다. 민은 하루에 미음 두어 숟갈, 물 두어 모금만으로 목숨을 부지하고 있었다. 하루는 의무과장이 와서 진찰을 하고 복막에서 고름을 빼어보고 나가더니, 이삼일 지나서 취침시간이 지난 뒤에 보석이 되어 나갔다. 그래도 집으로 나간단 말이 기뻐서, 그는 벙글벙글 웃으면서 보퉁이를 들고 비틀비틀 걸어 나갔다.

"흥, 저거 인제 나가는 길로 뒈지네."

하고 윤이 코웃음을 하였다. 얼마 있다가 민을 부축하고 나갔던 간병부가 들어와서,

---

16) 비감(悲感) : 슬프게 느껴지는 것. 또는, 그런 느낌.

"곧잘 걸어요. 곧잘 걸어 나가요. 펄펄 날뛰던데!"

하고 웃었다.

"나도 보석이나 나갔으면 살아날 텐데."

하고 정이 통통 부은 얼굴에 싱글싱글 웃으면서 입맛을 다셨다.

"내가 무어라고 했어? 코끝이 저렇게 빨개지고는 못 산다닝게. 그러고 성미가 고따위로 생겨 먹고 병이 낫거디? 의사가 하라는 건 죽어라 하고 안 하거든. 약을 먹으라니 약을 처먹나. 그건 무가내[17]닝게."

윤은 이런 소리를 하였다.

"흥, 똥 묻은 개가 겨 묻은 개 숭본다. 댁이 누구 숭을 보아? 밤낮 똥질을 하면서도 자꾸 처먹고."

이것은 정이 윤을 나무라는 것이었다.

"허허허허. 참 입들이 보배요. 남이 제게 할 소리를 제가 남에게 하고 있다니까. 아아, 참."

이것은 강이 정을 보고 하는 소리였다.

민이 보석으로 나가던 날 밤, 내가 한잠을 자고 무슨 소리에 놀라 깨었을 때에, 나는 곁방 장질부사 환자가 방금 운명하는 중임을 깨달았다. 끙끙 소리와 함께 목에 가래끓는 소리가 고요한 새벽 공기를 울려 오는 것이었다. 그 방에 있는 간병부도 잠이 든 모양이어서 앓는 사람의 숨 모으는 소리뿐이요, 도무지 인기척이 없었다. 나는 내 곁에서 자는 간병부를 깨워서 이 뜻을 알렸다. 간병부는 간수를 부르고 간수는 비상경보하는 벨을 눌러서 간수부장이며 간수장이 달려오고, 얼마 있다가 의사가 달려왔다. 그러나 의사가 주사를 놓고 간 뒤, 반 시간이 못 하여 장질부사 환자는 마침내 죽어 버렸다.

이튿날 아침 죽은 청년의 시체가 그 방에서 나가는 것을 우리는 엿보았

---

17) 무가내하(無可奈何) : 어찌할 수가 없이 됨.

다. 붕대로 싸맨 얼굴은 아니 보이나 길다란 검은 머리카락이 비죽이 내어민 것이 처량하였다. 그는 머리를 무척 아낀 모양이어서 감옥에 들어온 지 여러 달이 되도록 머리를 남겨둔 것이었다. 아직 장가도 아니 든 청년이니 머리에 향내나는 포마드18)를 발라 산뜻하게 갈라붙이고 면도를 곱게 하고, 얼굴에 파우다를 바르고 나섰을 법도 한 일이었다. 그는 인생 향락의 밑천을 얻을 양으로 장사를 시작하였다가 실패하였다. 실패하자, 돈에 대한 탐욕은 마침내 제 집에 불을 놓아 화재보험금을 사기하리라는 생각까지 내게 하였고, 탐욕으로 원인을 하는 이 큰 죄악에서 오는 당연한 결과로 경찰서 유치장을 거쳐 감옥살이를 하다가, 믿지 못할 인생을 끝마감한 것이다. 나는 그가 어느 날 밤에 집에 불을 놓을 결심을 하던 양을 상상하다가, 이왕 죽어 버린 불쌍한 젊은 혼에게 대하여 미안한 생각이 나서, 뒷문으로 나가는 그의 시체를 향하여 합장하고 고개를 숙였다. 그 시체의 뒤에는 그가 헛소리로까지 부르던 아주머니가 그 남편과 함께 눈물을 씻으며 소리없이 따라가는 것이 보였다. 그를 간호하던 키 큰 간병부 말이, 그는 죽기 전 이삼 일 동안은 정신만 들면 예수교식으로 기도를 올렸다고 하며, 또 잠꼬대 모양으로 '하느님 하느님' 하고 부르고, 예수의 십자가의 공로로 이 죄인을 용서하여 달라고 중얼거리더라고 한다. 그는 본래 예수교의 가정에서 자라서 중학교나 전문학교를 다 교회 학교에서 마쳤다고 한다. 생각컨대는, 재물이 풍성함으로 사는 것이 아니라는 예수의 말씀이 잘 믿어지지 아니하여 돈으로 세상 영화를 구하려는 데몬의 유혹에 걸렸다가, 거진 다 죽게 된 때에야 본심에 돌아간 모양이었다.

이날은 날이 심히 덥고 볕이 잘 나서 죽은 사람의 방에 있던 돗자리와 매트리스와 이불과 베개와를 우리가 일광욕하는 마당에 내어 널었다. 그 베개가 촉촉히 젖은 것은 죽은 사람이 마지막으로 흘린 땀인 모양이었다.

---

18) 포마드(Pomade) : 머리털에 바르는 끈기 있는 향유. 주로 남자용임.

입에다가 가제 마스크를 대고 시체가 있던 방을 치우고, 소독하던 키 큰 간병부는 크레졸 물에다가 손과 팔뚝을 뻑뻑 문지르며,

"이런 제에길, 보름 동안이나 잠 못 자고 애쓴 공로가 어디 있나? 팔자가 사나우니까 내 어머니 임종도 못 한 녀석이 엉뚱한 다른 사람의 임종을 다 했지. 허허."

하고 웃는다. 그 청년이 죽어 나간 뒤로부터 며칠 동안 윤이나 정이나 내나 대단히 침울하였다.

윤의 기침은 점점 더하고 열도 오후면 38도 7부 가량이나 올라갔다. 그는 기침을 하고는 지리가미에 담을 뱉어서 아무 데나 내어버리고, 열이 올라갈 때면 혼몽해서19) 잠을 자다가는 깨기만 하면 냉수를 퍼먹는다. 담을 함부로 뱉지 말고 타구에 뱉으라고 정도 말하고 나도 말하였지마는, 그는 종시 듣지 아니하고 내 자리 밑에 넣은 지리가미를 제 마음대로 집어다가는 하루에도 사오십 장씩이나 담을 뱉어서 내어던지고, 그가 기침이 나서 누에 모양으로 고개를 내어두르며 캑캑 기침을 할 때에 곁에 누웠던 정이 윤더러 고개를 저쪽으로 돌리고 기침을 하라는 소리를 지르면, 윤은 심사로 더욱 정의 얼굴을 향하고 캑캑거렸다.

"내가 폐병인 줄 아나. 왜? 내 기침은 폐병 기침은 아녀. 내 기침이야 깨끗하지. 당신 왝왝 돌리는 게나 좀 말어, 제발."

하고 윤은 도리어 정에게 핀잔을 주었다.

정은 마침내 간병부를 보고 윤이 기침이 대단한 것과, 함부로 담을 뱉으니, 그 담에 균이 있나 없나 검사해야 될 것을 주장하였다.

"검사해 보아, 검사해 보아. 내가 폐병인 줄 알고? 내가 이래 뵈어도 철골이어던. 이게 해소 기침이지 폐병 기침은 아녀."

하고 윤은 정을 흘겨보았다. 그 문제로 해서 그날 온종일 윤과 정은 으

---

19) 혼몽하다 : 정신이 흐릿해 가물가물 하다.

르렁거리고 있다가 그 이튿날 아침 진찰시간에 정은 의사와 간병부가 있는 자리에서, 윤이 기침이 심하고 담을 많이 뱉고 또 아무 데나 함부로 뱉는 것을 말하여 의사의 주의를 끌고 윤에게 망신을 주었다. 방에 돌아오는 길로 윤은 정을 향하여,

"댁이 나와 무슨 원수여? 댁이 끼니 때마다 밥을 속여, 베개를 셋씩이나 베어, 밤마다 토해, 이런 소리를 내가 간수보고 하면 댁이 경칠 줄 몰라? 임자가 그 따위 개도 안 먹을 소갈머리를 가졌으닝게 처먹는 게 살이 안 되는 게여. 속에서 푹푹 썩어서 똥구멍으로 나갈 게 아가리로 나오는 게야. 댁의 상판대기를 보아요. 누렇게 들뜬 것이 저러고 안 죽는 법 있어? 누가 여기서 먼저 죽어나가나 내기할까?"

하고 대들었다.

담 검사한 결과는 그로부터 사흘 후에 알려졌다. 키 작은 간병부의 말이, 플러스 플러스 플러스 열십자가 세 개나 적혔더라고 한다. 윤은 멀거니 간병부와 나를 번갈아 쳐다보며,

"플러스 플러스는 무어고, 열십자 세 개는 무어여?"

하고 근심스럽게 물었다.

"폐병 버러지가 득시글득시글한단 말여."

하고 정이 가로맡아 대답을 하였다.

"당신더러 묻는 말 아니여."

하고 정에게 핀잔을 주고 나서 윤은,

"내 담에 아무것도 없지라오? 열십자 세 개란 무어여?"

하고 간병부를 쳐다본다.

간병부는 빙그레 웃으며,

"괜찮아요. 담에 무엇이 있는지야 의사가 알지 내가 알아요."

하고는 가 버리고 말았다.

정이 제자리를 윤의 자리에서 댓 치나 떨어지게 내 쪽으로 당기어 깔고,

"저 담벼락 쪽으로 바싹 다가서 누워요. 기침을 할 때에는 담벼락을 향하고, 담을랑 타구에 뱉고. 사람의 말 주릴하게도 안 듣네. 당신 담에 말이오. 폐결핵균이 말이야, 폐병 벌레가 말이야, 대단히 많단 말이우. 열십자가 하나면 좀 있단 말이고, 열십자가 둘이면 많이 있단 말이고, 열십자가 셋이면 대단히 많이 있단 말이야, 인제 알아들었수? 그러니깐두루 말이야, 다른 사람 생각을 좀 해서 함부로 담을 뱉지 말란 말이오."

하는 말을 듣고 윤의 얼굴은 해쓱해지며 내게,

"진상, 그게 정말인 게요?"

하고 묻는 소리가 떨렸다. 나는,

"내일 의사가 무어라고 말씀하겠지요."

할 뿐이요, 그 이상 더 할 말이 없었다.

저녁때가 다 되어서 키 작은 간병부가 와서,

"윤 서방! 전방이오, 전방. 좋겠소. 널찍한 방에 혼자 맡아 가지고 정서방하고 쌈도 안 하고. 인제 잘 됐지, 어서 짐이나 차려요."

하는 말에, 윤은 자리에 벌떡 일어나 앉으며, 간병부를 눈 흘겨보면서,

"여보, 그래 댁은 나와 무슨 웬수란 말이오? 내 담을 갖다가 검사를 시키고, 그러고 나를 사람 죽은 방에 혼자 가 있게 해? 날더러 죽으라는 말이지. 난 그 방 안 가오. 어디 어떤 놈이 와서 나를 그 방으로 끌어가나 볼라오. 내가 그 놈과 사생결단을 할 터이닝게. 그래 이 따위 입으로 똥싸는 더러운 병자는 가만두고, 나 같은 말짱한 사람을 그래 사람 죽은 방으로 혼자 가래? 햐꾸고오상, 나를 사람 죽은 방으로 보내고 그래 댁이 앙화[20]를 안 받을 듯싶소."

하고 악을 썼다.

"왜 날더러 그러오? 내가 당신을 어디로 보내고 말고 하오? 또 제가 전

---

20) 앙화(殃禍) : 지은 죄의 앙갚음으로 받는 재앙.

염병이 있으면 가란 말 없어도 다른 사람 없는 데로 가는 게지, 다른 사람들까지 병을 묻혀 놓으려고? 심사가 그래서는 못써. 죽을 날이 가깝거든 맘을 좀 착하게 먹어. 이건 무슨 퉁명이야?"

간병부는 이렇게 말하고 코웃음을 웃으며 가 버린다.

간병부가 간 뒤에는 윤은 정에게 원망하는 말을 퍼부었다. 제 담 검사를 정이 주장하였다는 것이다. 그는 정이 죽어 나가는 것을 맹세코 제 눈으로 보겠다고 장담하고, 또 만일 불행히 제가 먼저 죽으면 죽은 귀신이라도 정에게 원수를 갚을 것을 선언하였다. 정은 아무 말도 아니하고 고소한 듯이 싱글벙글 웃기만 하고 있더니,

"흥, 그리 마오. 당신이 그런 악한 마음을 가졌으니깐두루 그런 악한 병을 앓게 되는 게유. 당신이야말로 민 영감을 그렇게 못 견디게 굴었으니깐두루 민 영감 죽은 귀신이 지금 와서 웬수를 갚는 게야. 흥, 내가 왜 죽어? 나는 말짱하게 살아나갈걸. 나는 얼마 아니면 공판이야. 공판만 되면 무죄야. 이건 왜 이러오?"

하고 드러누워서 소리를 내어 불경책을 읽기 시작한다.

정은 교회사를 면회하고 무량수경을 얻어다가 읽기 시작한 지가 벌써 이 주일이나 되었다. 그는 순 한문 경문의 뜻을 알아볼 만한 학문의 힘이 없는 모양이었으나 이렇게도 토를 달아 보고 저렇게도 토를 달아 보면서 그래도 부지런히 읽었고, 가끔 가다가 제가 깨달았다고 하는 구절을 장한 듯이 곁에 있는 사람에게 설명조차 하였다. 그는 곁방에서도 다 들릴만큼 큰 소리로 서당에서 아이들이 글 읽는 모양으로 낭독을 하였고, 취침시간 후이거나 기상시간 전이거나, 곁에 있는 사람이야 자거나 말거나 제 마음만 내키면 그것을 읽었다. 한번은 지나던 간수가 소리를 내지 말라고 꾸중할 때에 그는 의기양양하게 '자기가 읽는 것은 불경'이라고 대답하였다. 그가 때때로 설명하는 것을 들으면 무량수경 속에 있는 뜻을 대충은 아는 모양이었으나, 그는 그것을 실행에 옮길 생각은 아니하는 것 같아서 불경

을 읽은 지 2주일이 넘어도 남을 위한다는 생각은 조금도 나는 것 같지 아니하였다. 한번은 윤이,

"흥, 그래도 죽어서 좋은 데는 가고 싶어서, 경을 읽기만 하면 되는 줄 알구. 행실을 고쳐야 하는 게여."

하고 빈정대일 때에 옆에서 강이,

"그러지 마시오. 그 양반 평생 첨으로 좋은 일하는 게요. 입으로 읽기만 하여도, 내생 내내생쯤은 부처님 힘으로 좀 나아지겠지."

이렇게 대꾸를 하였다.

"아서우. 불경 읽는 사람을 곁에서 그렇게 비방들을 하면 지옥에를 간다고 했어."

이렇게 뽐내고 정은 왕왕 소리를 내어 읽었다. 사람 죽은 방으로 간다는 걱정으로 자못 마음이 편안치 못한 윤은 정의 글 읽는 소리에 더욱 화를 내는 모양이어서, 몇 번 입을 비쭉비쭉하더니,

"듣기 싫어! 다른 사람 생각도 좀 해야지. 제발 소리 좀 내지 말아요."

하는 것을 정은 들은 체 만 체하고 소리를 더 높여서 몇 줄을 더 읽고는 책을 덮어 놓는다.

윤은 누운 대로 고개를 돌려서 내 편을 바라보며,

"진상요, 사람 죽은 방에 처음 들어가자면 그 사람도 죽는 게 아닝게오?"

하고 내 의견을 묻는다.

"사람 안 죽은 아랫목이 어디 있어요? 병원에선 금시에 죽이 나간 침대에 금시에 새 병자가 들어온답니다. 사람이 다 제 명이 있지요. 죽고 싶다고 죽어지는 것도 아니고, 더 살고 싶다고 살아지는 것도 아니구요. 그렇게 겁을 집어 자시지 말고 맘 편안히 염불이나 하고 누워 계세요."

나는 이것이 그에게 대하여 내가 말할 수 있는 마지막 기회인 성싶어서, 일부러 일어나 앉아서 이 말을 하였다. 내가 한 말이 윤의 생각에 어떠

한 반향을 일으켰는지 알 수 있기 전에 감방문이 덜컥 열리며,

"쥬고오 뎀보오."

하는 간수의 명령이 내렸다. 간수의 곁에는 키 작은 간병부가 빙글빙글 웃고 서서,

"어서 나와요, 짐 다 가지고 나와요."

하고 소리를 쳤다. 윤은 자리 위에 벌떡 일어나 앉으며,

"단또상(간수님), 제 병이 폐병이 아닝기오. 제가 기침을 하지마는 그 기침은 깨끗한 기침이닝게."

하고 되지도 아니할 변명을 하려다가, 마침내 어서 나오라는 호령에 잔뜩 독이 올라서 발발 떨면서 1호실로 전방을 하고 말았다. 윤이 혼자서 간수와 간병부에게 악담을 하는 소리와 자지러지게 하는 기침 소리가 들려왔다. 정은,

"에잇, 고것 잘 갔다. 무슨 사람이 고렇게 생겨 먹었는지. 사뭇 독사야, 독사. 게다가 다른 사람 생각이란 영 할 줄 모르지. 아무 데나 대고 기침을 하고, 아무 데나 담을 뱉어 버리고, 이거 대소독을 해야지. 쓸 수가 있나?"

하고 중얼거리면서 그래도 윤이 덮던 겹이불이 자기 것보다는 빛깔이 좀 새로운 것을 보고 얼른 제 것과 바꾸어 덮는다. 그리고 윤이 쓰던 알루미늄 밥그릇도 제 밥그릇과 포개놓아서 다른 사람이 먼저 가질 것을 겁내는 빛을 보인다. 강이 물끄러미 이 모양을 보고 앉았다가,

"여보, 방까지 소독을 해야 된다면서 앓던 사람의 이불과 식기를 쓰면 어쩔 작정이오? 당신은 남의 허물을 참 용하게 보는데, 윤씨더러 하던 소리를 당신더러 좀 해 보시오그려."

하고 핀잔을 준다.

정은 약간 부끄러운 빛을 보이며,

"이불은 내일 볕에 널고, 식기는 알코올 솜으로 잘 닦아서 소독을 하면 고만이지."

하고 또 고개를 흔들어 가며 소리를 내어서 불경책을 읽기를 시작한다.

정은 아마 불경을 읽는 것으로, 사후에 극락세계로 가는 것보다도 재판에 무죄 되기를 바라는 모양이었다. 그러길래 그가 징역 일년 반의 선고를 받고 와서는 불경을 읽는 것이 훨씬 덜 부지런하였고, 그래도 아주 불경 읽기를 그만두지 아니하는 것은 공소 공판을 위함인 듯하였다. 그렇게 자기는 무죄라고 장담하였고, 검사와 공범들까지도 자기에게는 동정을 가진다고 몇 번인지 모르게 뇌이고 뇌다가, 유죄판결을 받고 와서는, 재판장이 '야마시다' 재판장이 아니고 '나까무라'인가 하는 변변치 못한 사람인 까닭이라고 단언하였고, 공소에서는 반드시 자기의 무죄가 판명되리라고, 공소의 불리함을 타이르는 간수에게 중언부언 설명하였다. 그는 수없이 억울하다는 소리를 하였고, 일년 반 징역이라는 것을 두려워함이 아니라, 자기의 일생의 명예를 위하여 끝까지 법정에서 다투지 아니하면 아니 된다고 비장한 어조로 말하였고, 자기 스스로도 제 말에 감격하는 모양이었다.

얼마 후에 강도 역시 징역 2년의 판결을 받았다. 정이 강더러 아첨 절반으로 공소하기를 권할 때에 강은,

"난 공소 안 할라오. 고등교육까지 받은 녀석이 공갈 취재를 해 먹었으니 2년 징역도 싸지요."

하였고, 그날 밤에 간수가 공소 여부를 물을 때에,

"후꾸자이 시마스, 후꾸자이 시마스(복죄합니다)."

하고 상소권을 포기하였다. 그러고 이튿날 아침에 그는 칠십이 넘은 아버지 어머니 걱정을 하면서, 복역 중에 새사람이 될 것을 맹세하노라고 말하고 본감으로 가고 말았다.

"자식이 싱겁기는."

하는 것이 정이 강을 보내고 나서 하는 비평이었다. 강이 정의 말에 여러 번 핀잔을 주던 것이 가슴에 맺힌 모양이었다.

강이 상소권을 포기하고 선선히 복죄 해버린 것이 대조가 되어서, 정이

사기 취재를 한 사실이 확실하면서도 무죄를 주장하는 모양이 더욱 보기 흉하였다. 그래서 간수들이나 간병부들이나 정에게 대해서는, 분명히 멸시하는 태도를 가지고 있었다. 게다가 정이 보석청원을 쓴다고 편지 쓰는 방에 간 것을 보고 키 작은 간병부는 우리 방 창 밖에 와 서서,

"남의 것 사기해 먹는 놈들은 모두 염치가 없단 말이야. 땅도 없는 것을 있다고 속여서 계약금을 오천 원이나 받아서, 제가 천 원이나 떼어 먹고도 글쎄 일년 반 징역이 억울하다는구먼. 흥, 게다가 또 보석청원을 한다고? 저런 것은 검사도 미워하고 형무소에서도 미워해서 다 죽게 되기 전에는 보석을 안 해 주어요."

이런 소리를 하였다. 그 이야기 솜씨와 아첨 잘 하는 것으로 간병부들의 환심을 샀던 것조차 잃어버리고, 건강은 갈수록 쇠약하여지는 정의 모양은 심히 외롭고 가엾은 것 같았다.

윤이 전방한 지 아마 20일은 지나서 벌써 달리아 철도 거의 지나고 국화꽃이 피기 시작한 어떤 날, 나는 정과 함께 감옥 마당에 운동을 나갔다. 정은 사루마다 바람으로 달음박질을 하고 있었으나, 몸을 움직일 수 없는 나는 모래 위에서 엎드려서 거진 다 쇠잔한 채송화꽃을 들여다보며 일광욕을 하고 있었다. 아침저녁은 선들선들하고, 더구나 오늘 아침에는 늦게 핀 코스모스조차 서리를 맞아 아주 후줄근하였건마는, 오정을 지난 볕은 따가울 지경이었다. 이때에 '진상!' 하고 부르는 소리가 들렸다. 고개를 들어 돌아보니 일방 창으로 윤의 머리가 쑥 나와 있었다. 그 얼굴은 누르스름하게 부어 올라서 원래 가느다란 눈이 더욱 가늘어졌다. 나는 약간 고개를 끄덕여서 인사를 대신하였으나, 이것도 물론 법에 어그러지는 일이었다. 파수 보는 간수에게 들키면 걱정을 들을 것은 물론이다.

"진상! 저는 꼭 죽게 됐는 게라. 이렇게 얼굴까지 퉁퉁 부었능기라우. 어젯밤 꿈을 꾸닝게 제가 누런 굵은 베로 지은 제복을 입고 굴건21)을 쓰고, 종로로 돌아다니는 꿈을 꾸었지라오. 이게 죽는 꿈이 아닝기오?"

하는 그 목소리는 눈물겹도록 부드러웠다.

그 이튿날이라고 생각한다. 또 나와 정이 운동을 하러 나가 있을 때에 전날과 같이 윤은 창으로 내다보며,

"당숙한테서 돈이 왔는디 달걀을 먹을 겡기오? 우유를 먹을 겡기오? 아무 걸 먹어도 도무지 내리지를 않는디."

이런 말을 하였다.

또 며칠 후에는,

"오늘 의사의 말이 절더러 집안에 부어서 죽은 사람이 없느냐고 묻는데요. 선친이 꼭 나 모양으로 부어서 돌아가셨는디."

이런 말을 하고 아주 절망하는 듯이 한숨을 쉬는 것이 보였다. 그러고 나서 정에게는 들리지 않기를 원하는 듯이 정이 저쪽 편으로 가는 때를 타서,

"염불을 모시려면 나무아미타불이라고만 하면 되능기오?"

하고 물었다. 나는 벌떡 일어나 앉으며 합장하고 약간 고개를 숙이고 나무아미타불하고 한 번 불러 뵈었다.

윤은 내가 하는 모양으로 합장을 하다가 정이 앞에 오는 것을 보고 얼른 두 팔을 내려 버리고 말았다. 그러고 다시 정이 먼 곳으로 간 때를 타서,

"진상, 나무아미타불을 부르면 죽어서 분명히 지옥으로 안 가고 극락세계로 가능기오?"

하고 그 가는 눈을 할 수 있는 대로 크게 떠서 나를 바라보았다. 나는 생전에 이렇게 중대한, 이렇게 책임 무거운 질문을 받아 본 일이 없었다. 기실 나 자신도 이 문제에 대하여 확실히 대답할 만한 자신이 없었건마는 이 경우에 나는 비록 거짓말이 되더라도, 나 자신이 지옥으로 들어갈 죄업

---

21) 굴건(屈巾) : 상주가 두건 위에 덧쓰는 건. 굴관.

이 되더라도 주저할 수는 없었다. 나는 힘있게 고개를 서너 번 끄덕끄덕한 뒤에,

"정성으로 염불을 하세요. 부처님의 말씀이 거짓말 될 리가 있겠습니까?"

하고 내가 듣기에도 엄청나게 큰 목소리로, 엄청나게 결정적으로 대답을 하였다.

윤은 수없이 고개를 끄덕끄덕하고 나를 향하여 크게 한 번 허리를 구부리고는 창에서 사라져 버리고 말았다.

이 일이 있은 뒤에 윤이 우유와 달걀을 주문하는 소리와 또 며칠 후에는 우유도 내리지 아니하니 그만두라는 소리가 들리고, 이 모양으로 어쩌다가 한 마디씩 그가 점점 쇠약하여 가는 것을 표시하는 말소리가 들렸을 뿐이요, 우리가 운동을 나가더라도 그가 창으로 우리를 내다보는 일은 없었다. 간병부의 말을 듣건대 그의 병 증세는 점점 악화하여 근일에는 열이 39도를 넘는다 하고, 의사도 인제는 절망이라고 해서 아마 미구[22)]에 보석이 되리라고 하였다.

어느 날 밤, 취침시간이 지난 뒤에 퉁퉁하고 복도로 사람들 다니는 소리가 나는 것을 듣고 창을 바라보고 있노라니, 뚱뚱한 부장과 얼굴 검은 간수가 어떤 회색 두루마기 입은 사람과 같이 윤이 있는 1방 문 밖에 서 있고, 얼마 아니해서 흰 겹바지 저고리를 입은 윤이 키 큰 간병부의 부축을 받아 나가는 것이 보였다. 키 작은 간병부는 창에 붙어 섰다가 자리에 와 드러누우며,

"그예, 보석으로 나가는군요. 나가더라도 한 달 넘기기가 어려우리라던데요."

그 회색 두루마기를 입은 사람이 윤의 당숙 면장일 것은 말할 것도 없

---

22) 미구(未久) : 앞으로 오래지 않음.

다.

"나도 보석이나 나갔으면!"

하고 정은 길게 한숨을 쉬었다.

내가 출옥한 뒤에 석 달이나 지나서 가출옥으로 나온 키 작은 간병부를 만나 들은 바에 의하면, 민도 죽고, 윤도 죽고, 강은 목수 일을 하고 있고, 정은 소화불량이 더욱 심하여진 데다가 신장염도 생기고 늑막염도 생겨서 중병환자로 본감 병감에 가 있는데, 도저히 공판정에 나가 볼 가망이 없다고 한다.

(1939년 1월 「문장(文章)」 창간호 소재)

사랑에 주렸던 이들

1

　형과 서로 떠난 지가 벌써 8년이로구려. 그 금요일 밤에 Y 목사 집에서 내가 그처럼 수치스러운 심문을 받을 때에 나를 가장 사랑하고 가장 믿어 주던 형은 동정이 그득한 눈으로 내게서 '아니오!' 하는 힘있는 대답을 기다리신 줄을 내가 잘 알았소. 아마 그 자리에 모여 앉았던 사람들 중에는 형 한 사람을 제하고는 모두 내가 죄가 있기를 원하였겠지요. 그 김씨야 말할 것도 없거니와 그렇게 순후한 Y 목사까지도 꼭 내게 있기를 바랐고 '죽일놈!' 하고 속으로 나를 미워하였을 것이외다.

　그러나 내가 마침내,

　"여러분, 나는 죄인이외다. 모든 허물이 다 내게 있소이다!"

　하고 내 죄를 자백할 때에 지금까지 내가 애매한 줄만 믿고 있던 형이,

　"에끼! 네가 그런 추한 놈인 줄을 몰랐다."

　하고 발길로 나를 걷어찬 형의 심사를 나는 잘 알고 또 눈물이 흐르도록 고맙게 생각하오. 만일 나를 그처럼 깊이 사랑해 주지 아니하였던들 형이 그처럼 괴로워하고 성을 내었을 리가 없을 것이오.

그때가 목사는 가장 동정이 많은 낯으로 내 손목을 잡으며,

"박 군! 회개하시오, 회개하시오."

하고 나를 위하여 기도까지 하여 주었지마는 그보다도 형의 발길에 걸어채인 것이 더욱 고마웠소이다.

나는 그 길로 그 누명을 뒤쳐 쓰고 동경을 떠났소이다. 떠나는 길에 한 번만 형을 보고 갈 양으로 몇 번이나 형의 집 앞에서 오락가락하였을까. 그러다가도 문 소리가 나면 혹 형이 나오지나 아니하는가 하여 몇 번이나 몸을 숨겼을까.

늦은 가을 동경의 유명한 궂은비가 부슬거리는 그 침침한 골목에서 살아서 영원히 이 세상을 하직하는 나의 행색이 얼마나 가련하였을까.

더욱이 사랑하는 형제 남매와 2주년이나 친동기와 다름없이 지내다가 마침내 내가 형과 및 형의 매씨에게 대하여 감히 못할 더러운 죄를 지었다는 누명을 쓰고 제가 있던 집에 다시 발도 들여 놓지 못하고 어슬렁어슬렁 떠나가는 내 심사가 얼마나 하였을까!

형아, 아마 형은 상상하리라고 믿는다.

또 만일 그때에 내가 정말 죄인이 아니요, 진실로 애매한 사람이었다 하면 더욱 나의 심사가 얼마나 하였을까. 형아, 이 말에 놀라지 마라.

2

내가 떠날 때에도 형의 얼굴도 보지 아니하고, 또 떠난 뒤에도 8년 동안 형에게 아무 소식도 아니 보내다가 지금에 새삼스럽게 이 편지를 쓰는 것은 결코 8년 전 묵은 일을 끄집어내어 구태 내가 애매했던 것을 변명하고 또 내가 한 조그마한 선(?)을 자랑하고자 함은 아니오. 내게는 그러한 생각은 털끝만치도 없었고, 나 혼자도 아무쪼록 그런 생각은 말아 버리리라 하여 거의 다 잊어버리고 있었소이다.

그런데 이상한 사건이 하나 내게 생겨서 그 사건이 나로 하여금 나의 지난 일을 새롭게 생각하게 하고, 또 나로 하여금 형에게 이 편지를 쓰게 하는 것이외다.

그러나 이 이야기를 하자면 자연 내게 관한 이야기도 아니 나올 수가 없으니까, 그때 그 사람과 나와의 관계가 어떠하였으며 또 사건이 있은 이래로 내가 지금까지에 어떠한 경로를 밟고 살아왔는지, 이런 것도 지금 이 사건을 이야기하는 데 필요한 한도에서 될 수 있는 대로 그 사건에 관계하였던 여러 사람들의 명예에 관계하지 아니하리만큼 말하지 아니할 수 없소이다. 만일 이 말이 형에게 새로운 괴로움이 된다 하면 심히 미안한 일이니 용서하시기를 바라오.

3

내가 형의 매씨를 사랑하였던 것은 사실이지요. 그것은 형과 한집에 있게 된 때부터라 하기보담, 기실 서울서 중학교에 다닐 때부터지요.

형과 형의 매씨가 동경으로 떠난 뒤에 나는 마치 얼음 세계에 혼자만 내버림이 된 사람과 같아서 며칠 동안은 먹지도 못하고 자지도 못하고 어찌할 줄을 몰랐소이다.

형도 아시는 바에 내가 좀처럼 눈물을 흘린다든가, 남에게 약한 모양을 보이는 일이 없는 사람이지마는 그때에는 참으로 마치 젖 떨어진 어린아이와 같은 약하고 의지할 데 없고 가엾음을 깨달았소이다.

진정으로 말하면, 이때에야 내가 비로소 매씨를 사랑한다 함을 깨달았고, 매씨가 없이는 내가 살아갈 것 같지 아니함을 깨달았소이다.

내가 갑자기 법률을 배운다는 목적을 변하여 신학을 배우기로 한 것도 그 때문이외다.

"신학? 어찌해서?"

하고 형은 의심하시겠지요. 그것도 다 까닭이 있다오. 형과 매씨가 동경으로 떠나시느라고 나를 불러서 저녁을 먹을 때에 매씨가 나를 향하여,

"어째 목사가 되실 것 같아요—아 참, 목사가 되시지요."

하고 웃은 일이 있는 것을 아마 형께서는 잊으셨겠지마는 나는 그 말을 잊을 수가 없었소이다.

아마 그 말을 한 당자인 매씨도 별로 깊은 생각이 없이 농담삼아 한 말이겠지요. 아마 내가 나이에 비겨서는 좀 묵직해 보이고 말이 적고 뚝하고 그래서 청년의 쾌활함이 없는 나의 기질을 비웃은 뜻인지도 모르지요. 아마 그렇겠지요마는 그때의 나로는 매씨의 그 말 한 마디로 일생의 목적을 정하지 아니치 못하였소이다. 그래서 그 자리에서 나는,

'네, 나의 사랑하는 이여! 나는 신학을 배워 일생에 당신이 사랑하시는 하느님의 복음을 전하는 목사가 되리다.'

하고 속으로 결심하면서 가만히 매씨를 바라보았더니, 매씨도 나를 마주보아 주시기로 나는,

'응, 내 결심이 감응이 되어 아마 그것에 찬성하는 뜻을 표하는 것이다.'

이렇게만 작정하였었소이다.

내가 퍽 어리석은 녀석이지요. 무척 못난 녀석이지요. 그렇지마는 지금 와서 그런 소리를 하면 무엇하오?

아무려나 이 모양으로 신학을 공부하기로 하고 동경으로 갈 결심을 한 것이오.

그러고 나서 내가 학비 주시는 은인을 움직이는 일이며 교회 여러 직분들의 추천을 얻노라고 얼마나 고심을 하였는지, 그것도 형께서는 짐작하시겠지요.

어쨌으나 이 모양으로 고심 참담하게 경영한 결과로 동경에도 가게 되고, C 학원 신학부에도 입학을 하게 되고, 그보다도 더욱 행복되게 형네와 함께 있게도 되었소이다.

아아, 그렇게 된 때―내가 학교에 입학까지 하여 놓고 형의 집으로 막 이삿짐을 다 나르고 처음 형의 집에서 형과 매씨와 같이 식탁을 대할 때에―아아, 그때에 내가 얼마나 기뻤겠소? 얼마나 행복되었겠소?

이때로부터 나는 더운 날이나 추운 날이나 눈이 오거나 비가 오거나 거의 십 리나 되는 학교에 터덜터덜 걸어다니는 것도 힘드는 줄을 몰랐고, 또 밤을 새워 공부하는 것도 고생되는 줄을 몰랐소이다.

그러고 어찌하면 내가 눈과 같이 희고 깨끗한 사람이 되고 복음을 위하여 불덩어리와 같이 뜨거운 사람이 될까, 어찌하면 내가 복음을 위하여 구주 예수와 같이 십자가에 달려 죄 많은 세상을 위하여 사죄와 축복을 구하는 기도를 드리고 피를 흘리는 사람이 될까. 그때에 매씨가 먼 빛에서라도―극히 먼 빛에서라도 내가 십자가에 달린 것을 보아만 주면, 나의 일생의 소원을 달한 것이라고 생각하였지요.

나는 일찍 매씨를 내 것을 만들자―내 아내를 삼자―이러한 생각을 한 일은 없었소. 이런 말을 한대야 믿어 줄 사람이 없겠지요.

"에끼, 너같이 더러운 놈이!"

하고 내 낮바닥에 침을 탁 뱉을 터이지요. 형은 안 그러시겠지요. 아마 형께서는 내 말을 믿으시겠지요. 그러나 안 믿겠거든 안 믿으셔도 좋소.

나는 오직 매씨가 이 세상에 있다 하는 그의 존재의 의식만으로 기뻤고, 또 그가 나와 가까운 곳에 있다 하면 더욱 기뻤고, 만일 그의 가슴 속에 나라는 기억이 한자리를 차지하리라 하면, 더할 수 없이 기뻤지요. 그러나 나는 하느님 앞에서 장담하거니와, 일찍 털끝 만한 육욕을 가지고 매씨를 대하여 본 일이 없었소이다.

나는 그때에는 벌써 스물넷이나 된 사람이 아니었소? 나는 부모 없이 자라난 불쌍한 아이라 일찍이 혼인도 할 새가 없었고 서울서 중학교에 다닐 때에도 남들은 계집애들을 따라도 다니고, 딸려도 다녔지마는, 나같이 돈도 없고 여자들의 맘을 끌 만한 풍채도 없고, 또 끈적끈적하게 여학생들의 발뒤꿈치를 따라다닐 만한 뱃심도 없었고, 또 매씨를 만나기까지는 여자라는 것이 그렇게 내 호기심을 끌지도 아니하였지마는 동경에 가서 한두 해를 지낸 뒤에는 점점 가슴 속에 무엇이 비인 듯한 생각을 깨달았고 길가에서나 전차 속에서 젊은 여자를 대할 때에는 말하기도 부끄러운 어떤 충동이 일어나는 일도 있었지마는 매씨에 대하여서는 털끝만치도 그러한 생각을 가져 본 일이 없었소이다.

나는 성경 구절을 그대로 실행하노라고 여자를 볼 때에 음욕이 나면, 나는 당장에 내 손으로 내 몸을 꼬집기도 하고 내 입술과 내 혀끝을 피가 나도록 물기도 하였소이다. 자기 전 냉수욕이 정욕을 막는다는 말을 듣고 나는 곧 앞마당 우물에서 형이 다 잠든 때에 냉수욕을 시작한 것을 형도 모르시지는 아니하리라.

어떤 날에는 그것으로도 부족하여, 나는 그 추운 방에서 불을 끄고 혼자 꿇어앉아서 밤을 새워 기도한 일도 몇 번인지 모르며, 그러다가 내가 독한 감기를 들어 형에게 폐를 끼친 것도 여러 번이었지요.

4

그때에 내 생활에 뛰어든 것이 김씨 아니오? 기숙사에서 위병이 생기고 신경쇠약이 생기고 입맛이 떨어졌다 하여 형의 집에 두어 주기를 간절히 구하는 듯한 말을 주일날 예배당에서 돌아오는 길에는 반드시 하였고 그러다가는 우리와 함께 저녁을 먹으면서, '김치만 먹어도 실 깃 같이요' '국맛조차 다른걸요' '이렇게 한 달만 먹으면 살 것 같은데요' 이러한 말을 수없이 하고는 흔히 늦은 뒤에야, '아이구 가야겠는걸' '또 가야지' 이러한 소리를 하며 시계를 2분에 한 번씩 3분에 한 번씩이나 보고는 넣고, 넣고는 보다가, 열시가 땅 친 뒤에야 가기 싫은 길을 억지로 가는 사람 모양으로 기숙사로 들어가기를 아니하였소?

그때에 형도 그에게 심히 동정을 하는 듯이, 그러나 내게 미안한 듯이,
"글쎄, 그거 안 되었구려. 허지만 우리 집에야 방이 있어야지."
하지 아니하였소?

나는 애초부터 김씨가 마음에 안 들었소. 어째 고 젠 체하고[1] 착한 체
하고 교회를 위하여 세상을 위하여 밤낮 근심이나 하는 체하고 게다가 남
한테 학비 얻어서 공부하는 처지에 양복이나 일복이나 쪽 빠지게 차리고
다니고 예배당에서는 목사보다도 자기가 교회의 주인인 듯이 깝죽거리고,
게다가 얼굴에는 항상 기름이 짜르르 흐르고 손가락끝이 톡톡 불어터지도
록 혈색이 좋으면서도 신경쇠약이니, 소화불량이니 불매증[2]이니 하고 금
시에 죽을 사람같이 떠드는 것이 내 마음에 들지 아니하였고, 더구나 그가
나이로 말하면 나와 어상반한[3] 처지면서 나보다 학급이 두엇 위라 하여
가장 선배인 체하는 것이 내 비위를 몹시 거슬렸소.

형께서도 그 사람을 그렇게 좋아하지 아니하신 줄은 내가 잘 알지요.

그럴 뿐 아니라—이것은 지금도 말하기가 부끄러운 일이지마는—김
씨가 온다는 것이 내게는 심히 불쾌하였소. 어째 김씨가 자주 놀러오는 것
이나, 또 동정을 구하는 듯하는 말을 자주 하는 것이나 또 같이 와 있고
싶어하는 것이나 모두 김씨가 매씨에게 무슨 뜻을 둔 것만 같이 보여서
그것이 내게는 더할 수 없이 불쾌하였소. 우스운 일이지요. 내가 매씨에게
무슨 상관이야? 하지마는 김씨가 매씨를 가까이 하는 것이 마치 거룩한
무엇을 더럽히는 듯하여 억제할 수 없는 불쾌감을 가졌소.

그러나 나는 혼자 뉘우쳤지요—밤새도록 회개하는 기도를 드렸지요.
아아, 왜 내가 김씨를 미워할까. 왜 나 혼자라도 그의 험담을 하였을까.

나는 성경 구절을 폈지요.

---

1) 젠 체하다 : 잘난 체하다.
2) 불매증 : 불면증.
3) 어상반하다 : 서로 비슷하다.

"옛사람에게 하신 말씀을 너희가 들었나니, 살인하지 마라, 누구든지 살인하면 심판을 받게 되리라 하였으나, 오직 나는 너희에게 이르노니 형제에게 노여워하는 자마다 재판을 받고, 또 형제를 미련한 놈이라 하는 자는 마땅히 공회에 잡히고, 또 미친놈이라 하는 자는 지옥 불에 들어가게 되리라(마태복음 4장 21~23)."

이것을 생각하고 나는 가슴을 두드리고 뉘우쳤지요.

'아아, 내가 죄를 짓는 것이다 ─ 내가 김씨를 미워하고 미련한 놈이라 하고 미친놈이라 하는 것이 다 나의 이 죄를 하느님도 용서하시지 아니할 것이요, 내가 사랑하는 이도 용서하시지 아니할 것이다.'

이 모양으로 나는 정성으로 기도를 드려 마침내 김씨를 미워하고 질투하는 마음이 없어지도록 기도를 하였소. 그러다가 식전에 형이 일어나기를 기다려,

"내가 김씨하고 같이 있기를 원하오."

하고 그와 같이 있기를 허락하였지요.

그러고는 그날 종일 나는 기쁜 마음으로 지냈고 또 채플[4]시간에 김씨를 만나서 전에 없이 반갑게 손을 잡았소. 그랬더니 김씨도 진정으로 반가운 듯이 잡아 주었고, 그가 서양 사람식으로 내 어깨에 손을 올려놓는 것도 이날에는 아니꼽지를 아니하고 도리어 반가웠소이다.

그래서 나는 마치 그날 하루 동안에 갑자기 내 인격이 높아지는 듯하고, 내 영혼이 아주 깨끗하여지는 듯하여 그날 밤(그것이 내가 그 방에 혼자있기로는 마지막이었소. 바로 그 이튿날 김씨가 그 많은 트렁크를 가지고 오지 않았소)에 나는 일생에 처음 경험하고 만족을 가지고 감사의 기도를 드렸소이다. 그러고 극히 화평하게 잠이 들었소이다.

김씨와 한방에 있게 된 때에 나는 선배에게 대한 예로 남창을 향한 자

---

4) 채플(Chaple) : 기독교계 학교 따위에서의 예배.

리를 그에게 주고 나는 낮에도 침침한 동벽을 향하여 책상을 놓았소이다.

나는 마음 한편 구석에서 일어나는 그에게 대한 반항심을 누르며 내 힘껏 그에게 공손하게 했지요. 그렇지마는 형도 아는 대로 내가 워낙 말이 있소? 게다가 얼굴조차 천생으로 이 모양으로 뚱하게 생겨 먹었으니 어디 남의 마음을 흡족하도록 해줄 줄이야 알아요?

김씨가 나와 같이 있게 된 후로 얼마 동안은 별 재미도 없이 그렇다고 별 고통도 없이 지내왔지마는, 한 달 지나 두 달 지나 하는 동안에 나는 김씨의 행동이 심히 수상함을 깨달았소이다. 그것이 다름이 아니요, 자다가 깨어 본즉, 곁에 있어야 할 김씨가 어디로 나가 버리고 만 것이외다. 나는 얼른 무엇을 직각하였지마는,

'아뿔싸, 내가 왜 남에게 좋지 못한 생각을 하나?'

하고 꾹 눌러 버렸지요. 그러나 잠은 들지 아니하여 이윽히 기다리노라면 그가 가만히 문을 열고 들어와서는 자리 위에 한참 앉아서 무슨 심란한 일이나 있는 듯이 한참 동안 한숨을 쉬다가는 가만히 이불을 들고 사르르 들어가서는 곧 잠이 들기나 한 듯이 코를 골지요.

이런 일이 두 번 세 번 될수록 나는 도저히 내 마음 속에 일어나는 의심을 누를 길이 없어서 하루 저녁은 가만히 잠이 아니 들고 기다리고 있노라니 김씨가,

"여보시우, 여보시우."

두어 번 불러 보더니, 그래도 대답 없는 것을 보고는 고개를 들먹하고 내 얼굴을 들여다보며,

"미스터 박, 미스터 박."

하고 또 두어 번 깬 사람이면 듣고, 자는 사람이면 안 깨리 만한 목소리로 부르지요.

나는 그 소리를 다 들으면서도 자는 체하는 것이 죄스러웠으나, 이 사람이 밤마다 내게다 이런 수단을 썼겠구나 할 때에는 김씨가 밉기도 하고

더럽기도 하고 가증스럽기도 하여 못 들은 체하고 있었소. 그랬더니 아니나다를까, 김씨가 슬며시 일어나더니 책상 위를 더듬어서 빗을 내어 머리를 빗는 모양이지요. 그러고는 가만히 일어나서 다시 한 번 내 편을 바라보고는 살그머니 문을 열고 사뿐사뿐 부엌 쪽으로 걸어가는 소리가 들리오.

나의 귀는 그 사뿐사뿐 걸어가는 발자취를 따라가다가, 그 소리가 뚝 끊기고는 미닫이가 열리는 소리가 나는 것을 들었소. 그것은 분명히 매씨의 방이오.

아아, 나의 의심은 마침내 참이 되고 말았구려. 그가 밤마다 살그머니 자리에서 빠져 나간 것이 매씨의 방으로 간 것이라고 생각할 때에 나의 코에서는 불길이 확확 내뿜었소.

나는 기둥에다 내 머리를 부딪치어 부숴 버리고도 싶고, 이빨로 혓바닥을 물어 끊고도 싶고, 방바닥에서 발버둥을 치며 데굴데굴 굴고도 싶었소이다.

나는 전후를 잊어버리고 벌떡 일어나 김씨가 하는 모양으로 가만히 문을 열고 사뿐사뿐 걸어서 부엌 곁에 붙은 매씨의 방으로 갔소. 가서 창에다 귀를 대고 가만히 엿들을 때에 나는 나의 불길 같은 숨에 창이 펄렁거리지나 아니할까 하고, 고개를 뒤로 돌렸소이다.

그러나 나는 점점 정신을 잃어버리고 나의 다리가 벌벌 떨림을 깨달으면서 열병들린 사람 모양으로 미닫이를 열고 매씨의 방으로 뛰어들어가서 어두운 중에 이것이 김씨로구나 하는 데를 어림하고 꽉 타 눌렀더니 그것은 김씨가 아니요, 매씨외다.

나는 기겁을 하고 벌떡 일어나서 방 한편 구석으로 비켜서는 판에 전등이 번쩍 켜지며 김씨가 뛰어들어와,

"이 사람! 이게 무슨 일이오?"

하고 내 팔을 꽉 붙들고 매씨는 크게 놀란 듯이 방 한편 구석에 쪼그러

고 앉아서 나를 바라보며 웁니다. 그때에 나는 매씨에게 대한 모든 존경과 사랑이 다 부서지어 버리고 마치 나의 심히 소중한 물건을 훔치어다가 없애 버린 행실 나쁜 고양이처럼 보였어요. 그렇기 때문에 내가 미친 듯이 달려들면서 매씨를 발길로 차서 굴린 것이외다.

이리하여 형이 잠을 깨어 나오고 김씨가 형을 향하여 극히 침착하고도 심히 근심되는 태도로 내가 먼저 매씨의 방에 들어간 것과 매씨의 소리를 듣고 자기가 뛰어나와 나를 붙든 것과 그렇지 아니하였더라면 매씨가 봉변을 당하였을 것, 며칠 전부터도 나의 매씨에 대한 행동이 수상하더란 말을 아주 참스럽게 고하였소.

나는 김씨의 거짓말을 들을 때에, 하도 어이가 없어서 다만 그 자리에서 뛰어나와 내 방에 엎드리어 울었을 뿐이요, 김씨의 말을 반박하려고도 아니하고 나의 행동을 변명하려고도 아니하였소이다.

그 이튿날 김씨가 교회 직분의 한 사람으로 검사격이 되고 형과 기타 몇 사람이 증인과 배석이 되고 목사가 판사격이 되어서 나를 심판할 때에도 나는 '변명 아니하는' 태도를 취하였소.

목사가,

"당신이 ○○씨 방에 들어갔었소?"

하길래 나는 사실대로,

"네, 들어갔었소."

하였고, 또 목사가,

"좋지 못한 마음을 품고 들어갔었소?"

하길래 나는 내가 음욕을 품지 아니하였던 것만 생각하고 처음에는,

"아니오!"

하고 부인하였으나 다시 생각해 본즉, 내가 그 방에 들어갈 때에 김씨를 미워하는 마음과 매씨에게 대하여 일종의 질투를 가진 것이 사실이요, 또 그것이 '좋지 못한 마음'인 것이 분명하길래 나는 다시,

"네, 나는 좋지 못한 마음을 품고 들어갔소."

하였고, 또 목사가,

"그러면 당신은 당신의 죄를 자복하시오?"

하길래 나는 김을 미워한 것이나, 매씨를 놀라게 한 것이나, 또 발길로 찬 것이나 모두 나의 죄인 것을 알므로,

"네, 나는 나의 죄를 자복하오."

하였고, 또 목사가,

"죄를 지은 것이 오직 당신뿐이오? 또는 다른 사람도 같이 지었소?"

하길래 처음에 그 뜻을 잘 알아듣지 못하였으나 마침내 이것이 매씨와 김씨에게 관한 말인 줄을 깨닫고 나는,

"여러분, 나는 죄인이외다. 모든 허물은 다 내게 있소이다!"

하고 소리를 지른 것이외다.

물론 모든 죄는 다 내게 있었다. 내가 왜 이 더러운 이름을 매씨와 김씨에게 씌우랴. 나는 내가 책임 있는 죄나 자복하고 거기 상당한 벌만 받으면 그만이다. 내가 매씨와 김씨의 공이나 죄를 간섭할 권리를 어디서 얻었을까. 만일 그네게는 무슨 죄가 있다 하면 그것을 자복하는 것이나 그것에 상당한 벌을 당하는 것이나 모두 그들의 자유일 것이요, 비록 자기네의 죄가 있고 그 죄를 아는 다른 사람이 발설 아니하는 것을 고맙게 여겨 가장 깨끗한 사람인 체하고 고개를 들고 교회에서 명예로운 직분의 명의를 가지는 것도 다 그들의 자유이지요.

이렇게 생각한 까닭에, 나는 모든 허물을 걸머지고 일생의 희망도 목적도 다 집어던지고, 산송장이 되어 동경을 떠났소이다.

그로부터 8년 간 내가 어떻게 지내었는가, 그 이야기를 어떻게 이루 다 하며 또 한들 무슨 소용이 있소. 다만 나는 나의 받은 교육도 다 내어버리고 오직 빨가벗은 몸뚱이 하나로 온갖 노동을 다 하여가며 내 땀을 흘려 벌어 먹고 살아왔다는 것과 그러하는 동안에 일생에 오직 하나인 친구인

형의 소식을 알아보고 형의 이름과 사업이 점점 높아가는 것을 보고 기뻐하였다는 것과, 매씨가 마침내 김씨일래 일생을 그르친 것과 김씨가 교묘하게도 아직까지 '선인' 노릇을 하고 있는 것을 슬퍼하고 놀랄 뿐이지요.

그러나 사랑하는 형아, 나를 위하여 결코 슬퍼하지 말기를 바라오. 나는 인제는 결코 불행한 사람이 아니오. 지금 내가 이 편지를 쓰고 있는 곁에 나를 사랑해 주는 아내가 내가 쓰는 이 편지를 보고 눈물로써 동정하여 주오. 비록 조그마하지마는 나는 지금 내 집에서 내 아내로 더불어 사오. 내가 온종일 나의 조그마한 가정을 위하여 노역을 하고 돌아오면 나의 아내는 밥을 지어 놓고 찌개 그릇을 화롯가에 놓은 채 나를 기다리고 있어 주오. 나는 가난하외다.

그러나 나의 정직한 노동이 나에게 밥을 주고 나의 사랑하고 불쌍한 아내에게 즐거움을 주기에는 넉넉하외다. 그러니까 형이여, 결코 나를 불쌍하다고 말으시오. 나는 인제는 행복된 사람이외다.

내가 왜 8년 만에 사랑하는 형에게 이 편지를 쓰나―그것은 내가 행복되게 되었다 하는 기쁨을 형에게 알리려 함이오. 그러니까 형은 이 편지를 보고 기뻐해 주시오.

그러나 형이여! 처음에 약속한 바와 같이 이 편지를 쓰는 것은 결코 내 말을 쓰려는 것이 아니오. 내 말을 쓴 것은 내가 인제 하려는 다른 말의 예비가 되는 까닭이오.

아아, 내 말을 쓰기에도 나의 가슴이 아팠소. 읽는 형의 가슴도 마땅히 아프려든 하물며 내 가슴이야 얼마나 아프겠소? 그러나 장차 말하려는 아픈 이야기에 비하면 내 이야기 같은 것은 한 웃음거리에 지나지 못하오. 아아, 세상에는 이렇게 슬픈 일도 있을까요.

나는 죄나 있어서 받은 벌이오―나는 김씨를 미워하였고 또 매씨에게 대하여 비록 잠시 동안이라도 질투와 증오의 감정을 품었소. 예수의 눈으로 보면 이것이 얼마나 큰 죄요? 그러한 큰 죄를 짓고 8년 동안 지옥의 고생을 다하였다 하더라도 나는 조금도 원망할 것도 없고 부족해 할 것도 없소이다. 그러할 뿐더러 이러한 큰 죄를 짓고도 8년의 벌로 용서함을 받고 오늘날과 같은 행복을 얻으니 도리어 감사와 기쁨이 있을 뿐이외다.

그러하건마는 아무 죄도 없는—정말 털끝 만한 죄도 없는 연약하고 불쌍한 영혼이 내가 받은 것보다도 몇십 배 더 되는 고난을 받았다 하면, 그것이 얼마나 슬픈 일이겠소? 지금 내가 하려는 말이 바로 그러한 일이요, 또 여태껏 지리하게 내 이야기를 쓴 것도 기실은 이 말을 쓰고자 함이외다.

5

나는 어디를 가든지 무슨 일을 하든지 주의 가르침을 저버리지 아니하려고 전력을 다하였건마는 7년째 잡히던 때부터 점점 마음 속에 일종의 적막과 슬픔을 느끼게 되었소. 그 적막과 슬픔은 하느님께 기도를 드리는 것 만으로는 위로할 수 없음을 깨달을 때에 나는 일변 놀라기도 하고 슬프기도 하였소. 나는 나의 믿음이 흔들리는 것이나 아닌가, 내가 옳지 못한 유혹을 받는 것이나 아닌가 하여 한번은 사흘 동안을 정하고 마니산 꼭대기에 올라가 금식기도를 드렸소.

나는 예수께서 사십 일 사십 야를 광야에서 금식기도하시다가 마침내 모든 유혹을 이기어 버리신 것을 본받아 언제까지든지 내가 모든 유혹을 이기어 버릴 때까지 결코 산에서 내려오지 아니하기를 결심하였소.

그때는 마침 음력 구월 보름께라 산에 나뭇잎과 풀조차 다 말라 버리고, 벌레 소리까지 끊어지고 마니산 제천단에 갈바람이 획획 소리를 내고 지나갈 때요. 낮에는 끝없는 바다를 바라고 밤에는 별이 반짝이는 하늘을 바라고 기도를 하였소이다. 피곤하여져서 잠깐 동안 잠이 들었다가 깨어나면, 동천에는 붉은 새벽빛이요, 내 몸에는 하얀 서리였었소.

그러나 형아! 하느님께서는 잠깐 동안 나를 버리시었소.

나의 몸의 추움과 마음의 추움은 하느님의 손으로는 더워지지 아니할 듯하였소. 하느님은 너무도 높이 계신 것 같고 너무도 멀리 계신 것 같고, 너무도 가까이하기에는 엄하고 완전하신 것 같아서 나와 같이 죄 많고 불완전한 '사람의 살'이 그리워지었소.

'사람의 살', 사람의 살이, 따뜻함이 내 몸에 닿으면, 이 찬바람과 찬서리에 꽁꽁 언 내 몸은 금시에 풀려질 것 같았소. 만일 그때에 마니산 머리에 어떤 사람이 있었던들—그 사람이 아무리 변변치 못한 사람이라도—비록 그 사람이 반쯤 썩어진 문둥병자라도, 만일 사람만 있었던들, 나는 '아, 사람이여!' 하고 달려들어 껴안고 흑흑 느껴 울었을 것이오.

생각해 보시오—내가 7년의 긴 세월을 누구를 사랑했으며 누구의 사랑을 받았겠소. 혈혈한 단신으로 오직 하느님의 손에 달려 걸어온 것이오. 그러다가 나는 마침내 아주 사람을 떠나 산꼭대기에 올라 사흘을 지내니 내가 사람을 그리워하는 것도 마땅한 일이 아니오.

그래서 나는 사흘 동안 굶은 배를 안고 기운 없는 팔다리로 간신히 기어 산을 내려왔소.

산을 내려오니 골목골목이 사람의 집이로구려. 저녁 연기가 나는 사람의 집이로구려. 사람의 소리가 나고 아이들이 지껄이는 소리가 나는 사람의 집이로구려. 비록 오막살이 단칸집이라도 저 속에는 따뜻한 아랫목도 있고 김이 오르는 솥도 있고 따뜻한 사람도 있겠지요.

"저기다, 저기다! 내가 찾은 곳이 저 아랫목이요, 저 사랑이다!"

나는 이렇게 외치고 촌가로 뛰어들어갔소이다.

그러나 그 집들에는 모두 주인이 있다. 그 아랫목은 주인이 앉고 저녁 연기 나는 집에 내 몸이 들어갈 곳은 하나도 없구려.

이래서 내가 따뜻한 사람의 품을 찾노라는 것이 창기의 집이었소. '창기의 집', 내가 어떻게나 미워하던 곳이오? 어떻게나 저주하던 곳이오? 그러나 형아! 나 같은 사람이 따뜻한 사람의 품을 찾을 때가 거기밖에 갈 곳이 어디요?

일 원짜리 지전 두 장이 젊은 여자 하나를 나에게 주었소. 그 여자도 사람이오. 다른 모든 여자와 같이 피도 있고 눈물도 있고 영혼도 있고 따뜻한 사랑도 있는 꼭 같은 사람이오. 나는 그들도 나와 꼭 같은 사람인 것을 발견하였소. 내가 그날 밤에 만난 그 여자가 내게 이러한 진리를 가르쳐 준 것이오. 사람은 다 꼭 같은 사람이라는.

그 여자는 나를 위하여 자리를 깔아 주었고 때묻은 내 의복을 차곡차곡 개켜 주었고 내 몸에 신열이 있다 하여 수건에 냉수를 묻혀 머리도 식혀 주었소. 이것이 내가 세상에 나온 뒤로 처음 당하는 남의 사랑이오.

이리하여 나는 마치 첫사랑에 취한 사람 모양으로 그 여자를 사랑하였소. 이 모양으로 두 달은 꿀 같은 꿈같이 지나 버렸소.

그러나 사랑에는 돈이 드오. 좋은 집 처녀를 사랑하기에나 창기를 사랑하기에나 돈이 들기는 마찬가지요. 나 같은 노동자는 이 사랑하는 창기를 자주 만날 힘도 없었소.

하루는 나는 저금통장을 마지막으로 떨어 나의 애인을 찾아갔소. 나는 이날을 마지막으로 나의 회포를 다 말해 볼 양으로 소주 한 병을 사서 으슥한 곳에서 병째로 들이켜고 먹을 줄 모르는 술이 반이나 취하여서 비틀걸음으로 그 집에를 찾아간 것이오.

"아이, 왜 약주를 잡수셨어?"

하고 그는 나를 나와 맞았소.

"이 신산한 세상을 취하지도 않고야 어떻게야 지나오 — 아아, 하느님이시여, 나를 영원히 취하여 깨지 말게 하소서."

하고 방바닥에 쓰러지었소.

얼마를 정신없이 졸다가 눈을 떠 본즉 그는 자기의 무릎 위에 나의 머리를 올려놓고 연방 찬 수건으로 내 이마를 식혀 주오. 나는 그의 손을 잡

으며,

"고맙소이다 — 나는 금시 죽어도 한이 없소이다. 나도 인제는 세상에 와서 사람의 사랑까지도 맛보았으니, 더 바랄 것이 무엇이겠소? 나는 인제는 이 세상에 남아 있어서 더 볼일도 없고, 또 세상이 나 같은 사람을 만류할 까닭도 없으니 나는 훨훨 달아나고 말겠소."

하고 금할 수 없어 눈물을 흘렸소. 진정 나는 죽을 길밖에 없었소이다. 나는 이미 하느님의 신용을 잃어버렸고 인생으로 사업을 이룬다는 이상조차 잃어버렸고, 나의 마지막의 복인 이 창기라는 여자까지도 다시 만날 길이 어렵게 되었소. 나는 그 동안에 저금하였던 것도 모두 없애 버렸고, 사흘 벌어 이원을 저축하는 일도 인제는 어렵게 되었소. 겨울이 될수록 일자리는 줄고 용은 늘고 또 7년 남은 고생스러운 노동생활에 나의 청춘의 정력도 다 소모되고 말았소.

나는 마지막으로 그를 만나 그와 작별의 인사를 하고는 그 길로 나가 축항의 얼음 구덩이에나, 어디나 닥치는 대로 죽어 버릴 작정이었소. 그랬던 것이 먹은 술이 너무 힘을 내어서 그만 여태까지 잠이 들었던 것이오.

잠을 깨어보니, 마치 자기가 맡았던 중대한 임무를 잊어버린 듯하여 벌떡 일어났소.

"여보세요, 웬 약주를 그리 잡수세요? 주무시면서도 우시던데."

하고 그는 차 한잔을 따라 나에게 주오. 창은 찬바람에 소리를 내고 떠는데 화로에는 숯불이 이글이글하오. 그는 말을 이어,

"왜 그런 숭한 말씀을 하셔요? 세상을 버리고 가기는 어디를 가요? 어디 갈 데가 있나요? 이 세상 말고 다른 데 갈 데가 있었으면 나 같은 사람은 벌써 가 버리고 말았게요. 나 같은 사람도 할 수가 없어서 이 세상에 살고 있는데 당신 같으신 사내 양반이야 왜 그런 생각을 하셔요? 세상이 괴롭기도 하지마는 또 그럭저럭 살아가노라면 그래도 산 보람이 있는 것 같아요."

그는 이렇게 말하고 모든 것을 다 깨달았다 하는 눈으로 나를 물끄러미 바라보오. 내가 여태껏 이 여자와 만난 것이 수십 차가 되지마는 오늘 모양으로 이렇게 길게 이야기를 한 것은 서너 번밖에 못 되오. 그것은 사 원을 내어야 하룻밤을 그와 나와 단둘이만 같이 지낼 수가 있으되, 이 원만으로는 한 시간밖에 같이 있을 수 없었던 까닭이오. 그는 하룻밤에도 나와 같은 이 원짜리 남자를 둘이나 셋, 많으면 4, 5인까지도 맡지 아니하면 안 되기 때문이오.

나는 점점 그 여자가 결코 범상한 창기가 아닌 것을 깨달았소. 그래서 두어 번이나 그의 내력을 물었으나 그는 웃을 뿐이요, 대답이 없었소. 그도 나를 보통 노동자와는 다르게 보았던지 한두 번 나의 과거를 물었으나 나 역시 나의 쓰라린 과거를 그에게 말하기를 원치 아니하였소. 그랬더니, 지금 그의 눈을 보니 그 눈 속에는 말할 수 없는 무엇이 숨어 있는 듯하오. 원래 유순하게 생긴 여자지마는 그 눈이 더욱 유순하오. 나는 불현듯이 여자의 과거에 누를 수 없는 흥미를 가지게 되었소. 이 여자의 내력을 듣고 또 이 여자의 지금 품고 있는 생각을 들어 그가 나의 저승길의 동무가 될 만하거든 같이 정사5)를 하리라 하는 생각이 났소. '정사', 이 생각이 내 가슴 속에 따뜻한 빛을 던지는 듯하였소.

그래서 나는 담배를 피워 물고 그더러 그 내력을 말하기를 청하였소. 그런즉 그는 여전히 웃으며,

"당신부터 먼저 말씀하셔요!"

하오. 그래서 나는,

"내 과거? 말하지요. 나는 여태껏 아무에게도 내 과거를 말한 데가 없소. 그러나 나는 세상을 버리기 전에 세상에 남아 있는 당신에게는 말을 하고 싶었소. 그러면 말하지요. 내가 말을 하면 꼭 당신 말도 하지요?"

---

5) 정사(精死) : 사랑하는 남녀가 그 뜻을 이르지 못하여 함께 자살하는 일.

하고 다짐을 받은즉 그는,

"그러지요."

하고 지금까지의 냉랭한 태도가 변하여 깊은 흥미를 가진 듯한 태도를 취하오.

나는 나의 과거를 말하였소. 부모 없이 자라나던 이야기, 서울서 공부하던 이야기, 동경으로 가던 이야기, 어떤 여자의 말을 따라 목사가 될 목적으로 신학교에 입학하던 이야기까지는 극히 평범하였거니와 매씨와 나와의 관계, 김씨와 매씨와 나와의 관계, 형과 나와의 관계와 그날 밤 일이며 목사 앞에서 재판을 당하던 이야기와 내가 늦은 가을 궂은비 오는 밤에 형의 집을 바라만 보고 동경을 떠나던 이야기를 할 때에는, 아직도 술이 채 깨지 아니하고 자기 전 흥분이 채 식지 아니한 나는 심히 흥분하였소.

내가 7년 동안 대판으로 구주 탄광으로 부산으로 목포로 군산으로 마침내 이곳 인천으로 돌아다니며 부랑하는 노동자의 생활을 하던 것과, 나중의 두 달 전에 마니산 꼭대기에서 금식기도를 하다가 따뜻한 사람의 살이 그리워 도로 세상으로 내려오던 이야기를 할 때에는 그의 눈에 차차 이슬이 맺히고 마침내 그것이 눈물 방울이 되어 흐르다가, 내가 인제는 죽어 버릴 길밖에 없다 하고 말이 끝날 때에는, 그는 방바닥에 엎더져 흑흑 느껴가며 울기를 시작하오. 그가 어떻게나 슬피 우는지 나는 도리어 '공연한 이야기를 하였다' 하는 미안한 마음이 생겨서 그의 들먹거리는 등을 어루만지며,

"울지 마오, 내가 쓸데없는 말을 했구려."

하였소. 그러나 그런 말을 하는 나도 아니 울지는 못하였소.

둘이 한바탕 울다가 눈물에 붉게 된 얼굴을 마주볼 때에는 그는 나와 수십 년 동안 같이 살아온 지극히 사랑하고 친한 사람같이 보였소. 그에게도 내가 그렇게 보이는지, 그는 눈도 깜빡 아니하고 마음을 네게 허한다 하는 눈으로 나를 바라보고 앉았더니,

"나도 당신께서 무슨 까닭이 있는 어른으로 알았어요. 암만해도 예사 사람은 아니다, 무슨 깊은 비밀이 있는 어른이다, 그렇게 생각했어요. 그렇지만 어쩌면 그렇게도 나와 정지6)가 꼭 같으십니까—어쩌면 그렇게도 같을까요."

하고 감개무량한 듯이 그의 이야기를 시작하오.

(1925년 1월 「조선문단(朝鮮文壇)」 제4호 소재)

---

6) 정지(情地) : 딱한 사정에 있는 불쌍한 처지.

소년의 비애

1

난수(蘭秀)는 사랑스럽고 얌전하고 재조(才操)[1] 있는 처녀라. 그 종형(從兄)[2] 되는 문호(文浩)는 여러 종매(從妹)[3]들을 다 사랑하는 중에도 특별히 난수를 사랑한다. 문호는 이제 18세 되는 시골 어느 중등정도학생(中等程度學生)인 청년이나, 그는 아직 청년이라고 부르기를 싫어하고 소년이라고 자칭한다. 그는 감정적이요, 다혈질인 재조 있는 소년으로 학교성적도 매양 1, 2호(號)를 다투었다. 그는 아직 여자라는 것을 모르고 그가 교제하는 여자는 오직 종매들과 기타 4, 5인 되는 족매(族妹)들이라. 그는 천성이 여자를 사랑하는 마음이 있는지 부친보다도 모친께, 숙부보다도 숙모께, 형제보다도 자매께 특별한 애정을 가진다. 그는 자기가 자유로 교제할 수 있는 모든 자매들을 다 사랑한다. 그 중에도 자기와 연치(年齒)[4]가 상적(相

---

1) 재조 : 재주의 원말.
2) 종형 : 사촌 형.
3) 종매 : 친사촌 누이동생.
4) 연치 : '나이'의 높임말. 연세.

適)5)하거나 혹 자기보다, 이하되는 매(妹)들을 더욱 사랑하고 그 중에도 그 종매 중에 하나인 난수를 더욱 사랑한다. 문호는 뉘 집에 가서 오래 앉았지 못하는 성급한 버릇이 있건마는 자매들과 같이 앉았으면 세월 가는 줄을 모른다. 그는 자매들에게 학교에서 들은 바, 또는 서적에서 읽은 바 재미있는 이야기를 하여 자매들을 웃기기를 좋아하고 자매들도 또한 문호를 왜 그런지 모르게 사랑한다. 그러므로 문호가 집에 온 줄을 알면 동중(洞中)의 자매들이 다 회집(會集)하고, 혹은 문호가 간 집 자매가 일동을 청하기도 한다.

토요일 오후나 일요일 오전에는 으레히 문호가 본촌(本村)에 돌아오고 본촌에 돌아오면 으레히 동중 자매들이 쓸어 모인다. 혹 문호가 좀 오는 것이 늦으면 자매들은 모여 앉아서 하품을 하여 가며 문호의 오기를 기다리고, 혹 그 중에 어린 누이들— 가령 난수 같은 것은 앞고개에 나가서 망을 보다가 저편 버드나무 그늘로 검은 주의(周依)6)에 학생모를 잦혀 쓰고 활활 활개치며 오는 문호를 보면 너무 기뻐서 돌에 발부리를 채며 뛰어내려와 일동에게 문호가 저 고개 너머 오더라는 소식을 전한다. 그러면 회집한 일동은 갑자기 희색이 나고 몸이 들먹거려 혹,

"어디까지 왔더냐?"

하는 자도 있고 혹,

"저 고개턱까지 왔더냐?"

하는 자도 있고, 혹 난수의 말을 신용치 아니하여,

"저것이 또 거짓말을 하는 게지."

하고 눈을 흘겨 난수를 보는 자도 있다. 학교에 특별한 일이 있거나 시험 때가 되어 문호가 혹 아니 올 때에는 난수가 고개에서 망을 보다가 거짓 보도를 한 적도 한두 번 있은 까닭이다.

---

5) 상적하다 : 서로 맞다. 걸맞다.
6) 주의 : 두루마기.

이러할 때에 자매들은 대문 밖에 나섰다가 웃으며 마주 오는 문호를 반갑게 맞는다. 어린 누이들은 혹 손도 잡고 매달리고, 혹 어깨에 올려 업히기도 하고, 혹 가슴에 안기기도 하며, 좀 낫살 먹은 누이들은 얼른 문호의 손을 만지고 물러서기도 하고, 조금 문호의 옷을 당기어 보기도 하고, 혹 마주 보고 빙긋이 웃기만 하기도 한다. 난수도 작년까지는 문호의 손에 매달리더니 금년부터 조금 손을 잡아 보고 얼굴이 빨개지며 물러서게 되고 작년까지 문호의 가슴에 안기던 연수(蓮秀)라는 난수의 동생이 손을 잡고 매달리게 된다. 그러고는 문호의 집에 몰려들어가 문호의 자친께 매달리며 어리광을 부린다. 문호는 중앙에 웃으며 앉고, 일동은 문호의 주위에 돌아앉는다. 그러나 그네와 문호와의 자리의 거리는 연령에 정비례한다. 제일 나 많은 누이가 제일 멀리 앉고 제일 나 어린 누이가 제일 가까이 앉거나 혹 문호의 무릎에 기대기도 하고 문호의 어깨에 걸어 엎디기도 한다. 문호는 이런 줄을 안다. 그러고 슬퍼한다. 이전에는 서로 안고 손을 잡고 하던 누이들이 차차차차 가까이 안기를 그치고 손을 잡기를 그치고 피차의 사이에 점점 다소의 거리가 생기는 것을 보고 문호는 슬퍼하였다. 무슨 까닭인지 모르나 자연히 비감한 생각이 남을 금하지 못하였다.

　사십이 넘은 문호의 어머니는 그 어린 질녀(姪女)들을 잘 사랑하였다. 그는 문중에도 현숙하기로 유명하거니와 문호에게는 모범적 부인과 같이 보인다. 문호는 자기가 아는 부인들 중에 그 모친과 숙모(난수의 모친)를 가장 애경(愛敬)한다. 도리어 그 모친보다도 숙모를 더욱 애경한다. 그래서 4, 5세 적에는 꼭 숙모의 곁에 자려 하였다.

　한번은 그 모친이,

　"문호는 나보다도 동서를 따라!"

　하고 시기 비슷하게 탄식한 적도 있었다.

　그러나 지금은 문호는 모친과 숙모를 거의 평등하게 애경한다. 그러나 친누이 되는 지수(芝秀)보다도 종매 되는 난수를 더 사랑하였다.

문호의 종제(從弟) 문해(文海)도 문호와 막형막제한 쾌활한 소년이라. 종제라 하건만 문해는 문호보다 20여 일을 떨어져 났을 뿐이라, 용모나 거동이 별로 다름은 없었다. 그러나 문해는 그 모친의 성격을 받아 문호보다 좀 냉정하고 이지적이라. 문호는 문해를 사랑하건만 문해는 문호의 감정적인 것을 싫어하였다. 그러므로 문호가 자매들 속에 섞여 노는 것을 항상 조소하고 자매들이 문호에게 취(醉)하는 것을 말은 못 하면서도 항상 불만히 여겼다. 그러므로 문해는 자매계에 일종의 존경은 받으나 친애는 받지 못하였다. 문해는 자매들이 자기를 외경(畏敬)[7]함으로 자기의 '젊지 아니하다'는 자랑을 삼고 문호에 비하여 인격이 일층 위인 것으로 자처하였다. 문호도 문해의 자기에게 대한 감정을 아주 모름은 아니나 이는 문해가 아직 자기를 이해하기에 너무 유치한 것이라 하여 그리 괘념치도 아니하였다. 이렇게 종형제간에 연치의 점장(漸長)함을 따라 성격의 차이가 생(生)하면서도 양인간에는 여전히 따뜻한 애정이 있었다. 무론 문호가 항상 문해를 더 사랑하고 문해는 문호에게 대하여 가끔 반감도 일으키건마는.

2

　문호가 집에 돌아오면 문호의 모친은 혹 떡도 하고 닭도 잡아 문호를 먹인다. 그러할 때에는 반드시 문해와 문호를 따르는 여러 자매들도 함께 먹인다. 모친은 아랫목에 앉고 문호와 문해는 윗목에서 겸상하고 자매들은 모친을 중심으로 하고 좌우에 갈리 앉아서 즐겁게 이야기도 하고 혹 먹을 것을 서로 빼앗고 감추기도 하면서 방 안이 떠들썩하도록 떠들며 먹는다. 문호의 부친이 문 밖에서,

　"왜 이리 떠드느냐?"

　하면 일동이 갑자기 말소리를 그치고 어깨를 움츠리다가 부친이 문을

---

7) 외경 : 공경하고 두려워하는 것. 경구(敬懼). 경외(敬畏). 존외(尊畏).

열어 보고,

"장꾼 모이듯 했구나."

하고 빙긋이 웃고 나가면 여전히 떠들기를 시작한다. 이것을 보고 문호는 더할 수 없이 기뻐하건마는 문해는 양미간을 찌푸린다. 그러할 때에는 난수도 웃고 지껄이기를 그치고 걱정스러운 듯이, 원망스러운 듯이 문해의 눈을 본다. 그러다가도 문호의 웃는 얼굴을 보면 또 웃는다. 이러다가 식후가 되면 문호와 문해는 윗간에 올라가서 무슨 토론을 한다.

그네의 토론하는 화제는 흔히 중국과 서양의 위인에 관한 것이라. 여기도 두 사람의 성격의 차이가 드러난다. 문호는 이백(李白), 왕창령(王昌齡) 같은 중국 시인이나 톨스토이, 사옹(沙翁), 괴테 같은 서양시인을 칭찬하되, 문해는 그러한 시인은 대개 인생에 무익한 뇌타자(瀨惰者)라고 매도하고 공맹주자(孔孟朱子)라든가 서양이면 소크라테스, 워싱턴 같은 사람을 찬송한다. 양인이 다 어떤 의미로 보아 문학에 뜻이 있는 것은 공통이었다. 그러나 문호가 미적, 정적 문학을 애(愛)함에 반하여, 문해는 지적(知的), 선적(善的) 문학을 애한다. 즉 문해는 문학을 사회를 교화하는 일방편으로 여기되, 문호는 꽤 분명하게 예술지상주의를 이해한다.

그러므로 문호는 문해를 유치하다 하고, 문해는 문호를 방탕하다 한다. 이러한 토론을 할 때에는 자매들은 자기네끼리 무슨 이야기를 한다. 실로 차동(此洞) 중에 양인의 담화를 알아듣는 사람은 양인 외에 없다. 부모들도 이제는 양인의 지식이 자기네들보다 승(勝)한 줄을 속으로는 인정한다. 더구나 자매들은 오직 국문소설을 읽은 뿐이라. 원래 문호의 당내(堂內)8)는 적9)이 부요(富饒)하고 또 대대로 문한가(文翰家)10)라. 석일(昔日)11)에는

---

8) 당내 : 팔촌 이내의 일가.
9) 적 : 호적·병적·학적 따위의 문서.
10) 문한가 : 대대로 문필가가 난 집안.
11) 석일 : 옛적.

여자들도 대개는 사서(四書)12)와 소학, 열녀전, 내칙 같은 것을 읽더니 3, 4년내로 점차 학풍이 쇠하여 근래에는 국문조차 불능해(不能解)하는 여자가 있게 되었다. 그러나 문호와 문해는 천생 문학을 좋아하여 그 자매들에게 국문을 가르치고 또 국문소설을 읽기를 권장하였다. 3, 4년 전에 문호가 그 자매들을 위하여 소설 일편을 작(作)하고 익년에 문해가 또 소설을 일편을 작하였다. 그러나 자매간에는 문호의 소설이 더욱 환영되었고 문해도 자기의 소설보다 문호의 소설을 추장(推奬)13)하여 자기의 손으로 좋은 종이에다가 문호의 소설을 베끼고 그 표지에 '김문호 저(著), 종제 문해 서(書)'라 하고 뚜렷하게 썼다.

문호의 부친도 이것을 보고 양인의 정의(情誼)14)의 친밀함을 찬탄하고 또 그 아들의 손으로 된 소설을 일독(一讀)하였다.

"이런 것을 쓰면 사람을 버리나니라."

하고 책망은 하면서도 15세 된 문호의 재주를 속으로 기뻐하기는 하였다. 그리고 과거제도가 폐(廢)하지 아니하였던들 문호와 문해는 반드시 대과에 장원급제를 할 것인데 하고 아깝게 여겼다.

3

문호는 난수를 시인의 자질이 있다고 믿는다. 재미있는 노래나 시를 읽어 주면 난수는 손으로 무릎을 치며 좋아하고 또 즉시 그것을 암송하며 유치하나마 비평도 한다. 문호는 이것을 기뻐하여 집에 돌아올 때마다 반드시 새로운 노래나 시나 단편소설을 지어 가지고 온다. 난수도 문호가 돌아올 때마다 이것을 기다린다. 그러나 문호의 친누이는 난수와 동갑이요,

---

12) 사서 : 유교의 교전인 논어 · 맹자 · 중용 · 대학.
13) 추장 : 추천하여 장려하는 것.
14) 정의 : 조정의 이론.

재주도 있건마는 문호가 보기에 난수만큼 미를 감수(監修)15)하는 힘이 예민치 못하다. 그러므로 문호가,

"애 지수야, 너는 고운 것을 볼 줄을 모르는구나."

하고 경멸하는 듯이 말하면 지수는 얼굴이 빨개지며,

"내야 아나, 난수나 알지."

하고 눈물 고인 눈으로 문호의 얼굴을 흘끗 본다. 이렇게 되면 문호도 지수의 우는 것이 불쌍하여 머리를 쓸며,

"아니, 너도 남보다야 낫지. 그러나 난수가 너보다 더 낫단 말이지."

한다.

과연 지수도 재주가 있다. 그러나 지수는 문호보다 문해와 동형(同型)이라. 말이 적고 지혜롭고 침착하고…… 그러므로 지수는 문호보다도 문해를 사랑한다.

한번은 문호가 난수와 지수 있는 곳에서 문해더러,

"애, 문해야. 참 이상하구나. 난수는 나를 닮고 지수는 너를 닮았구나. 흥, 좋지. 한집에서 시인 둘하고 도덕가 둘이 나면 그 아니 영광이냐."

하였다.

문해도 지수의 머리를 쓸며,

"지수야, 너와 나와는 도덕가가 되자. 형님과 난수와는 시인이 되어 술주정이나 하고."

하고 일동이 웃었다. 더욱이 평생에 불만한 마음을 품던 지수는 이에 비로소 문호에게 대하여 나도 평등이거니 하는 위로를 얻었다. 그러고 문해에게 대한 사랑이 더욱 많아졌다.

다른 누이들 중에도 난수의 형 혜수(惠秀)가 매우 재주가 있다. 그는 차동 중 청년여자계에 문학으로 최선구자라. 국문소설을 유행케 한—말하

---

15) 감수 : 책의 저술이나 편찬을 지도·감독하는 것.

자면 차문(此門) 중에 신문단을 건설한 자는 문호의 고모라. 그는 오래 외가에서 길러나는 동안에 내종16)제자(內從諸姊)의 영향을 받아 국문소설을 애독하게 되고 14세에 외가로서 올 때에 숙향전(淑香傳), 사씨남정기(謝氏南征記), 월봉기(月峰記) 같은 국문소설을 가지고 와서 동중 여러 처녀들에게 일변 국문을 가르치며 일변 소설을 권장하였다. 마침 문중에 존경을 받는 문호의 조모가 노년에 소설을 편기(偏嗜)하므로 문호의 부친 형제의 다소한 반대도 효력이 없고 국문문학의 세력은 점점 문호의 당내 여자계에 침윤(浸潤)17)하였다. 그러므로 문호와 문해의 집 부인네도 처음에는 국문도 잘 모르더니, 지금은 열렬한 문학애호자가 되었다. 그러나 그네는 며느리 된 몸이라 딸 된 자와 같이 자유롭지 못하므로 겨우 명절 때를 타서 독서할 뿐이요, 그 밖에는 누이들의 틈에 끼어서 조금씩 볼 뿐이었다.

이 모양으로 김문여자계(金門女子界)에 문학을 수립한 자는 문호의 고모로되, 그 고모는 출가한 지 3년이 못 하여 요절하고 문학계의 주권은 혜수의 손에 돌아왔더니 재작년 혜수가 출가한 이래로 문학계는 군웅할거(群雄割據)18)의 상태라. 그 중에 문호의 재종매(再從妹)19) 되는 자가 가장 유력하나 그는 가세가 빈한(貧寒)하여 독서할 틈이 없고 그나마는 대개 재질이 둔하여 장족의 진보가 없고 현재에는 지수와 난수가 문학계의 쌍태성(雙台星)이라. 그러나 난수는 훨씬 지수보다 감수성이 예민하다.

그래서 문호는 한사코 난수를 공부를 시키려 하건마는 문호의 계부는,

"계집애가 공부는 해서 무엇하세!"

하고 언하(言下)에 거절한다.

문해도 난수를 공부시킬 마음이 없지 아니하건마는 워낙 냉정하여 열

---

16) 내종 : 고종사촌.
17) 침윤 : 사상 등이 사람들에게 번져 나가는 것.
18) 군웅할거 : 여러 영웅이 각지에 자리잡고 서로 세력을 다툼.
19) 재종매 : 육촌 누이.

정이 없는 데다가 또 부모의 명령에 절대로 복종하는 미질(美質)20)이 있고 난수 당자는 아직 공부가 무엇인지 모르므로 부모에게 간구(懇求)도 아니하여 문호 혼자서 애를 쓸 뿐이다. 그러므로,

'내가 중학교를 마치고서 서울에 갈 때에는 반드시 지수를 데리고 가리라. 될 수만 있으면 난수도 데리고 가리라.'

하고 어서 명춘(明春)21)이 돌아오기만 기다린다.

4

그해 가을에 16세 되는 난수는 모부가(某富家)의 15세 되는 자제와 약혼이 되었다. 문호가 이 말을 듣고 백방으로 부친과 계부에게 간(諫)하였으나 듣지 아니하였다. 그래서 문호는 난수에게,

"애, 시집가기 싫다고 그래라. 명춘에 내 서울 데려다 줄 것이니."

하고 여러 말로 충동하였다. 그러나 난수는,

"내가 어떻게 그러겠소. 오빠가 말씀하시구려."

한다.

난수는 미상불22) 남자를 대하고 싶은 생각이 없지 아니하였다. 어서 혼인날이 와서 그 신랑 되는 자의 얼굴도 보고 안겨도 보았으면 하는 생각조차 없지 아니하였다. 난수는 지금껏 가장 정답게 사랑하던 문호보다도 아직 만나지 아니한 어떤 남자가 그립다 하게 되었다. 문호는 난수의 이 말에,

"엑, 못생긴 것!"

하고 눈물이 흐를 뻔하였다. 그러고 아까운 시인이 그만 썩어지고 마는

---

20) 미질 : 아름다운 성질이나 바탕.
21) 명춘 : 내년 봄.
22) 미상불 : 아닌게아니라. 과연. 미상비.

것을 한탄도 하였다. 또 자기가 가장 사랑하던 누이를 어떤 사람에게 빼앗기는 것이 아깝기도 하고 분하기도 하였다. 마치 영국시인 워즈워드가 그 누이와 일생을 같이 보낸 모양으로 자기도 난수와 일생을 같이 보냈으면 하였다.

얼마 있다가 신랑 되는 자가 천치라는 말이 들려 온다. 온 집안이 모두 걱정하였다. 그러나 그 중에 제일 슬퍼한 자는 문호라. 문호의 부친이 이 소문의 허실을 사실(査悉)23)할 양으로 5, 60리 정도 되는 신랑가(家)를 방문하여 신랑을 보았다.

그러고 돌아와서,

"좀 미련한 듯하더라마는 그래야 복이 있나니라."

하고 혼인은 아주 확정되었다. 그러나 전하는 말을 듣건댄 신랑은 논어 일행(一行)을 삼일에도 못 외운다는 둥, 코와 침을 흘리고 어른께도 '너, 나' 한다는 둥, 지랄을 부린다는 둥, 눈에 흰자위뿐이요 검은자위가 없다는 둥, 심지어 그는 고자라는 소문까지 들려서 문호의 조모와 숙모는 날마다 눈물을 흘리고 약혼한 것을 후회한다.

난수도 이런 말을 듣고는 안색에 드러내지는 아니하여도 조그마한 가슴이 편할 날이 없어서 혹 후원(後園)24)에 돌아가 돌을 던져서 이 소문이 참인가 아닌가 점도 하여 보고, 문호의 시키는 대로, '나는 시집가기 싫소' 하고 떼를 쓰지 아니한 것을 후회도 하였다.

문호는 이 말을 듣고 울면서 계부께 간하였다. 그러나 계부는,

"못 한다. 양반의 집에서 한 번 허락한 일을 다시 이찌 한단 말이냐. 다 제 팔자지."

"그러나 양반의 체면은 잠시 일이지요. 난수의 일은 일생에 관한 것이 아니오니까. 일시의 체면을 위하여 한 사람의 일생을 희생한다는 것이 말

---

23) 사실 : 사실을 조사하는 것.
24) 후원 : 집 뒤에 있는 작은 동산이나 정원.

이 됩니까."

하였으나 계부는 성을 내며,

"인력으로 못하느리라."

하고는 다시 문호의 말을 듣지도 아니한다. 문호는 그 '양반의 체면'이란 것이 미웠다. 그리고 혼자 울었다. 그날 난수를 만나니 난수도 문호의 손을 잡고 운다. 문호는 난수를 얼마 위로하다가,

"다 네가 약한 죄로다. 왜 내가 시키는 대로 하지 아니하였으냐."

하고 왈칵 난수의 손을 뿌리치고 뛰어나왔다.

그러나 문해는 울지 아니한다. 무론 문해도 난수의 일을 슬퍼하지 아님은 아니나, 문해는 그러한 일에 울 만한 열정이 없고 그 부친과 같이 단념할 줄을 안다. 그러나 문호는 이것은 그 계부가 난수라는 여자에게 대하여 행하는 대죄악이라 하여 그 계부의 무지무정함을 원망하였다. 이 혼인 때문에 화락(和樂)[25]하던 문호의 집에는 밤낮 슬픈 구름이 가리었다.

5

혼인날이 왔다. 소를 잡고 떡을 치고 사람들이 다 술에 취하여 즐겁게 웃고 이야기한다. 동내(洞內) 부인들은 새옷을 갈아입고 난수의 집 부엌과 마당에서 분주히 왔다갔다한다. 문호의 부친과 계부도 내외로 다니면서 내빈을 접대한다. 그러나 그 양미간에는 속일 수 없는 근심이 보인다. 문해도 그날은 감투에 갓을 받쳐 쓰고 분주한다. 그러나 문호는 두루마기도 아니 입고 집에 가만히 앉았다. 혼인날이라고 고모들과 시집간 누이들이 모여들어 문호의 집 안방에는 노소(老少) 여자가 가득히 차서 오래간만에 만난 반가운 정회(情懷)[26]를 토로(吐露)[27]한다. 늙은 고모들은 혹 눕기도

---

25) 화락하다 : 화평하고 즐겁다.
26) 정회 : 생각하는 마음. 또는 정과 회포.

하고 젊은 누이들은 공연히 자리를 잡지 못하고 들어왔다 나갔다 한다. 마치 오랫동안 시집에 있어서 펴지 못하던 기운을 일시에 다 펴려는 것 같다. 가는 말소리 굵은 말소리가 들리다가는 이따금 즐거운 웃음소리가 합창 모양으로 들린다.

그러나 문호는 별로 이야기 참례도 아니하고 한편 구석에 가만히 앉았다. 시집간 누이들과 집에 있는 누이들이 여러 번 몰려와서 문호를 웃기려 하였으나 마침내 실패에 종(終)하였다. 문호의 어머니가 음식을 감독하다가 문호가 아니 보임을 보고 문호를 찾아와서,

"왜, 왜 여기 앉았느냐. 나가서 손님 접대나 하지그려. 어디 몸이 편치 아니하냐?"

하여도 문호는 성난 듯이 가만히 앉았다. 여기저기서 취한 사람들의 웃고 지껄이는 소리가 들릴 때마다 문호는 분노한 듯이 주먹을 부르쥐었다.

난수는 형들 틈에 앉았다가 시끄러운 듯이 뛰어나와 문호의 곁에 들어와 앉는다. 형들은 난수를 대하여, '좋겠구나', '기쁘겠구나', '부자라더라' ……이러한 농담을 하였다. 그러나 난수는 이러한 농담을 들을 때마다 가슴을 찌르는 듯하였다.

난수는 문호의 어깨에 기대며 문호의 눈을 본다. 문호는 난수의 눈을 보았다. 그 눈에는 절망과 단념의 빛이 있는 듯하다. 그러나 난수는 다만 신랑이 천치라는 말에 근심이 되고 절망이 될 뿐이요, 이 사건에 대하여 어떠한 태도를 취할 줄을 모르고 다만 나는 불가불 천치와 일생을 보내게 되거니 할 뿐이라. 문호는 눈물을 난수에게 아니 보일 양으로 고개를 돌리며,

"아깝다. 그 얼굴에 그 재주에 천치의 아내 되기는 참 아깝고 절통하다."

---

27) 토로 : 마음에 있는 것을 죄다 드러내어 말하는 것.

하고 어느 준수한 총각이 있으면 그와 난수와 부부를 삼아 어디로나 도망을 시키리라 한다. 차라리 부모의 억제(抑制)로 마음 없는 곳에 시집가기보다는 자기의 마음 드는 남자와 도망하는 것이 마땅하다고 문호는 생각한다. 그러고 다시 난수를 보매 사랑스러운 마음과 불쌍한 마음과 아까운 마음과 천치 신랑이 미운 생각이 한데 섞여 나온다. 문호는 난수의 손을 힘껏 쥔다. 난수도 문호의 손을 힘껏 쥔다. 그러고 이빨로 가만히 문호의 팔을 물고 바르르 떤다. 문호는 무슨 결심을 하였다.

신랑이 왔다. 신랑을 맞는 일동은 모두 다 낙심하고 고개를 돌렸다. 비록 소문이 그러하더라도 설마 저렇기야 하랴 하였더니, 실제로 보건댄 소문보다 더하다. 머리는 함부로 크고 시뻘건 얼굴이 두 뼘이나 길고 커다란 눈은 마치 소 눈깔과 같고 커다란 입은 헤 벌려서 걸쭉한 침이 턱에서 떨어진다. 문호의 숙모는 이 꼴을 보고 문호 집 안방에 뛰어들어와 이불을 쓰고 눕고 지금껏 웃고 떠들던 고모들과 누이들도 서로 마주 보기만 하고 아무 말도 없다. 다만 문호의 부친 형제와 문해가 웃을 때에는 웃기도 하면서 여전히 내빈을 접하고 동내 부인네와 남자들이 분주할 뿐이요, 양가 가족들은 모두 다 낙심하여 앉았다. 문호는 한참이나 신랑을 보다가 집에 뛰어들어와 난수를 보고 눈물을 흘렸다. 난수는 문호의 등에 얼굴을 대고 운다. 문호는 저고릿등이 눈물에 젖어 따뜻함을 깨달았다. 이때에 혜수가 와서 난수를 안아 일으키며,

"애, 난수야. 오라비 두루마기 젖는다. 울기는 왜 우느냐, 이 기쁜 날."

하고 난수를 달랜다. 난수는 속으로,

'흥, 제 서방은 얼굴도 똑똑하고 사람도 얌전하니깐.'

하였다.

과연 혜수의 남편은 얼굴이 어여쁘고 얌전도 하였다. 아까 그가 신랑을 맞아들여 갈 때에 중인(衆人)[28]은 양인을 비교하고 혜수와 난수의 행불행(幸不幸)을 생각지 아니한 자가 없었다. 난수가 처음에 기다리던 신랑은 혜

수의 신랑과 같은 자 또는 문호나 문해와 같은 자러라.

밤이 왔다. 문호는 어디서 돈 오 원을 구하여 가지고 가만히 난수에게,

"얘, 이제 나하고 서울로 가자. 이 밤차로 도망하자. 가서 내가 공부하도록 하여 주마."

하였다.

그러나 난수는 문호의 말에 다만 놀랄 뿐이요, 응할 생각은 없었다.

'서울로 도망!'

이는 못할 일이라 하였다. 그래서 고개를 흔들었다. 문호는,

"얘, 이 못생긴 것아. 일생을 그 천치의 아내로 지낼 터이냐."

하며 팔을 끌었다. 그러나 난수는 도망할 생각이 없다. 문호는 울어 쓰러지는 난수를 발길로 차며,

"죽어라, 죽어!"

하고 꾸짖었다. 그러고 외따른 방에 가서 혼자 누웠다.

혜수의 신랑이 들어와,

"자, 나하고 자세."

하고 문호의 곁에 눕는다. 문호는 또 난수의 신랑과 혜수의 신랑을 비교하고 난수를 불쌍히 여기는 정이 격렬하여진다. 그러고 혜수의 신랑의 아름다운 얼굴과 자기의 얼굴의 아름다움을 자랑하는 듯하는 웃음을 보고 문호도 빙긋이 웃는다. 혜수의 신랑은,

"여보게, 그 신랑이란 자가……."

하고 웃음이 나와서 말을 이루지 못하면서 겨우,

"내가 떡을 권하였더니, 먹기 싫다고 밥상을 발길로 차데그려. 그래 방바닥에 국이 쏟아지고……."

하면서 자기의 젖은 바지를 보이며 웃는다. 문호도 그 쇠눈깔 같은 눈

---

28) 중인 : 뭇사람.

을 희번덕거리며 발길로 차던 모양을 상상하고 웃음을 금치 못하였다.

혜수의 신랑도 혜수에 비기면 열등하였다. 그는 지금 17세이나 아직 사숙(私塾)29)에서 맹자를 읽을 뿐이라 도저히 혜수의 발달한 상상력과 취미에 기급(企及)치 못할 뿐더러 혜수의 정신력이 자기보다 우월한 줄도 이해하지 못하는 아직 유취소아(乳臭小兒)였다. 그러므로 혜수도 부(夫)에게 대하여 일종 모멸하는 감정을 가진다. 그러나 문호나 혜수나 다같이 그의 용모의 미려함30)과 성질의 온순영리(溫順怜悧)함을 사랑한다.

이튿날 아침에 문호는 계부의 집에 갔다. 아랫방 아랫목에 난수가 비단옷을 입고 머리를 쪽지고 앉은 모양을 문호는 말없이 물끄러미 보았다. 난수는 얼른 문호의 얼굴을 보고 고개를 돌린다. 문호는 그 비단옷과 머리의 변한 것을 볼 때에 형언치 못할 비애와 혐오를 깨달았다. 난수가 작야(昨夜)31)에 저 천치와 한자리에 잤는가, 혹은 저 천치에게 처녀를 깨뜨렸는가 생각하매 비분(悲憤)한 눈물이 흐르려 한다. 난수의 주위에 둘러앉았던 고모들과 누이들은 문호의 불평(不平)하여 하는 안색을 보고 웃기와 말하기를 그친다. 지수는 문호의 팔을 떼밀치며,

"오빠는 나가시오."

한다. 난수도 문호의 심정을 대강 짐작한다. 그러나 문호는 입술로 '쩝쩝' 하는 소리를 내며, 난수의 돌아앉은 꼴을 본다. 그리고 속으로 '아아, 만사휴의(萬事休矣)32)로구나' 한다. 왜 저렇게 어여쁘고 얌전하고 재주 있는 처녀를 천치의 발 앞에 던져 주어 지르밟히게 하는가 생각하매 마당과 방 안에 왔다갔다하는 인물들이 모두 다 난수 하나를 못 되게 만들고 장난감을 삼는 마귀의 무리들같이 보인다. 힘이 있으면 그 악한 무리들을 온

---

29) 사숙 : 글방.
30) 미려하다 : 아름답고 곱다.
31) 작야 : 어젯밤.
32) 만사휴의 : 모든 일이 헛수고로 돌아감을 이르는 말.

통 때려부수고 그 무리들의 손에서 죽는 난수를 구원하여내고 싶다. 문호의 눈에 난수는 죽은 사람이로다. 이런 생각을 할 때에는 지수는 또 한번,

"어서 오빠는 나가셔요!"

하고 떼밀친다.

그제야 비로소 난수를 보던 눈으로 지수를 보았다. 지수의 눈에는 사랑과 자랑의 빛이 보인다. 문호는 지수나 잘 되도록 하리라 하고 나온다.

나와서 바로 집으로 오려다가 혜수의 신랑한테 끌려 신랑방으로 들어갔다. 혜수의 신랑은 신랑의 우스운 꼴을 구경하려고 문호를 끌고 들어가는 것이라. 신랑방에는 소년들이 많이 모였다.

혜수의 신랑이 신랑의 곁에 앉으며,

"조반 자셨나?"

하고 인사를 한다. 신랑은 침을 질질 흘리며 헤 하고 웃는다. 그래도 어저께 자기를 맞던 사람을 기억하는구나 하고 문호는 코웃음을 하였다. 곁에서 누가 문호를 신랑에게 소개한다.

"이이가 신랑의 처종형일세."

그러나 신랑은 여전히 침을 흘리며 다만 '처종형?' 하고 문호의 얼굴을 본다. 그 눈이 마치 죽은 소 눈깔같이 보여 문호는 구역이 나서 고개를 돌렸다. 그러고 속으로,

'아아, 저것이 내 난수의 배필!'

하였다.

6

익년춘(翌年春)33)에 문호는 동경으로 유학을 갔다가 이태34) 되는 여름

---

33) 익년춘 : 이듬해 봄.
34) 이태 : 두 해.

에 집에 돌아왔다. 그러나 앞 고개에는 이미 난수의 나와 맞음이 없고 대문 밖에는 웃고 맞아 주던 자매들이 보인다. 문호가 동경 갈 때에 십여 세 되던 자매들이 지금은 12, 3세의 커다란 처녀가 되어 역시 반갑게 문호를 맞는다. 그러나 그 처녀들은 결코 문호의 친구가 아니러라.

문호는 방에 들어가 이전 앉던 자리에 앉았다. 그리고 처녀들도 이전 모양으로 문호를 중심으로 하고 둘러앉는다. 그 어머니는 여전히 닭을 잡고 떡을 만들어 문호와 문해와 둘러앉은 처녀들을 먹인다. 그러나 3년 전에 있던 즐거움은 영원히 스러지고 말았다. 문호는 울고 싶었다. 그러나 3년 전과 같이 눈물이 흐르지 아니한다. 문호는 마주앉은 문해의 까맣게 난 수염을 본다. 그리고 손으로 자기의 턱을 쓸며,

"문해야, 우리 턱에도 수염이 났구나."

하며 턱 아래 한 치나 자란 외대[35] 수염을 툭툭 잡아채며 웃는다. 문해도 금석(今昔)[36]의 감을 금치 못하면서 코 아래 까맣게 난 수염을 만진다. 처녀들도 양인이 수염을 만지는 것을 보고 웃는다. 그러나 그네는 양인의 뜻을 모른다.

모친은 어린아이 둘을 안아다가 문호의 앞에 놓는다. 물끄러미 검은 양복 입은 문호를 보더니 토실토실한 팔을 내어두르고 으아하고 울면서 모친의 무릎에 기어간다.

모친은 두 아이를 안으면서,

"이 애들이 벌써 세 살이 되었구나."

한다. 문호는 하나이 자기의 아들이요, 하나이 문해의 아들인 줄은 아나, 어느 것이 자기의 아들인 줄을 몰라 우두커니 우는 아이들을 보고 앉았다가 자탄하는 모양으로,

"흥, 우리도 벌써 아버질세그려. 소년의 천국은 영원히 지나갔네그려."

---

35) 외대 : 나무나 풀의 단 한 대.
36) 금석 : 지금과 옛적.

하고 웃으면서도 눈에는 눈물이 고인다. 가만히 문호를 보고 앉았던 모친의 얼굴에도 전보다 주름이 많게 되었다.

문호는 정신없는 듯이 모친만 보고 앉았다. 집 앞 버드나무에서는 '꾀꼬리오' 하고 소리가 들린다.

(1917년 6월 「청춘(靑春)」 제8호 소재)

가 실

1

때는 김유신이 한창 들날리던 신라 말이다. 가을볕이 째듯이 비치인 마당에는 벼 낟가리, 콩 낟가리, 모밀 낟가리들이 우뚝우뚝 섰다. 마당 한쪽에는 겨우내 때일 통나무더미가 있다. 그 나무더미 밑에 어떤 열예닐곱 살된 어여쁘고도 튼튼한 처녀가 통나무에 걸터앉아서 남쪽 한길을 바라보고 울고 있다. 이때에 어떤 젊은 농군 하나이 큰 도끼를 메고 마당으로 들어오다가, 처녀가 앉아 우는 것을 보고 우뚝 서며,

"아기, 왜 울어요?"

하고 은근한 목소리로 묻는다. 처녀는 깜짝 놀라는 듯이 한길을 바라보던 눈물 고인 눈으로 그 젊은 농군을 쳐다보고 가만히 일어나며,

"나라에서 아버지를 부르신대요."

하고 치마 고름으로 눈물을 씻으며 우는 양을 감추려는 듯이 외면을 하고 돌아서니, 길게 땋아 늘인 검은머리가 보인다.

"나라에서 부르셔요?"

"네, 내일 아침에 고을로 모이라고, 아까 관인이 와서 이르고 갔어요."

젊은 농군은 무엇을 생각하는 것 같더니,

"고구려 군사가 북한산성을 쳐들어온다더니, 그래 부르남."

하고, 도끼를 거기 놓고 다른 집에를 갔다가 오더니,

"여러 사람 불렀다는데요. 제길, 하루나 편안할 날이 있어야지. 젊은 사람은 다 죽고, 이제는 늙은이까지 내다 죽이려나. 언제나 쌈을 아니하고 사는 세상이 온담."

하고, 처녀의 느껴 우는 어깨를 바라본다. 처녀는 고개도 아니 돌리고,

"가실씨는 안 뽑혔어요?"

하고 묻는다. 가실은 그 젊은 농군의 이름이라.

"명년 봄에야 나도 부르겠지요. 아직은 나이 한 살 부족하니까 남겨 놓는 게지요."

하고 팔짱을 끼고 한참 생각하더니,

"아버지는 어디 가셨소?"

한다.

"고을에 들어가셨어요. 원님한테 말이나 해 본다고. 늙기도 하고, 몸에 병도 있고, 또 어린 딸자식밖에 없으니, 안 가게 해 달라고 발괄이나 한다고, 그러고 아까 가셨어요. 이제는 오실 때가 되었는데……."

하고 또 한길을 바라본다.

"말하면 되나요! 나라에서 사정을 볼 줄 아나요!"

하고 도끼를 들고 나뭇더미에서 통나무를 내려 장작 패기를 시작한다. 처녀는 놀란 듯이 눈물에 젖은 눈을 둥그렇게 뜨면서,

"장작은 왜 패세요?"

하고 가실의 곁으로 한 걸음 가까이 간다.

"우리 장작을 막 다 패고 왔어요. 영감님이 힘이 드시겠기에 좀 패드릴 양으로."

하고 뚝 부르걷은 시뻘건 두 팔을 머리 위에 잔뜩 높이 들었다가 '췌'

소리를 치며 내려치니, 쩍쩍 소리가 나며 통나무가 쪼개어져서 장작개비가 가로 세로 뛴다. 처녀는 우두커니 서서 가실의 볕에 글은 허리가 굽혔다 폈다 하는 양과 시뻘건 두 팔뚝이 오르락내리락하는 것과 순식간에 자기 앞에 허연 장작더미가 쌓이는 것을 보고 섰더니, 무슨 생각이 난 듯이 사립문으로 뛰어들어간다. 이윽고 처녀는 큰 사발에 뿌연 막걸리를 걸러 가지고 나와서 가실이가 패던 토막을 다 패기를 기다려,

"술 한잔 잡수셔요."

하고 사발을 두 손으로 받들어 가실에게 준다. 가실은 도끼를 나무통에 턱 박아 놓고, 한편 팔굽이로 이마에 맺힌 구슬땀을 씻으면서 한편 팔로 사발을 받아든다.

"웬 술이 있어요?"

하고 그 힘있고도 유순한 눈으로 술을 물끄러미 들여다본다.

"콩 걷는 날 했던 술이 항아리 밑에 좀 남았기에 새로 물을 길어다가 걸렀어요. 아버지 잡수실 것 좀 남겨 놓고……."

하고, 치맛자락에 젖은 두 손을 씻으며 처녀는 만족한 듯이 빙그레 웃는다.

가실은 사발을 입에 대고 꿀꺽꿀꺽 단숨에 들이켜더니 주먹으로 입을 씻으며 사발을 처녀에게 준다. 처녀는 사발을 받아들고 가실을 물끄러미 보더니, 사립문으로 뛰어들어가 부엌으로 들어간다. 가실은 처녀의 뛰어가는 양을 보고 들어간 부엌문을 이윽히 보더니, 다시 도끼를 들어 장작을 팬다. 얼마 만에 처녀가 치맛자락에 무엇을 싸가 지고 뛰어나와서 가실의 곁에 선다. 가실이 자기를 돌아보는 기회를 타서 처녀는,

"밤 잡수셔요. 내가 아람[1] 주어다가 묻어 두었던 것이야요."

하고, 작은 손으로 줌이 벌게 한줌 집어 가실을 주며,

---

1) 아람 : 밤・상수리 따위가 나무에 달린 채 저절로 충분히 익은 상태. 또는 그 열매.

"왕밤이야요!"

한다. 가실은 도끼를 자기 다리에 기대어 세워 놓고, 이빨로 밤 껍데기를 벗긴다. 처녀도 입으로 껍데기를 벗겨 먹는다.

"아버지 오시네!"

하고 처녀가 치마에 쌌던 밤을 땅에 내버리고 한길로 마중 나간다. 가실은 고개를 돌려 한길을 내다보았다. 늙은 수양버들 그늘로 수염이 허옇게 세인 설 영감이 기운 없이 걸어온다. 영감은 마당에 들어와 가실을 보고,

"장작 패 주었나?"

하고 감사한 낯빛을 보인다.

"네, 우리 것 다 패고……."

하고 수줍은 듯하면서도 만족한 듯한 웃음을 띤다.

영감은 장작개비 하나를 깔고 앉아서 휘유 긴 한숨을 쉰다. 처녀는 어느 새 부엌에 들어가서 술 사발을 들고 나와서,

"아버지, 술 잡수."

하고 아버지를 준다.

"응, 술이 남았든?"

하고 딸에게서 술 사발을 받으며,

"이 사람 한잔 주지."

"한 사발 드렸어요. 아버지 잡술 것 남겨 놓고."

하면서 처녀는 가실을 본다. 가실은,

"저는 잘 먹었습니다. 어서 잡수시우. 아직도 무엇을 하려면 더운데요."

하고 영감의 피곤한 듯한 얼굴을 본다. 영감은 쉬엄쉬엄 한 사발을 들이켜고, 아랫입술로 윗수염끝에 묻은 술을 빨아들이면서 마당에 떨어진 밤을 집어 벗긴다. 처녀는 아버지가 오늘 고을 갔던 결과를 듣고 싶으나, 남의 앞이 되어서 묻지는 못하고 가실이가 물어 주었으면 하고 기다린다.

가실도 그 눈치를 알고 자기도 영감 곁에 쭈그리고 앉으며,

"그래, 고을 가셨던 일은 잘 되셨어요?"

하고 묻는다.

"안 된대. 내일 아침에는 떠나야 하겠네."

한참 말이 없다.

처녀는 그만 울음을 참지 못하여 치맛자락으로 얼굴을 싸고 돌아선다. 가실도 고개를 푹 수그린다. 영감도 고개를 수그렸다가 번쩍 들고 울고 돌아섰는 딸을 보며 가실더러,

"그렇지 않아도 내가 자네를 찾아보려고 했네."

하고 물끄러미 가실을 보더니,

"자네도 알거니와, 내가 떠나면 저 어린것 혼자 남네그려. 저것이 불쌍해! 제 어멈은 어려서 죽고…… 오라범들 다 전장에 나가 죽고…… 내가 이제 나가면 어떻게 살아 돌아오기를 바라나. 싸워 죽지 않으면 병들어 죽겠고, 병들어 죽지 아니하면 늙어서 죽지 않겠나. 나도 스무 살에 군사에 뽑혀서 서른 살에야 집에 돌아오니, 부모 다 돌아가시고…… 그런 말은 해서 무엇하나. 아무려나 내가 이번 가면 살아 돌아올 리는 만무하고……. 저것이, 내 혈육이라고는 저것 하나밖에 안 남았네그려. 저것을 두고 가니, 내 마음이 어떻겠나."

하고 노인은 억지로 울음을 참는다. 처녀는 그만 장작더미에 쓰러져 운다. 가실도 운다. 노인은 코를 풀고 소리를 가다듬어,

"그러나 다 팔자니 어쩌나. ……내가 보니, 자네가 사람이 좋아! 그러니 내 딸을 자네 아내를 삼게. 그리고 이 집 가지고 벌어 먹고 살게. 논허구 밭허구 나무판허구 자네 두 식구가 잘 벌면 먹고 살 걱정은 없을 것이니, 그러게."

하고 일어나 장작더미에 쓰러져 우는 딸의 팔을 잡아 일으키며,

"아가, 들어가 저녁 지어라. 닭 한 마리 잡고, 반찬도 좀 많이 하고, 술도

걸러라. 가실이도 함께 저녁 먹고 마지막으로 이야기나 하게."

한다. 처녀는 일어나 두 손으로 눈물을 씻어 가며 안으로 들어간다. 노인은 딸의 들어가는 양을 보고 돌아서서 다시 가실의 곁에 앉으며,

"가실이! 내 말대로 하려나?"

하고 손으로 가실의 땀에 젖은 등을 두드린다. 가실은 고개를 들어 노인을 쳐다보며 말하기 어려운 듯이 머뭇머뭇하더니, 간단하고도 힘있게,

"너무 황송합니다!"

할 뿐이다. 노인은 일어나 가실의 곁에 놓인 도끼를 들어 통나무 한 토막을 패기 시작한다. 가실이가,

"제가 패겠습니다."

하는 것을,

"가만 있게. 이게 다 마지막 해 보는 것일세."

하고,

"쒝, 쒝!"

하면서 팬다. 비록 늙었으나, 이전 하던 솜씨가 남았다. 가실이만큼 힘있게는 못하여도 그보다 더 익숙하게 한다. 그 토막을 다 패어 놓고, 도끼를 가실에게 주면서,

"에, 한참 장작을 팼더니, 기운이 나네."

하고 땀을 씻으면서,

"저 고개 너머 논 두 마지기 안 있나. 그게 다 내 손으로 만든 곌세. 내가 이 가을에는 거기 새 흙을 좀 들여 펴고, 또 그 곁에 한 마지기 더 풀려고 했더니, 못하게 되었으니 자네가 내일부터라도 하게. 그러고 저 소 외양간은 저쪽으로 옮기게."

하고 아무 근심 없는 듯이 벙글벙글 웃더니, 문득 무슨 근심이 생기는 모양으로,

"내가 혼인하는 것을 못 보고 가서 안되었네마는, 이 벼나 다 타작을 하

거든, 동네 사람들이나 청해서 좋은 날 받아서 잔치나 잘 하게."

하고는 퍽 언짢아하는 빛을 보인다. 가실은 다만 들을 따름이요, 아무 대답이 없다.

2

이튿날 새벽 첫닭울이에 일어나서, 처녀는 절구에 쌀을 쓿고 물을 길어 오고 닭을 잡아 밥을 지었다. 지난 밤에는 아버지의 솜옷 한 벌을 짓느라고 늦도록 바느질을 하다가, 아버지 곁에 누워서 잠깐 잠이 들었다가, 첫닭의 소리에 깬 것이다. 아버지는 여러 번 곁에 누워 자는 딸을 만지면서 거의 한잠도 이루지 못하였다.

늙은 아버지와 어린 딸이 마주 앉아서 닭국에 밥을 말아 먹을 때에는 벌써 훤하게 동이 텄다. 해 뜨기 전에 말 탄 관인이 활을 메고 칼을 번쩍거리며 '군사들 나라'고 외치며 돌아갔다. 처녀는 밥상도 안 치우고 아버지의 옷 보퉁이를 싸고 해진 버선 구멍을 막았다. 길치장하기에 울 새도 없었다. 아버지는 딸이 짐 싸는 동안에 소물을 먹인다, 마당을 치운다, 아침마다 하는 일을 하고, 농사하던 연장과 소와 닭장과 곡식가리를 다 돌아보고, 딸이 늘 물 길러 다니는 우물 길에 풀까지 베어 버렸다.

해가 떴다. 지붕에는 은가루 같은 서리가 왔다. 동네에서 우는 소리가 난다. 닭들은 아침 햇볕을 맞느라고 사방에서 울고, 개들이 쿵쿵 짖는다. 마침내 떠날 때가 되어서 아버지는 봇짐을 지고 마당에 내려서면서 우는 딸의 머리를 쓰다듬고 뺨을 만져 주었다. 그러고,

"아무 걱정 말아라. 가실이가 좋은 사람이니, 그 사람한테 시집가서 아들딸 많이 낳고 잘 살아라. 남편 말 잘 듣고, 일 잘하고, 그래야 내 딸이다."

하고 대문을 나선다. 딸은 아버지의 소매에 매달려 운다.

이때에 앞고개로 금빛 같은 햇빛을 등에 지고 어떤 커다란 사람이 뛰어 넘어온다. 가실이다. 가실은 짚신 감발2)에 바지를 홀쭉하게 추켜입고 조그마한 봇짐을 졌다.

대문 앞에 와서 노인께 절을 하면서,

"제가 대신 가겠습니다. 일 년이면 돌아온답니다."

한다. 그 얼굴에서는 김이 오른다.

"자네가 어떻게 가나?"

하고 노인은 놀라며 묻는다.

"이제 늙으신 이가 어떻게 전장에를 가십니까. 그래 어저께부터 내가 대신 가리라고 작정을 했습니다."

하고는 또 절을 하고 뛰어가려 한다. 처녀는 가실의 손을 잡으며,

"아버지 대신 전장에 가셔요?"

한다.

"네."

하고 가실은 처녀의 처든 얼굴을 내려다본다. 처녀는 눈물 묻은 얼굴을 가실의 가슴에 묻으며,

"그러면 가 줍시오. 그 은혜는 내 몸이 죽기까지 갚겠습니다. 그러면 가 줍시오."

하고 한 번 더 가실의 얼굴을 본다.

노인은 가실의 결심을 휘지 못할 줄을 알고, 자기가 졌던 옷짐을 가실에게 주며,

"자네 은혜는 내가 죽어도 못 잊겠네. 그러면 갔다가 속히 돌아오게. 나를 자네의 장인으로 믿게. 부디부디 잘 다녀오게."

이리하여 가실은 전장으로 나가게 되었다.

---

2) 감발 : 발감개.

고을에 들어가서 여러 백 명 군사로 뽑힌 사람들과 함께 마병 수십 명에 끌리어 서울로 갔다. 가는 길에 여러 고을로서 군사로 뽑혀 오는 사람들을 만나, 치술령을 넘어올 때에는 천 명이나 넘었다. 산비탈에는 늙은이 부인네 아이들이 하얗게 늘어섰다가, 자기네 아버지나 아들이 지나가는 것을 보고는 손으로 가리키고 부르며 발을 구르고 우짖는다.

가실이가 서울 동문을 들어설 때에는 벌써 해가 서편 산마루에 올라앉고, 팔백여덟이나 된다는 여러 절에서는 저녁 쇠북 소리가 둥둥 울려나온다. 군사로 뽑혀 가는 사람들이 들어오는 것을 보려고 장안 사람들은 모두 길가에 나섰다. 먼 데 사람이 안 보일 만할 때에야 겨우 분황사 앞 영문에 다다랐다.

가실은 장관의 점고3)를 맞고 방에 들어갔다. 열 간통4)이나 되는 큰 방 안에 백 명이 넘는 사람들이 콩나물 모양으로 앉아서, 혹은 같은 고향에서 온 아는 사람들끼리, 혹은 모르는 사람들끼리 이야기들을 한다. 가실은 방 한편 구석에 우두커니 앉아서 전장에 나아가는 것이 무서운 듯한 생각과 그러나 명년 이때에 돌아오면 오래 그리워하던 사람을 아내로 삼아 재미 있게 살 것을 생각하고는 혼자 기뻐한다.

이윽고 어디서 풍류 소리가 울려 온다. 사람들은 일어서서 창으로 내다본다. 서남편으로 환한 불빛이 보인다. 창에 붙어서 바라보던 사람 하나이,

"저게 대궐이야, 상감님 계신 데야."

하는 소리를 듣고, 대궐 대궐 하는 말만 듣고 보지는 못한 사람들은 일제히 그리로 밀려,

"응, 어느 게 대궐이야?"

하고 사람들 틈으로 고개를 내어밀고 발을 벋디딘다.

"거기 저 등불 많이 켠 데가 대궐이야, 임해궁이야."

---

3) 점고(點考) : 명부에 하나하나 점을 찍어 가며 사람의 수효를 조사하는 것.
4) 간통 : 집의 몇 칸 되는 넓이.

하고 누가 잘 아는 듯이 설명한다. 가실도 사람들 틈에 끼어서 내다보았다. 몇 천인지 모를 등불이 반딧불 모양으로 공중에 걸리고, 그 한가운데쯤 해서 커단 횃불빛 같은 것도 보인다.

"등불도 많이도 켜 놓았다."

하는 이도 있고,

"저렇게 환하게 불을 켜놓고 타작을 했으면 좋겠네."

하는 이도 있고,

"거기다가 씨름을 한판 차려 놓았으면 좋겠네."

하는 이도 있다.

그 중에 서울서 오래 병정 노릇하던 사람 하나이 이 사람들의 무식한 소리를 비웃는 듯이,

"이 사람들, 그게 무슨 소린가. 지금 상감님이 만조백관5)을 모으시고 연락을 배설한 것이야. 내일 용춘 장군, 유신 장군이 우리들을 거느리고 낭비성으로 간다고. 가서 승전해 가지고 오라고 잔치하는 것이라네."

한다. 북 소리, 피리 소리, 저 소리, 쇠 소리가 간간이 들려 온다.

밝디밝은 구월 보름달이 둥그런 얼음장 모양으로 남산 위에 걸리고, 반월성과 황룡사가 달빛 속에 큰 그림자 모양으로 보인다.

사람들은 하나씩 둘씩 창에서 떨어져서 구석구석에 목침을 베고 쓰러진다. 어떤 이는 벌써 종일 걸어온 노독에 코를 드렁드렁 곤다. 집을 버리고 저자를 버리고 논과 밭과 소를 떠나서 전장에 죽으러 나가는 어린아이 같은 백성들이 팔다리를 탕탕 둘러치며 코를 드렁드렁 골고 어제 떠난 집을 꿈꿀 때까지 가늘었다 굵었다 끊겼다 이었다 하는 임해궁 대궐 풍악 소리는 달빛에 떠 와서 창 틈으로 스며들어왔다. 가실도 처음에는 한참 잠이 안 들었으나, 어제 종일 장작을 패고 오늘 종일 길을 걷던 노독에 동여

---

5) 만조백관(滿朝百官) : 조정의 모든 벼슬아치.

가도 모르게 잠이 들었다.

달이 거의 서산에 걸린 때 사방 절에서 일제히 종 소리가 울려 오고, 그 중에 바로 영문 곁에서 치는 분황사 종 소리는 곤해 자던 군사의 꿈을 모두 깨뜨려 놓고 말았다.

나발 소리, 주라 소리가 영문6) 안에 일어난다. 자던 군사들은 둥지를 흔들린 벌 모양으로 여러 방으로서 쏟아져 나와 마당에 모여 선다. 마당 한가운데는 활과 화살통이 산더미같이 쌓이고, 울긋불긋한 깃발이 횃불 빛에 나부낀다.

해뜨게 천여 명 군사가 제일 대로 남대문을 나서서 서를 향하고 떠났다. 말 탄 군사도 있고, 짐 실은 수레도 있다. 군사들은 모두 활과 살통을 메고 어떤 군사는 큰 창을 메었다.

가실도 큰 활과 살통을 메고 물들인 군복을 입었다. 어제까지 호미와 낫과 장작 패는 도끼를 들고 화평하게 살던 농부들은 하루 아침에 활을 메고 칼을 차고 사람을 죽이러 가는 군사로 변하였다.

"어디로 가는 모양이야?"

하고 가실의 뒤에 오는 한 사람이 누구더런지 모르게 묻는다.

"누가 아나. 끌고 가는 데로 따라가지."

하고 누군지 모르는 사람이 대답한다.

"백제 놈들이 또 쳐들어왔나?"

"이번에는 고구려 놈이라던가."

"그 망할 놈들은 농사나 해 먹고 자빠졌지, 왜 가만히 있는 사람들을 들쑤석거려서 못 견디게 굴어."

"글쎄나 말이지. 또 그놈들은 우리네 신라 사람들이 들쑤석거린다고 그러겠지."

---

6) 영문(營門) : 병영의 문.

이러한 말도 나오고, 또 어떤 때에는,

"글쎄, 우리는 무얼 먹겠다고 터덜거리고 가?"

"먹긴 뭘 먹어, 싸우러 가지."

"글쎄, 무엇 먹겠다고 싸워!"

한참 대답이 없더니, 누가,

"누구는 갈 일이 있어서 가나. 가라고 그러니까 가지."

하고 성난 듯이 픽 웃는다.

이 말이 대단히 재미나는 모양으로 누가,

"우리더러 싸우러 가라는 사람은 누구야? 아버지 말도 잘 안 들으려고 드는 우리더러?"

하고 더 크게 웃는다.

"참, 누가 가라기에 가는 길이야?"

하고 누가 또 웃는다.

"안 가면 잡아다가 죽인다니까 가지!"

이 말에 모두 '참 그렇다' 하는 듯이 아무 말들이 없다. 가실은,

'나는 늙은 장인 대신 나가는 길이야'

하고 생각하고 혼자 기뻤다.

이 모양으로 밤이면 한둔[7] 하고 낮이면은 걸어 낯선 강을 건너 낯선 벌을 지나 어마어마한 큰 영을 넘어 이렁저렁 서울을 떠난 지 십여 일에 바다같이 넓은 노돌나루턱을 건너 한양에 다다랐다. 그 동안에 도망한 사람, 도망하다가 붙들려 목을 잘려 죽은 사람, 병들어 죽은 사람, 강을 건너다가 물에 빠져 죽은 사람, 이럭저럭 다 줄어 버리고 서울서 함께 떠난 천 명 군사 중에 노돌나루를 건넌 이는 육백 명이 다 차지 못하였다.

가실과 같이 온 군사가 노돌을 건너는 날은 삼각산으로서 하늬바람이

---

7) 한둔 : 한데서 밤을 지내는 일. 노숙.

냅다 불고 좁쌀 같은 싸락눈이 펄펄 날렸다. 본래 한양에 있던 군사들은 모두 노닥노닥한 옷에 얼굴에 핏기 하나 없다. 그네들은 집에서 올 때에 가지고 온 옷도 다 입어 해어지고, 까맣게 때묻은 군복을 입고 덜덜 떨고 섰다. 새로 가실과 같이 온 군사들은 이 광경을 보고 모두 소름이 끼쳤다.

"왜 다들 저 꼴이야, 해골만 남았으니?"

"우리도 저 꼴이 될 모양인가."

"죽지 않아야 저 꼴이라도 되지."

이런 말들을 하며 모두 풀이 죽어서 섬거적[8] 편 영문에 들어갔다.

이날은 서울 군사들이 이십여 일이나 먼길에 새로 왔다 하여, 소를 여러 마리 잡고 술을 많이 내어 큰 잔치를 베풀었다. 가끔 고구려 마병이 기웃기웃 무악재로 엿보고, 서울서 구원병은 오지 아니하고, 그래서 이곳서 수자리 사는 군사들은 하루도 마음을 놓지 못하고 밤잠도 잘 자지 못하다가, 이번에 새 군사 오는 것을 보고 다들 기뻐하였다. 그 판에 오래 굶주렸던 창자에 쇠고기를 실컷 먹고 술을 마시니, 추운 것과 고향 그리운 것도 잊어버리고 모두 신이 나서 떠들고 논다. 가실도 술이 취하였다. 자기와 한 방에 있게 된 늙은 군사는 20년이나 병정으로 있었고, 서울도 오래 있었으므로 영문 일도 잘 알고, 퉁소도 불고, 소리도 하고, 춤도 출 줄 알며, 여러 번 전장에 나갔으므로 싸움도 우습게 여긴다.

한참 떠들다가 이 늙은 군사가 무릎장단을 치며 소리 한 마디를 부른다. 그 사설은 이러하다.

"에헤야―산도 설고 물도 선데, 누구를 따라 예 왔는가."

이런 소리가 끝이 나니, 그 중에 한 5, 6인 늙은 군사가 역시 무릎장단을 치며,

"에헤야―요―임 따라온 것도 아니로세, 구경온 것도 아니로세, 용천

---

8) 섬거적 : 섬을 엮거나 뜯어 낸 거적.

검 드는 칼로 고구려 놈 사냥을 온 길일세, 에헤야—요."

하고 화답을 한다.

늙은 군사는 더 신이 나서 얼씬얼씬 어깨춤을 추어 가며,

"에헤야—요—새로 온 군사야 말 물어 보자. 고향 산천은 어찌 되고, 부모 양친은 어찌 되고, 두고 온 처자도 잘 있더냐. 에헤야요."

하면, 다른 늙은 군사들도 또 어깨춤을 얼씬얼씬 추며,

"임 따라온 것도 아니로세."

하고 아까 하던 후렴을 부른다.

다른 방에서 얼굴 붉은 군사들이 소리를 듣고 모여든다. 방이 터지게 모이고도 남아 싸락눈을 맞으면서 문 밖에 섰다. 소리하던 군사들은 더욱 흥이 나서 일어나 춤을 추는 이도 있고, 손으로 부르거든 다리를 쳐서 장단을 맞추는 이도 있다. 늙은 군사가 한마디를 먹일 때마다 받는 사람이 늘어간다. 가실도 가만가만히 흉내를 내다가, 나중에 곡조를 배워 후렴하는 패에 참예하게 되었다.

늙은 군사는 일단 소리를 높여,

"에헤야요, 사냥을 가자, 사냥을 가, 날이 새거든 사냥을 가자. 무악재 넘어 임진강 건너 고구려 군사 사냥을 가자."

"에헤야요, 임 따라온 것도 아니로세, 구경온 것도 아니로세, 용천검드는 칼로 고구려 왕의 머리를 베어 대왕께 바치러 온 길일세."

"에헤야요, 인생 백 년이 꿈이로다. 어디서 와서 어디로 가. 오늘은 살아서 놀더라도, 내일 일은 뉘라 아나. 아마도 북한산 석비례9) 판에 실 맞이 죽은 혼이로구나. 에헤야요."

하고, 모두 슬픈 듯한 목소리로 후렴을 부른다. 후렴이 끝나면, 일동은 꼼짝 아니하고 늙은 군사의 입만 바라본다. 늙은 군사의 주름잡힌 얼굴에

---

9) 석비례 : 푸석돌이 많이 섞인 흙.

흐트러진 백발이 천 줄기 만 줄기 함부로 늘어졌다. 여전히 얼씬얼씬 춤을 추며,

"에헤야요. 북한산 석비레 파지를 마라. 흩어진 백골을 건드릴라. 어즈버, 우리네도 한 번 아차 죽어지면 흩어진 백골이 되리로구나."

할 때에, 볕에 글은 늙은 군사의 눈에서는 눈물이 번쩍번쩍한다. 후렴 받던 군사들은 후렴을 부르려다가 모두 목이 메어 울었다. 가실은 북받쳐 오르는 울음을 참다 못하여 목을 놓아 울었다.

이때에 갑자기 영문 마당으로서 취군[10] 나발 소리가 울려 온다. 군사들은 모두 깜짝 놀랐다. 그러나 누구나 다 알았다. 고구려 군사가 밤을 타서 한양성으로 쳐들어오는 것이다.

가실도 남들이 하는 모양으로 활과 살통을 메고 칼 하나를 들고 나섰다.

영문 마당에는 수천 명 군사가 길게 길게 열을 지어 늘어섰는데, 앞에는 어떤 말 타고 기 든 장수가 기를 둘러가며 군사들에게 호령을 한다.

"지금 고구려 군사가 무악재로 쳐 넘어오니, 너희는 마주 나가 싸우되, 만일 고구려 군사가 쫓기거든 북한산 끝까지 따라가라."

고 한다. 이때에 난데없는 화살 하나이 그 장수의 탄 말 귀를 스치고 날아온다. 수천 명 군사는 일제히 고함을 치고, 인왕산 모퉁이를 돌아 무악재를 향하고 달려갔다.

새벽이 되어 촌가에 닭이 울 때에 군사들은 북한산끝에 다다랐다. 고구려 군사는 죽은 사람과 말과 살 맞아 엎드러진 군사를 내버리고 낭비성으로 달아나고 말았다. 신라 군사 중에서도 이백여 명이 죽었고, 소리 메기던 늙은 군사도 어디 간지 보이지를 아니하였다. 가실은 그 이튿날 여기저기 찾아도 보고 물어도 보았으나, 아는 사람이 없었다.

---

10) 취군(聚軍) : 군사나 인부등을 불러 모으는 것.

3

이곳에 진 치고 있는 지 십여 일 후에 용춘 장군과 유신 장군이 거느린 팔천 대군이 들어오기를 시작하였다. 신라 군사들은 모두 기운이 나서 이번 길에는 평양까지 들여치고야 만다고 팔을 뽐내었다.

그러나 그렇게 마음대로 되지 아니하였다. 한 삼십 리 나가다는 한 오십 리 쫓겨 들어오기도 하고, 다시 한 칠십 리 나가기도 하여, 한강과 임진강 사이로 오르락내리락하기에 봄이 오고 여름이 오고 가을이 오고 겨울이 오고, 또 봄이 왔다 가고 여름이 왔다 가기를 여러 번 하였다. 그러는 동안에 늙어 죽고, 병나서 죽고, 활 맞아 칼 맞아 죽고, 도망하고, 도망하다가 붙들려 죽어, 군사는 점점 줄고, 군사가 줄면 몇십 리 물러가서 새 군사 오기를 기다리고, 새 군사가 오면 또 평양까지 짓쳐들어가고야 만다고 한 백 리나 가다가 또 군사가 줄면 물러오고, 밤낮 이 모양으로 오르락내리락 되풀이를 하여 언제 싸움이 끝날 것 같지도 아니하다.

일년 만에 돌아간다고 떠나온 가실은 벌써 3년을 지내어도 돌아갈 길이 망연11)하였다. 새로 오는 군사들 편에 혹 고향 소식을 듣기는 하건마는, 고향으로 소식을 전할 길은 없었다. 오는 사람은 있으되 가는 사람이 없으니, 어찌 소식을 전하랴.

설씨 집 소식을 듣기는 3년째 되던 해 봄이었다. 노인은 여전히 건강하다는 말과 그 딸은 아직도 시집을 아니 가고 자기를 기다린다는 말을 들었다. 그러나 얼마 후에 새로 온 군사의 전하는 말을 들건대, 그곳 어느 양반과 혼인을 하게 되어 가을에 성례를 한다는 말이 있다고 한다. 가실은 이 말을 들을 때에 몹시 설웠다. 그러나 돌아갈 길이 망연하니 어찌하랴. 3년 전에 서울서 같이 떠난 군사 중에 하나씩 둘씩 다 없어지고, 이제는 옛얼굴을 볼 수가 없으니, 자기 생명도 풀잎에 이슬이 언제 스러질는지 민

---

11) 망연(茫然) : 넓고 멀어서 아득하다.

을 수가 없다. 더욱이 이 가을에는 신라에서도 있는 힘을 다하고, 고구려에서도 있는 힘을 다하여 싸운다는데, 그때 통에는 암만해도 살아남을 것 같지도 아니하다. 군사들의 말이 고구려에는 나는 장수가 있어 눈에 보이지 아니하게 다닌다 하며, 이번에는 그 장수가 나온다 하니, 더욱 명년 봄을 살아서 구경할 것 같지도 아니하다.

3년째 되는 구월 보름께 낭비성을 쳐들어가자는 군령이 내렸다. 군사들은 모두 지리하고[12] 집 생각이 나서 싸울 생각이 없었으나, 이번만 싸우고는 집으로 돌려 보낸다는 바람에 죽으나 사나 마지막으로 싸워 보자 하고, 술과 고기를 잔뜩 먹고 나발을 불고 북을 치고 먼지를 날리며, 낭비성을 향하고 달려들어갔다. 가실은 정신 없이 일변 활을 쏘며 일변 칼을 두르며 앞으로 앞으로 나갔다. 낭비성에서는 화살이 빗발같이 쏟아져 달려가던 군사들이 하나씩 둘씩 벌떡벌떡 나가 자빠진다. 가실은 여러 번 죽어 넘어진 군사, 아직 채 죽지는 아니하고 피를 푹푹 뿜는 군사를 타고 넘어, 밟고 넘어, 그저 앞으로 앞으로 달려갔다. 천지가 모두 티끌이니, 지척을 분별할 수도 없고, 천지가 모두 고각함성이니, 무슨 소리를 들을 수도 없다. 그저 가던 길이니 앞으로 나갈 뿐이다.

"씩."

하는 소리가 나며 화살 하나이 가실의 왼팔에 박힌다. 가실은 우뚝 서며 얼른 뽑아 버렸다. 낭비성이 차차 가까워질수록 곁으로 날아 지나가는 화살이 점점 많아진다. 얼마 아니하여 언제 박히는 줄 모르게 살 하나가 가실의 오른편 다리에 박히어 가실은,

"아이고."

소리를 치고 자빠졌다. 가실은 죽을 힘을 다하여 다리에 박힌 살을 뽑았으나, 팔다리에서 피는 콸콸 쏟고, 아프기는 하고, 기운은 빠져서 몸을

---

12) 지리(支離) 하다 : 지루하다.

꼼짝할 수도 없었다. 가실은 옷으로 가까스로 상처를 막고 죽은 듯이 쓰러졌다. 신라 군사가 으악으악 하며 자기 곁으로 뛰어 지나가는 것이 어렴풋이 보인다. 한참 있다가 무엇이 자기 다리를 잡아 쳐들기에 눈을 떠 본즉 어떤 고구려 군사 둘이 칼을 들고 서서 자기를 본다. 그 중에 한 군사가,

"이놈아, 안 죽었니?"

하고 발로 옆구리를 찬다.

"안 죽었다."

하고, 가실은 그 군사들을 쳐다보며 대답한다. 다른 군사가 손에 들었던 칼로 가실의 가슴을 겨누면서,

"이놈, 이 신라 놈! 벌써 네 군사는 다 우리 손에 죽고, 몇 놈만 살아서 달아났다. 요놈 너도 이렇게 폭 찔러 죽일 테야."

하고 가실의 가슴을 찌르려 한다. 가실은 잠깐 기다리라는 듯이 손질을 하며,

"얘, 너와 나와 무슨 원수 있니? 내가 네 아비를 때렸단 말이냐. 네 소를 훔쳤단 말이냐. 피차에 초면에 무슨 원수로 나를 죽이려 드니? 나도 늙은 부모와 젊은 아내가 있다. 내가 죽으면 그것들은 어찌잔 말이냐."

하였다. 군사 하나이 칼 든 군사의 팔을 붙들어 잠깐 참으라는 뜻을 보이며,

"이놈아, 그럼 왜 활을 메고 우리 나라에 들어왔어? 맨몸으로 왔으면 닭 잡고 밥이라도 해 먹이지! 이놈아, 왜 활을 메고 와서 우리 사람들을 죽여! 너희 신라 놈들은 죄다 죽일 놈이야. 괜히 가만히 있는 고구려를 들쑤석거려서 우리도 이렇게 전장에 나오게 만들고……."

가실은 의심스러운 듯이,

"고구려 놈들이 괜히 가만히 있는 신라를 들쑤석거린다는데!"

하였다.

"누가 그러든?"

하고 칼 든 군사가 성을 내며,

"우리 상감님 말씀이 신라 놈들이 먼저 혼란을 일으킨다는데."

가실은,

"우리 상감님 말씀에는 고구려 놈들이 가만히 안 있고 괜히 남을 들쑤석거린다는데."

한다. 세 사람은 말없이 서로 물끄러미 보고 섰다. 가실은 힘을 써서 일어나 앉았다. 목이 몹시 마르다. 그래 칼 든 군사더러,

"내가 목이 말라 죽겠으니, 물을 한 잔 다오."

한즉, 그 군사는 어쩔 줄 모르고 한참 어릿어릿하더니, 칼을 칼집에 꽂고, 가서 개천 물을 떠다 준다. 가실은 꿀꺽꿀꺽 다 들이켰다. 그러고는 두 군사더러,

"너희들 나를 죽이지 말아라. 나도 오늘 종일 활을 쏘았으니, 너희 사람도 몇 명 맞아 죽었겠다마는, 내가 죽일 마음이 있어서 죽였니? 활을 주면서 쏘라니 쏘았지. 너희도 그렇지, 너흰들 무슨 까닭으로 괜히 사람을 푹푹 찔러 죽여."

하고 곁에 놓인 활을 당기어 꺾어 버리며,

"자, 이러면 활 없이 맨몸으로 너희 나라에 들어온 사람이 아니냐."

하였다. 두 군사는 말없이 서로 마주 보더니,

"어떻게, 이놈을 살려?"

"글쎄, 죄다 죽이라고 그러는데……"

"살려 주자…… 이놈의 말이 옳구나."

"글쎄, 사로잡아 왔다고 그럴까."

"응, 우리 이놈을 잡아다가 영문에 바치자. 죽이지 말고."

이리하여 두 군사는 가실을 부축하여 영문으로 잡아들여다가 장수에게 바쳤다.

장수는 가실의 손과 얼굴이 무식한 농군인 것과 미미한 졸병에 지나지

못하는 것을 보고, 구태 죽일 필요도 없다 하여 장에 내다가 종으로 팔았다.

마침 어떤 늙은 농부가 가실을 사서 소 등에 올려 앉혀, 어떤 시골 촌으로 데려갔다.

얼마 만에 살 맞은 자리도 나아, 가실은 도끼를 메고 나무도 찍으러 다니고, 장작도 패고, 밤에는 새끼를 꼬고 신을 삼았다. 처음에는 신라 놈 잡아왔다고 모두 구경을 오고, 아이들도 따라다니며 '신라 놈!' '당나라 개!' 하고 놀려 먹더니, 차차 가실도 자기네와 꼭 같은 사람인 것을 알게 되어, 일꾼들끼리도 서로 친구가 되고 말았다.

봄이 오면 거름을 져내고 밭을 갈았다. 가실은 신라 사람이라 논농사를 잘 하므로, 주인집 밭으로 논을 만들어 둘째 해에는 벼를 많이 거두어 맛난 쌀밥을 먹게 하였다 하여 주인 노인은 가실을 종으로 대접하지 아니하고, 가족같이 대우하게 되고, 동네 사람들도 모두 가실을 청하여다가 논농사하는 법을 배웠다. 고구려에서는 거의 전쟁이 끊일 날이 없어 농사를 힘쓰지 아니하므로, 논밭이 다 황무하고, 또 그때까지는 논농사하는 이는 평양 근방밖에는 없었다.

이리하여 가실은 이 동네에만 이름이 날 뿐 아니라, 이웃 동네에까지 이름이 났다. 사람 좋고, 힘써 일 잘하고, 그 중에도 논을 만드는 데는 선생이라 하여 칭찬이 들레었다.[13]

이렁저렁 또 3년이 지났다. 가실은 해마다 가을이 되면 주인 노인더러 놓아보내 주기를 청하였으나, 주인은 본국에 놀아가면 도리어 생명이 위태하리라는 것을 평계로 놓아 주지를 아니하고, 또 지금 열여섯 살 되는 딸의 사위를 삼으려는 뜻을 가졌다. 원래 이 노인은 아들형제를 다 전장에 보내고, 농사할 사람이 없어 가실을 종으로 사 온 것인데, 가실이 있기 때

---

13) 들레다 : 야단스럽게 떠들다.

문에 농사를 잘하여 집이 부요해졌고, 또 가실의 사람됨이 극히 진실하고 부지런하여, 족히 자기의 만년의 일생을 부탁할 만하다고 믿으므로, 아무리 하여서라도 사위를 삼아 본국에 돌아갈 생각을 끊게 하려 한 것이었다. 또 이 노인의 딸도 가실을 사모하였다. 그가 큰 도끼를 둘러메어 젖은 통나무를 패는 것과 소에게 한 바리나 될 만한 나뭇짐이나 곡식짐을 지는 것을 볼 때에 처녀는 가실을 사모하지 않을 수가 없었다.

가실은 다만 힘만 쓰는 사람이 아니요, 여러 가지 지혜와 재주도 있었다. 톱과 먹줄과 대패를 만들어다 두고, 여러 가지 기구도 만들고, 자기가 유숙할 사랑채도 짓고, 노인과 처녀의 나막신도 파 주었다. 그 나막신이 아주 모양이 좋고 발이 편하다 하여, 노인은 처녀를 시켜서 들기름을 발라 터지지 않게 하였다. 또 농사하는 여가에는 쑥대로 발을 만들고 밈통을 만들어 붕어와 잔고기와 게를 잡아 오면, 처녀가 앞 개천에 나가 말끔히 씻어다가 풋고추를 넣고 조려 먹었다. 노인은 이것을 썩 좋아하였다.

가실은 잠시도 가만히 있지를 아니하고 무엇이나 일을 하였다. 그래서 그 집은 늘 깨끗하고 없는 것이 없었다. 눈이 오기 전에 벌써 산더미같이 나무가 쌓이고 짚신과 미투리도 항상 쌓아 두고 신었다. 지난 겨울에는 처녀가 처음 길쌈14)을 한다 하여 가실이가 종일 산으로 돌아다니면서 좋은 재목을 구하여다가 물레 같은 것과 베틀을 만들었다. 이것은 길쌈 많이 하는 신라 본이라, 고구려 것보다 훨씬 보기도 좋고 편리하였다. 이 밖에도 가실이가 한 일이 많거니와, 그의 지혜와 재주는 동네 사람들도 다 탄복하였다. 그래서 가실은 온 동네에 없을 수 없는 사람이 되어, 무슨 어려운 일이 있으면 부인네나 아이들까지도 '가실이더러 좀 해 달래야' 하게 되었다.

가실이가 하는 것을 보고 동네 사람들도 새 잡는 기계와 고기 잡는 기계도 만드는 것이 한 재미가 되었다. 또 가실이가 부지런한 것이 동네 사

---

14) 길쌈 : 섬유를 가공하여 피륙을 짜내기까지의 모든 수공의 일.

람의 모범이 되었고, 말이 적으나 한 번 말하면 그것은 꼭 참말이요, 꼭 그 말대로 하는 것을 볼 때에 사람들은 가실을 믿고 두려워하였다.

그러나 가실에게는 슬픔이 있다. 백 년을 약속한 사람의 소식을 알 수 없고, 또 만날 기약이 망연하다. 그래서 주인더러 보내 달라고만 졸랐다. 하나 일년 일이 다 끝난 가을이 아니면 결코 보내 달란 말을 하지 아니하였다. 그러나 봄이 되어 농사를 시작할 때가 되면, 다시는 결코 간단 말을 하지 아니하였다. 그러나 금년―고향을 떠난 지 6년이 되는 금년―열아홉에 떠나서 스물다섯 살이 된 금년에는 아무리 하여서라도 돌아가리라 하였다. 그래서 하루는 저녁을 먹고 나서 노인을 대하여,

"저를 금년에는 보내 줍시오."

하였다. 노인은 깜짝 놀라는 듯이 돌아 앉으며,

"왜 또 간다고 그러나? 내가 지금 자네를 믿고 사네. 내 나이 벌써 칠십이야. 자네가 가면 내가 어떻게 사나."

하는 노인의 말소리는 간절하고 떨린다. 곁에서 노파가 역시 떨리는 소리로,

"그렇고말고. 영감이나 내나 장성한 아들 다 전장에 나가 죽고, 자네를 우연히 만나서 아들같이 믿고 사는데, 자네가 가면 이 늙은 것들이 어떻게 산단 말인가. 아예 그런 소리 말아요. 우리 양주가 죽거든 다 묻어 놓고……." 하고 곁에 앉은 딸의 머리를 쓸면서,

"이애 데리고 아무 데나 자네 마음대로 가게그려. 이 딸자식도 자네게만 맡기면 자네가 하늘 붙은 데를 데리고 가더라노 마음이 놓이!"

한다. 처녀는 부끄러운 듯이 슬며시 빠져 부엌으로 나가더니 큰 바가지에 삶은 밤을 퍼 가지고 들어와서 방 한가운데 놓고, 어머니 등뒤에 가 앉는다. 노파는,

"자, 가실이, 밤이나 먹게. 이게 안 좋은가. 자네도 부모도 없다니, 우리를 부모로 알고, 가속도 없다니, 이애를 아내로 삼고, 그러고 벌어먹고 지

나면 안 좋은가.”

하고 밤을 집어 가실을 주며,

“자, 어서어서 먹어요. 이애가 자네 준다고 삶은 것일세.”

하고 딸을 등뒤에서 끌어 낸다.

“아니야요, 어머니도.”

하고 딸은 고개를 숙인다. 가실은 밤을 벗겨 우선 노인 양주를 드리고 자기도 먹었다. 밤 껍질을 벗기는 가실의 손은 떨렸다. 진실로 가실은 어쩔 줄을 몰랐다. 만일 주인이 강제로 자기를 못 가게 한다 하면, 벌써 빠져 나가고 말았을 것이다. 그러나 이 불쌍한 세 식구가 자기를 믿고 사랑으로 매달릴 때에 그것은 차마 뿌리치기가 어려웠다. 가실은 힘이 센 것과 같이 정도 세다. 그러나 정이 센 것과 같이 의리도 세다. 정이 센지라 주인을 차마 뿌리치지도 못하거니와, 의리도 센지라 설씨의 딸에게 한 번 맺은 약속을 깨뜨리지 못한다.

가실이 연해 밤만 벗기고 대답이 없는 것을 보고 노인은,

“가실이, 우리 두 늙은이의 소원을 이루어 주게. 다시는 늙은 것의 가슴을 졸이게 하지 말게.”

하고, 노인은 손으로 가실의 등을 어루만진다. 노파와 딸은 근심스러운 눈으로 가실만 바라보고 있다.

가실은 굳은 결심을 얻은 듯이 고개를 번쩍 들어 노인을 보며,

“저도 두 어른을 부모로 알고 있습니다. 부모처럼 저를 사랑해 주시니 부모가 아닙니까.”

하는 가실의 말소리는 깊은 감동으로 떨린다. 가실은 눈물 머금은 어조로,

“그러나 저는 6년 전에 고향을 떠날 때에…….”

하고 말을 뚝 끊더니, 다시 말을 이어,

“제 자랑 같아서 아직 말씀을 아니했습니다마는.”

하고 자기가 설 영감이라는 노인 대신으로 전장에 나왔다는 말과 일 년 후에 전장에서 돌아오면 그의 딸과 혼인하기를 약속하였다는 말을 다하고, 나중에,

"제가 무엇이 그리워 고향에를 가고 싶겠습니까. 백 년을 맹세한 사람이 밤낮으로 나를 기다리고 있으니, 그러는 것이올시다."

하고 말을 끊을 때에, 가실의 눈에서는 굵은 눈물이 뚝뚝 떨어진다. 노인 양주는 가실이 하는 말을 들을 때에 더욱 가실의 심정이 착하고 아름다운 것을 찬탄하고, 가실의 눈물을 볼 때에는 노인 양주도 같이 울었다. 딸도 어머니의 등에 이마를 대고 울었다. 노인은 한 번 더 가실의 등을 어루만지며,

"자네는 하늘이 낸 사람일세. 과연 큰사람일세. 어쩌면 남을 대신하여 죽을 자리에를 나간단 말인가. 옛말로는 우리 조상 적에 그런 사람이 있었던 말도 들었지마는, 자네 같은 큰사람은 칠십 평생에 처음 보네."

하고 칭찬하기를 말지 아니하다가,

"내 어쩨 자네가 웃는 낯이 없고, 늘 수심기가 있어 보이기에, 그저 고향이 그리워 그러나 했더니, 자네 말을 듣고야 알겠네."

하고 혀를 찬다. 노파도 눈물 씻고 목이 메인 소리로,

"자네가 차차 수척해 가기에 웬일인가 했더니, 그래서 그랬네그려."

하고 역시 혀를 찬다. 딸은 슬며시 일어나 나가더니, 건넌방에서 흑흑 느껴 우는 소리가 들린다.

4

이튿날 아침을 일찍 지어 먹고, 가실은 고국을 향하여 떠나기로 하였다.

노인 양주에게 세 번 절하여 하직하고 3년 동안 정들인 동네의 동구로 나올 때에 노인은 손수 노자할 돈을 가실의 짐에 넣어 주고, 노파는 의복

과 삶은 닭을 싸서 들어다 주며, 동네 사람들도 여러 가지 물건과 먹을 것을 싸다가 가실의 짐에 넣어 주며, '부디 잘 가라'고, '죽기 전 한번 만나자'고 언짢은 얼굴로 작별하는 인사를 하며 동구 밖 강가까지 나온다. 가실은 '동네 어른들께 신세 많이 졌노라'고, '그러나 천여 리 먼 나라에 다시 올 길이 망연하다'고 손을 잡고는 석별의 인사를 하였다.

나룻배에 오를 때에 노인은 뱃머리에 서서 가실의 손을 잡고,

"부디 잘 가게. 잘 살게. 이 늙은 것이 다시 보기야 어찌 바라겠나마는, 가 보아서 설씨의 딸이 다른 집에 시집을 갔거든 내게로 돌아오게. 이제로부터 이태 동안은 딸을 시집보내지 아니하고 날마다 자네 돌아오기만 기다리겠네."

하며 눈물을 떨군다.

가실도 눈물을 흘리며 다만,

"네…… 아버지!"

할 따름이었다.

차마 손을 놓지 못하여 한참 서로 잡고 울다가 마침내 배가 떠났다. 사공이 '어야, 어야' 하고 젓는 서슬에 파랗게 맑은 가을 강물에 잔물결이 일며 배가 저쪽 언덕을 향하고 비스듬히 건너간다. 가실은 뒤를 돌아보며 떠나온 언덕에 모여선 수십 명 남녀를 향하고 손질을 하였다. 그 사람들도 잘 가라고 하면서 손을 두른다. 노인은 아직도 배 떠나던 자리에 서서 멀거니 가실을 바라보고 이따금 한 마디씩 무슨 소리를 친다.

가실은 배를 내려 한 번 더 저편에 선 사람들을 향하여 손질을 하고 짐을 걸머지고 지팡이를 끌면서 서리맞아 마른풀 사이로 길을 찾아 동으로 동으로 향하고 간다. 가끔 뒤를 돌아보며 손을 둘렀다. 저쪽에서도 손을 두른다. 가실은 조그마한 산굽이를 돌아설 때에 마지막으로 두 팔을 높이 들며 소리를 높여,

"잘 있으오!"

를 서너 번이나 외쳤다. 저편에서도 팔들을 들고,

"잘 가오!"

하는 소리가 모기 소리처럼 들린다. 가실은 마음으로 그 노인을 생각하면서 눈물이 흘렀다.

가실은 힘껏 소리를 뽑아,

"간다 간다 나는 간다. 우리 나라로 나는 돌아간다."

하고 소리를 하고 지팡이를 드던지면서 동으로 동으로 고국을 향하고 걸었다.

(1923년 2월 12일~23일 「동아일보(東亞日報)」 소재)

거룩한 이의 죽음

1

깍깍 하는 장독대 모퉁이 배나무에 앉아 우는 까치 소리에 깜짝 놀란 듯이 한 손으로 북을 들고 한 손으로 바디집¹⁾을 잡은 대로 창 중간에나 내려간 볕을 보고 김씨는,

"벌써 저녁때가 되었군!"

하며 멀거니 가늘게 된 도투마리²⁾를 보더니, 말코를 끄르고 베틀에서 내려온다.

"아직도 열 자는 남았겠는데."

하고 혼잣말로,

"저녁이나 지어 먹고 또 짜지."

하며 마루로 나온다. 마당에는 대한 찬바람이 뒷산에 쌓인 마른 눈가루를 날려다가 곱닿게 뿌려 놓았다. 김씨는 마루 끝에 서서 눈을 감고 공손

---

1) 바디집 : 베틀·방직기·가마니틀 등에 딸린 기구의 하나. 대오리·나무·쇠 따위로 만들어 베 또는 가마니의 날에 씨를 쳐서 짜는 구실을 하는 것을 끼게 홈이 패어 있는 두 짝의 테.
2) 도투마리 : 베를 짤 때 날을 감는 틀.

히 치마 앞에 손을 읍하면서,

"하느님, 우리 선생님을 도와 주시옵소서. 모든 도인을 도와 주시옵소서. 세월이 하도 분분하오니, 하느님께서 도와 주시옵소서. 선생님께서 이곳에 오신다 하오니, 아무 일이 없도록 도와 주시옵소서. 어서 우리 무극대도[3]가 천하에 퍼져서, 포덕[4]천하, 광제[5]창생, 보국안민[6]하게 하여 주시옵소서."

하고는 연하여 가는 목소리로,

"지기금지 원위대강, 시천주 조화정, 영세불망 만사지."

세 번을 외우더니, 번쩍 눈을 뜬다.

또 까치가 장독대 배나무 가지에 앉아 깍깍 하고 짖다가 바람결에 불려 떨어지는 듯이 날아간다.

김씨는 무슨 크고 무서운 일을 앞에 당하는 듯한 기다려지고도 조심성스러운 생각으로 가만히 안방 문을 열었다. 아랫목에는 젖먹이 딸이 숨소리도 없이 잔다. 김씨는 가만가만히 그 옆으로 가서 허리를 굽혀 어린 아기의 자는 얼굴을 보며, 또 눈을 감고 기도를 올린다. 어린 아기를 충실하게 보호해 주시고, 자라서 도를 잘 닦는 사람이 되게 하여 달란 뜻이다. 그러고는 윗목 조그마한 항아리에서 됫박으로 쌀을 퍼 내어 큰 바가지에 옮기고, 거기서 쌀 항아리 위에 놓였던 숟가락으로 세 술을 떠서 벽에 걸어 놓은 두멍[7]에 넣더니, 빙그레 웃으면서 또 한 술을 떠 넣는다. 김씨는 이제부터 갓난이 몫으로 한 숟가락 더 뜨게 된 것이 기뻤다.

김씨가 솥에 쌀을 일어 안치고 불을 살라 넣으렬 석에 남편 박대여가 수염에 허연 얼음을 달고 들어오더니, 부엌문으로 아내를 들여다보며 입

---

3) 무극대도(無極大道) : 천도교에서, 우주 본체인 무극의 신령한 능력.
4) 포덕(布德) : 천도교에서, 한울림의 덕을 세상에 펴는 일. 곧 포교(布敎)를 이룸.
5) 광제(匡濟) : 바르게 고쳐 구제하는 것.
6) 보국안민(輔國安民) : 나라일을 돕고 백성을 편안하게 함.
7) 두멍 : 독 만한 큰 동이나 통.

이 얼어서 분명치 아니한 목소리로,

"여보, 선생님께서 오늘 밤에 오신다는구려. 거기서도 어떤 사람이 영문에 꽂아서 새벽에 떠나셨다는데, 오늘 새벽에 하등집에 오셨다고, 그래서 오늘 해만 지면 거기서 떠나셔서 이리로 오신다고 기별이 왔소."

하며 토수8) 속에 넣었던 손으로 수염의 얼음을 땄다.

김씨는 부지깽이를 놓고 일어나면서,

"에그, 이 추운데, 선생님께서 얼마나 고생이 되실까? 여기 오셔나 아무 일도 없었으면 좋으련만."

하고 눈물이 괸다.

"베틀은 낳았소?"

하는 남편의 말에 김씨는,

"어떻게 낳아요. 아직도 열 자나 남았는데. 그대로 끊어 버리지요. 그까짓 게 무엇이게. 이번에 척수를 좀 길게 잡아서 짠 것도 바지저고리 한 벌은 되어요. 그걸로 선생님 옷이나 한 벌 지어드리면 그만이지요. 그런데 사랑은 다 발랐어요?"

"바르느라고 했지마는, 불을 때 보아야."

"선생님은 안방에 계시게 하지요?"

하고 아내가 묻는다.

"글쎄, 함께 오실 이가 다섯 분이나 될 터인데…… 선생님과 해월 선생님은 건넌방을 내어드려서 계시게 하고, 다른 이들은 안방에 계시게 하고, 우리들이 아이들 데리고 사랑에 있게 하지."

하고 동의를 구하는 모양으로 눈물 괸 아내의 얼굴을 쳐다본다. 아내는 치마 고름으로 눈물을 씻더니,

"나도 그렇게 생각했어요. 어떡하면 선생님을 좀 편히 계시도록 하나?"

---

8) 토수 : 토시. 팔뚝에 끼워 추위나 더위를 막는 제구. 한끝은 좁고, 다른 한끝은 넓게 만들어진 것.

하고 다시 불을 땐다.

남편은 안방으로 들어가 의관을 벗고 나오더니, 비를 들고 마당 쓸기를 시작한다. 섬돌 밑과 담 밑과 마루 밑까지 얼어붙은 티검불을 빡빡 긁어가며 쓴다. 쓰는 대로 바람이 한 번 지나가면 또 눈가루를 갖다가 뿌린다. 마치 귀한 손님을 맞기 위하여 하늘이 이 가난한 집 마당에 옥가루를 뿌려 주는 것 같았다.

대문 밖에서 쿵쿵 하는 발자취 소리가 나더니, 여남은 살 된 총각아이가 뻘겋게 언 주먹으로 두 눈의 눈물을 씻으며 무어라고 중얼거리면서 뛰어들어와서, 동정을 구하는 듯이 부엌문 밖에 가 선다. 불을 때던 어머니는,

"정식아, 너 왜 우느냐. 또 아이들이 무어라든?"

하며 일어나 아들의 머리에 묻은 눈가루를 떨어 준다. 아들은 우는 소리로,

"또 그놈의 자식들이 응응응응, 동학쟁이라고 그래, 응응."

"그놈의 자식들이라고 그래선 못쓴다. 그 아이들이라고 그래야지."

"그까짓 놈의 자식들, 때려 죽일 테야. 남을 가지고 동학쟁이라고. 이제, 이제, 원님이 목 베어 죽인다고…… 깍쟁이 놈의 자식들!"

하고 아들은 조그마한 주먹을 발끈 쥐어 내어흔든다. 어머니는 측은한 듯이 아들을 끌어들여 아궁이에 불을 쬐게 하면서,

"정식아, 그러면 어떠냐. 다른 아이들이 무에라고 하든지 너는 가만히 있으려무나. 너만 가만히 있으면 저희들도 그러다가 말지. 동학쟁이라면 어떠냐, 동학쟁이니깐 동학쟁이라지. 동학쟁이가 좋은 말이다. 응, 이제 오늘 선생님이 오시면 너를 귀애해 주시구 복 빌어 주시고 할 텐데, 무슨 걱정이야. 자, 들어가, 갓난이 깼나 보아라. 그리고 안방 깨끗이 치워라, 응."

하고 정식의 등을 두드린다.

정식은 어머니 말에 위로가 되었는지, 아무 말도 없이 안방으로 들어간

다. 정식은 아직도 자는 갓난이 곁에 쭈그러고 앉아서 어린애 어르는 모양으로 헛바닥으로 두어 번 딱딱 하더니, 자는 아기가 대답이 없으므로, 가만히 일어나서 비를 찾아 방을 쓴다.

2

밤은 차차 깊어간다. 바람은 자고 천기는 고요하다. 구름 한 점 볼 수 없는 하늘에는 초생달도 벌써 넘어가고, 별만 수없이 반짝거린다.

이 산골 몇 집 안 되는, 그것도 띄엄띄엄 떨어져 있는 눈에 쌓인 농가에서는 그도 설빔을 만드느라고 다듬이 소리들이 들리나, 깜박깜박하는 등잔 밑에서 짚세기 삼는 젊은 농부들의 담배를 피우고 웃고 떠들던 소리도 차차 줄어간다. 총도 아니 낸 짚세기들을 차고 각각 자기 집으로 흩어지느라고 담뱃불들이 반짝거리고, 발자취 소리와 두런거리는 소리에 개들의 졸린 듯한 짖는 소리가 난다.

이윽고 조그마한 방문들이 혹은 남편을, 혹은 아이들을 맞아들이는 소리가 그윽이 들리고는, 천지가 다시 고요해지고 만다. 개들도 다시 부검지 속에 코를 박고 잠이 들었고, 반짝반짝하는 등잔불들도 하나씩하나씩 눈을 감기 시작한다. 고요함이, 어두움이 이 가엾은 생명들이 들어 조는 조그마한 보금자리들을 꼭 품에 껴안았다. 오직 죄 없고 욕심 없는 꿈들이 이 집에서 저 집으로 발자취도 없이 살금살금 다닐 뿐이다.

이때에 촌중 맨 끝 산밑에 앉은 박대여의 집에서만 불이 반짝거리고, 부엌에서 아름이 넘는 김이 무럭무럭 나온다. 저녁을 먹고 나서 아이들은 사랑에 재우고 내외는 안방 건넌방을 깨끗이 치우고, 거미줄과 먼지까지 떨어 내고 때묻은 장판이 닳도록 걸레를 치고, 후끈후끈하게 불을 때이고, 꼭꼭 쌓았던 이부자리를 있는 대로 내어 아랫목에 깔아 녹이고, 지금은 닭을 잡고 무를 삶고 쌀을 일어 안치고, 선생님 일행이 오기만 하면 곧 국밥을 지어드릴 준비까지 다 하여 놓았다.

대여는 눈 묻은 나뭇단을 옆구리에 껴다가 부엌에 넣고 내외가 무슨 이야기를 두어 마디 하더니, 부엌문을 닫고 나와 안방으로 들어간다.

안방 한가운데는 소반을 놓고, 백지를 깔고, 그 위에 새로 닦은 주발에 청수 한 그릇을 떠 놓았다. 내외는 분주히 새옷을 내어 갈아입고, 의관을 정제하고, 청수상 앞에 북향으로 가지런히 앉아, 공손히 고개를 숙이고 이윽히 앉았더니, 남편이 고개를 들어 하늘을 우러러보며 떨리는 목소리로,

"하느님! 우리 선생님을 도와 주시옵소서. 우리 무극대도대덕이 천하에 퍼져서 포덕천하, 광제창생, 보국안민의 대원을 이루게 하시옵소서. 처음으로 우리 동방 조선을 밝히사, 이 후천(後天) 오만 년 무극대도가 천하에 빛나게 하시옵소서. 지금 무지한 사람들이 이 무극대도를 훼방하고, 선생님을 지목하여 해하려 하오니, 하느님께서 우리 선생님을 도와 주시옵소서."

할 때에, 김씨도 정성스럽게 여러 번 고개를 숙인다. 대여는 더욱 소리를 높이고 떨려,

"하느님, 지금 선생님이 세상을 떠나시면 어리고 어린 동서불변9) 우리 무리들이 어찌하오리까. 될 수 있사옵거든 저와 같이 값없는 목숨을 선생님 대신으로 바치게 하여 주시옵소서. 저 같은 것은 죽더라도 그만이어니와, 우리 선생님을 보호하여 주소서."

하고 말이 맺기 전에 목이 메고 눈물이 흐른다. 김씨도 마음 속으로,

'우리 선생님을 보호하여 주소서. 제 목숨으로 선생님 목숨을 대신하게 하소서.'

하며 남편을 따라 운다. 한참 동안 말이 없고, 오직 두 내외의 가슴이

---

9) 동서불변 : 동서를 분별할 능력이 없을 정도로 어리석음.

들먹거릴 때마다 새로 풀해 다린 옷이 바삭바삭 소리를 낼 뿐이다. 등잔불이 창 틈 바람에 꺼질 듯 꺼질 듯하다가 바로 선다.

두 사람은 눈을 떴다. 눈물에 젖은 눈이 네 별 모양으로 맑은 빛을 발한다. 네 눈은 거울같이 차고 맑은 청수를 들여다본다. 청수는 몇천 길인지 모르게 깊은 것 같다. 헤아릴 수 없는 천지의 신비를 간직한 것이다.

두 입이 열리더니, 느리고 가는 목소리로,

"지기금지 원위대강, 시천주 조화정, 영세불망 만사지, 지기금지……."

하고 울려나온다. 남성과 여성이 합한 두 목소리가 높으락낮으락, 합하다가 갈렸다가, 끊이락이으락 영원히 끊일 때가 없을 것같이 울려나온다. 등잔불도 곡조를 맞추어 흔들리는 것 같고, 청수에도 곡조를 맞추어 사람의 눈으로는 알아볼 수 없는 가는 물결이 이는 듯하다.

"……시천주 조화정, 영세불망 만사지, 지기금지 원위대강 시천주 조화정……."

끝없는 주문의 소리가 끝없는 사슬을 이룬다. 이따금 주문 중에서 한 구절이 반향 모양으로 공중에서 울린다. 마치 멀리서 멀리서 울려 오는 종 소리의 여운(餘韻) 모양으로 어디선지 모르게 '시천주 조화정' 하고 울려 올 때마다 내외는 외던 소리를 잠깐 쉬고 귀를 기울인다. 그러다가는 다시 아까보다도 더 소리를 가다듬고 더 마음을 엄숙히 하여,

"지기금지 원위대강, 시천주 조화정, 영세불망 만사지, 지기금지……."

하고 소리를 합하여 왼다. 그러노라면 또 공중으로서, '지기금지 원위대강' 하고 쟁쟁하게 울려 온다. 내외는 다시 소리를 끊고 귀를 기울인다. 그러면 여전히 먼 곳에서 울려 오는 종 소리 여운 모양으로,

"지기금지 원위대강……."

하고 끊이락이으락 울려 온다. 내외는 다시 소리를 가다듬어 외기를 시작한다. 외면 왼수록 공중으로서 울려 오는 소리는 더욱 맑고 더욱 커진다.

졸던 천지는 두 내외의 깊고 깊은 정성으로 외는 주문 소리에 깨어, 그 주문에 회답하는 것이다. 하늘의 모든 별들과 땅의 모든 산천과 초목이 다 지금 고개를 숙이고 무릎을 굽혀 이 내외의 주문에 화답하는 것이다. 두 내외의 주문 외는 소리가 높아지면 높아지는 대로 낮아지면 낮아지는 대로 천지의 울리는 소리도 높으락낮으락한다.

온 천지는 소리에 찼다.

"지기금지 원위대강, 시천주 조화정, 영세불망 만사지."

온 천지는 이 소리로 찼다. 그러고 두 내외는 천지의 한복판에 우뚝선 쌍기둥이다. 천지는 이 쌍기둥으로 버티어져 있다. 만생령이 이 쌍기둥의 버팀 밑에서 평안한 잠을 이룬 것이다. 그러나 그네는 그런 줄 모른다. 마치 어머니 품에 안겨 자는 아기가 어머니의 품이길래 이렇게 편한 줄을 모르는 것과 같다. 오늘 밤에 두 내외는 하느님이다. 하느님이 되어 천지를 다스리는 것이다.

두 내외의 입에서는 주문 외는 소리가 그쳤다. 눈은 반쯤 떠 어디를 바라보는지 모르게 바라보고 있다. 그 눈앞에는 천지가 환하게 보인다. 일월성신이 보이고, 산천 초목이 보이고, 모든 짐승들이 보이고, 그러고는 만국만민이 도탄 중에 괴로워하는 양이 보이고, 사람들이 가난과 어두움과 허욕으로 서로 시기하고 질투하는 양이 보이고, 그 가운데 하얀 옷을 입은 어른이 우뚝선 것이 보인다. 내외는 '선생님이시다' 하며 고개를 숙였다.

두 내외는 다시 소리를 내어,

"포덕천하 광제창생 보국안민지대도, 무극대도대덕, 시기금지 원위대강……"

하고 외기를 시작한다.

"꾀꼬요!"

하고 첫닭의 소리가 난다.

두 내외는 깜짝 놀란 듯이 일어났다. 대여는,

"오실 때가 되었으니, 나가 보아야."

하고 문고리를 잡으며,

"나가서 불때오. 아마 지금 동구에 들어오시겠소."

하며 밖으로 나간다. 김씨도 부엌으로 나가 아궁이에 불을 사르고 인적 나기만 기다려 이따금 귀를 기울인다. 마당에서 나는 인적 소리에 김씨는 부지깽이를 던지고 뛰어나왔다. 마루에 걸터앉아 눈 묻은 신발을 끄르는 이가 어두운데 보아도 분명히 선생님이다. 그 중키나 되는 키, 너름한 얼굴, 한 번밖에 뵈온 일이 없건마는 분명히 선생님이다. 이렇게 생각하고 김씨는 다시 부엌으로 들어갔다.

"선생님이 무사히 오시기는 오셨다."

하고 김씨는 한시름 놓는 듯한 가벼워진 마음으로 상을 보기 시작한다. 밥도 넘었고 국도 끓었다.

"여보, 들어와 선생님께 인사드리고 나오오."

하는 부엌문을 여는 남편의 말에, 김씨는 행주치마를 벗어 그것으로 손을 씻으면서,

"해월 선생님도 오셨어요?"

한다.

"해월 선생님은 다른 집으로 돌아오신다고, 정 접주하고 김 접주, 또 박 접주 그렇게만 오셨어요. 다들 인사하시오. 선생님은 뵈면 알지?"

하고 대여는 부엌문에 비켜서 아내 올라올 길을 내면서 묻는다.

"그럼, 알고 말고요."

한다. 대여가 앞서고, 김씨는 뒤를 따라 안방으로 들어왔다. 선생님은 아랫목에, 다른 이들은 발치로 돌아앉았다. 모두 피곤한 모양이 보이나, 선생은 무엇을 생각하는 듯이 눈으로 정면을 바라보고 있다. 내외가 들어온 것을 보고 선생이 일어나고, 다른 사람들도 따라 일어난다.

김씨는 선생 앞에 엎드려 절을 드렸다. 선생도 마주 엎드려 절을 받았

다. 다른 이와는 다만 상읍만 하고 각각 자리에 앉았다. 선생은 김씨더러 앉으라 하며,

"그렇게 신심이 독실하시고, 또 나를 위하여 그처럼 애를 쓰시니 고맙소이다."

한다. 김씨는 다만 고개를 숙이고 마음 속으로 '선생님'할 뿐이었다.

3

선생님이 와서부터는 밤을 새워 외고 기도를 하고 틈틈이 선생의 가르침이 있고, 그러고는 해가 뜬 뒤에야 모두 잠을 잤다. 낮에도 자지 못하는 이는 오직 선생과 대여뿐이다. 선생은 제자들이 잠이 든 뒤에는 혼자 청수상 앞에 앉아서 무엇을 가만히 생각하였다. 대여는 양식과 나무를 구하여 들이느라고 거의 날마다 밖에 나갔다. 이렇게 기도로 밤을 새운 지 닷새 되던 날, 눈 많이 오는 밤이었다. 선생은 제자들을 데리고 주문을 외다가, 밤이 깊어 첫닭이 울 때가 멀지 아니한 듯할 때에 선생이 주문을 뚝 끊고,

"저것을 보오!"

한다. 제자들도 주문 읽기를 그치고, 선생이 보라는 데를 보았다. 네 제자는 일제히 몸을 흠칫하고 뒤로 물러앉으며 놀람과 무서움으로 말이 막혔다. 선생은 빙그레 웃으며,

"그만 것을 보고 놀라오? 천지가 무너지더라도 움직이지 않도록 수심정기[10]를 하는 공부를 해야 되오! 장차 그대네는 저보다도 더욱 참혹하고 무서운 양을 볼 것이오. 또 몸소 당할 것이오. 나라를 고치고 창생을 건지는 일이 쉬운 줄 알지 마오! 선천 오만 년의 나라이 무너질 때에 천지가 희명하고 죄인과 의인의 피가 강물같이 흐를 것이오. 그대네는 저 광경이

---

10) 수심정기(守心正氣) : 천도교에서, 항상 한울님의 마음을 잃지 않고, 도(道)의 기운을 길러 천인합일(天人合一)에 이르고자 하는 수련 방법.

무엇인지를 보오."

하며 극히 엄숙한 낯빛으로 제자들을 본다. 김덕원이 떨리는 소리로,

"네, 못 볼 리가 있습니까. 운무11)가 자욱한 속에 사람들이 칼과 창으로 서로 찌르고 쫓고 물어뜯어, 바로 그 피비린내가 코에 들어오는 것 같습니다. 저것 봅시오. 저 키 크고 뚱뚱한 한 사람이 어린아이를 거꾸로 들고 배를 가릅니다. 선생님 살려 줍시오!"

하고 기절할 듯하다가 겨우 정신을 진정하는 모양이다.

선생은 황망12)하여 하는 김덕원의 어깨를 손으로 만지며,

"아아, 마음이 서지 못한 자여!"

하고 한탄하다가, 덕원이 정신을 진정하는 것을 보고 힘있는 목소리로,

"저것이 이 세상이오, 서로 죽이는 것. 사람들은 각각 몸에 창과 칼을 지니고 다니다가, 기회만 있으면 서로 죽이려는 것이 이 세상이오. 그대는 우리가 사는 이 나라와 동서양 모든 나라가 다 저 모양으로 서로 찌르고 찢는 양을 못 보았소. 그러나 그대네의 눈이 열리는 날은 천하 이르는 곳마다 저 광경을 알아볼 것이오. 아아, 가엾은 창생이여!"

하고 선생의 눈에는 눈물이 흐른다. 제자들도 무서움이 차차 변하여 세상을 위한 슬픔이 되어 선생을 따라 울었다.

"우리네가 울 일이 천하에 없거니와."

하고 선생은 눈물을 거두며,

"창생13)이 도탄 속에 든 것을 볼 때에는 통곡하지 아니할 수 없소. 이 창생을 보고 통곡할 줄을 모르는 이는 천성을 잃어버린 이요. 그대네는 무슨 일에나 놀라지도 말고, 겁내지도 말고, 두려워하지도 말되, 오직 창생을 위하여 울으시오. 이것은 성인의 마음이오."

---

11) 운무 : 구름과 안개.
12) 황망 : 어찌할 줄을 모르게 바쁘다.
13) 창생(蒼生) : 세상의 모든 사람, 백성.

"선생님."

하고 박대여가 느끼는 목소리로,

"선생님! 저 창생이 왜 저렇게 서로 죽입니까. 어찌하면 저 창생을 구제합니까?"

한다.

"사람이 하늘을 잊어버린 까닭이오. 모든 사람이 다 높으신 하느님을 잊어버린 까닭이오. 악한 사람들이 정사를 잡아 백성을 악하게 인도하는 까닭이오. 그러므로 창생을 구제하는 길이 오직 하나이니, 곧 사람들에게 하늘을 깨닫게 하는 것이오. 내가 이 세상에 온 것이 이 소리를 전하고 가르침을 주려 함이오. 그대네는 천하 만국 만민에게 이 소리를 전하여 그네를 구제할 첫 사람들이오."

하고 이윽히 앞에 나타난 피 흘리는 광경을 노려보더니, 문득 노하는 빛을 발하고, 문득 슬픈 빛을 발하다가 다시 화평한 낯빛이 되며,

"내가 세상을 떠날 날이 가까웠소. 포덕천하 광제창생의 오만 년 무극대도를 그대네들에게 맡기고 가는 것이니, 그대네들은 하늘의 뜻을 어그리지 마시오!"

하고 창연한 빛을 보인다.

"선생님!"

하고 덕원이 선생의 팔을 잡으며,

"선생님께서 세상을 떠나시면 저희는 누구를 믿습니까. 저 불쌍한 창생을 건지시지 아니하고 선생님이 어떻게 사십니까. 내일이라도 선생님이 나서십시오. 우리 도인이 지금 만 명이 넘으니, 이만 명을 거느리고 일어나면 모든 탐관오리배를 다 없이하고 새 나라를 세울 것은 여반장14)입니다. 이제라도 곧 명령을 내리십시오. 그리하면……."

---

14) 여반장 : 어떤 일이 매우 쉬움을 이르는 말.

하고 김덕원은 자못 흥분하여 그 뚱뚱한 얼굴에 피가 오른다. 선생은 가만히 듣고 있더니, 덕원의 말을 막으며,

"때가 있소! 때가 있소! 아직은 그러할 때가 아니오!"

한다.

"그때가 언제 옵니까?"

하고 제자 중에 하나이 묻는다.

"그때는 아는 이가 없소. 다만 조선 방방곡곡이 하느님을 부르고 새 나라를 세우자는 우리가 굳게 뭉쳐 한덩어리가 되거든 그때가 가까워온 줄 아시오. 그러나 사람들의 마음이 급급하여 그때가 이르기 전에 경거망동을 하리다. 그것은 오직 인명만 많이 살해하고 하늘이 주시는 때를 더디게만 할 뿐이니, 그대네는 크게 삼가야 할 것이오. 장차 '때가 왔다, 때가 왔다' 하고 백성을 선동하는 자가 많이 나려니와 그래도 흔들리지 마시오. 장차 왼 천하가 물 끓듯하고 나라와 나라가 서로 싸우며 백성들이 일어나 서로 다투고 피를 흘리려니와, 그런 일을 보거든 때가 가까워온 줄 아시오. 그러나 천하를 구제하는 것이 우리 동방 조선에서 시작될 것이니 우리 동방 조선에 하늘을 부르는 소리가 방방곡곡에 들리고 큰 슬픔과 재앙이 임하여 백성이 물 끓듯하며, 하늘을 부르는 소리가 뭉치어 한덩어리가 되거든 때가 이른 줄 아시오. 그때에 천시(天時)[15]가 우리에게 있고, 지리(地利)[16]가 우리에게 있고, 인화(人和)[17]가 우리에게 있으니 우리의 큰 운수를 막을 자가 없을 것이오. 그대네는 그때를 바라고 기뻐하시오! 그때를 준비하느라고 도를 닦고 덕을 펴시오. 정성스럽게 주문 외는 한 소리가 천하 만민의 마음을 한 번 흔들 것이요, 진실한 도인 하나 얻는 것이 천하를 구제하는 일에 가장 큰 공덕이 될 것이오!"

---

15) 천시 : 하늘의 도움이 있는 시기.
16) 지리 : 토지로부터 얻는 이익.
17) 인화 : 여러 사람이 서로 화합하는 것.

하며 선생은 더욱 소리를 가다듬어 제자들을 돌아보며,

"그대네의 맘 눈이 열리지 아니하였으니, 내가 말을 한들 무엇하겠소. 천하를 구제할 오만 년 무극대도를 불로이득할 줄로 알지 마오. 그대네가 성심수도할 양이면, 알지 못할 것이 무엇이며, 하지 못할 일이 무엇이겠소? 그네는 하느님이요, 천지를 지은 이도 하느님이요, 천지를 다스리는 이도 하느님이니, 하느님은 곧 나요, 그대네요. 아아, 성심수도하여 도성덕립[18]하는 날에 모를 일이 무엇이며, 못할 일이 무엇이겠소? 이 일을 알았다면 요만한 나 한 몸이 간다고 무슨 근심이오?"

제자들은 아무 말이 없다. 김덕원도 말이 없이 무엇을 생각하는 듯이 눈을 감았다.

아주 고요하다. 다만 등잔불이 춤을 추어 사람들의 그림자를 흔들 뿐이다. 새벽이 가까워 온 방 안에 찬김이 돈다. 선생과 제자 다섯 사람은 마치 부처 모양으로 움직임이 없다. 오직 그네의 눈들이 불같이 빛날 따름이다.

이윽고 언제 시작되는지 모르게 주문 외기가 시작되었다. 그 소리는 아까보다 더욱 엄숙하고 신비하였다. 박대여의 소리는 우는 듯이 떨리고 김덕원의 소리는 호령하는 듯하였다.

이때에 다섯 그릇 청수에는 얼음이 얼었고, 청수를 받쳐 놓은 백지에는 광제창생, 보국안민의 여덟 자가 또렷또렷이 나타났다. 닭이 두 홰를 운 때에 해월이 왔다. 해월은 선생님께 인사를 드리기가 바쁘게,

"선생님, 곧 피하셔야 하십니다. 대구 영장 정귀룡이가 30명 나졸을 데리고 아침 나절로 이곳에 올 것입니다. 대구 도인이 밤도와[19] 와서 전하는 말씀인데, 잠시를 지체할 수가 없습니다."

한다. 모두 눈이 둥그레졌다. 선생은 해월더러 자기 곁에 앉으라 하며,

"해월이 오기를 기다리고 있었소."

---

18) 도덕성립(道成德立) : 수양을 하여 도와 덕이 이루어짐.
19) 밤도와 : 밤을 새워서.

할 때에, 모든 제자들은 선생의 입에서 무슨 말이 나오는가 하고 숨도 못 쉬고 무릎걸음으로 한걸음씩 선생 곁으로 다가앉았다.

선생은 결심한 듯한 어조로 입을 열어,

"김덕원은 지금 떠나 전라도로 가시오. 가노라면 자연 알 도리가 있으니, 아까 한 말만 명심하고 전라도로 가시오. 가서 할 일은 장황하게 내가 말할 필요가 없으니, 오직 성, 경, 신으로 하느님이 시키시는 대로만 하시오."

하고 김덕원의 손을 잡으며,

"자, 이것이 이 세상의 이별이요. 그러나 하늘에서는 한가지로 있을 것이니, 슬퍼 말고 곧 떠나시오!"

하며 김덕원을 일으킨다.

덕원은 일어서기는 하였으나 어쩔 줄을 모르는 듯이,

"선생님! 선생님!"

하고 말이 막힌다.

선생은 김덕원의 등을 어루만지며,

"장황하게 말할 때가 아니오. 가라면 가시오. 창생을 구제하려는 무리의 행색이 마땅히 이러할 것이오. 자, 가시오!"

하고 문을 가리킨다. 김덕원은 눈물을 머금고 선생께 절한 뒤에 여러 제자들의 손을 잡고 문 밖으로 나간다. 모든 제자들의 얼굴에는 비창한 빛이 보인다. 다른 제자들도 다 이 모양으로 혹은 충청도로, 혹은 경기도로 떠내보내고, 나중에 해월의 손을 잡고,

"해월! 오만 년 무극대도를 해월에게 맡기고 가오. 이것은 내 뜻이 아니라, 곧 하느님의 뜻이니, 전에 전한 말을 명심하시오. 그대의 할 일과 그대의 장래는 그대가 스스로 다 알 날이 있을 것이니, 아직 몸을 피하여 태백산으로 가시오. 무슨 부탁할 말이 있겠소마는, 북방에 우리 일할 인물이 많이 날 것을 명심하시오."

할 때에 닭이 자주 울기 시작한다. 선생은 해월의 등을 어루만지며,

"자, 때가 급하니, 어서 가시오. 내가 세상을 떠나기 전에 다시 만날 기회가 있을 것이오!"

하고 떠나기를 재촉한다.

해월은 눈물을 머금고,

"선생님! 한 번만 더 피하실 수 없습니까?"

하고 애걸하는 모양으로 선생의 얼굴을 쳐다본다. 선생은 적이 노하는 빛을 발하며,

"천명! 천명! 천명을 모르오? 어서 가시오!"

한다. 해월은 다시 말이 없이 선생께 절하고 대문을 나섰다.

선생은 박대여를 불러 오늘 하루만 피하면 일이 없을 것이니, 아무 데로나 피하라 하고, 당신은 다시 짐에서 초를 내어 쌍불을 켜 놓고 냉수로 목욕을 한 후에 청수상 앞에 앉아 잠자코 무엇을 생각한다.

대여는 사랑에 나와 아내더러 선생의 하는 일과 말을 전하고 서로 붙들고 울다가, 가만가만히 안으로 들어와 창 밖에서 선생의 동정을 엿보았다. 선생은 그린 듯이 앉았다. 춤추는 쌍촛불에 선생의 여윈 얼굴이 해쓱하게 보이고, 가끔 길게 한숨 쉬는 소리가 들릴 뿐이다. 대여 내외는 참다 못하여 소리내어 울었다. 그러다가,

"천명! 천명! 때가 왔으니, 어서 피하시오!"

하는 소리에 대여는 창 밖에서 선생께 절하고 대문을 나섰다. 아직도 어둡다. 그러나 차마 멀리 가지 못하고 뒷산으로 올라갔다. 산 중턱을 다오르지 못하여 동네에 개 짖는 소리가 나므로, 바위 뒤에 숨어 가만히 귀를 기울인즉, 사람들의 떠드는 소리가 나더니, 이윽고 자기 집에서 무에라고 지껄이고 욕설하는 소리가 들린다. 대여는 정신 없이 눈 위에 펄썩 주저앉았다.

"아아, 선생님!"

하고 혼자 목이 메어 울었다.

환하게 될 때에, 선생은 30명 대구 영문 나졸들이 선생을 뒷짐을 지워 끌고 전후 좌우로 옹위하고 동구로 나가는 양이 보였다.

"천명, 천명!"

하고 선생의 하던 말을 외면서, 대여는 선생의 잡혀간 뒤를 따랐다.

4

동학 선생이 어느 날 죽는다는 둥, 벌써 몰래 죽였다는 둥, 그런 것이 아니라 동학 선생이 조화를 부려 벌써 옥에서 나와서 멀리로 달아났다는 둥, 또 이제 동학군들이 군사를 일으켜서 대구 감영으로 쳐들어온다는 둥, 대구 백성들 간에는 정초부터 모여만 앉으면 이야기를 하게 되었다.

선생이 서울로 잡혀가던 날에 철종대왕 국상이 나서 대구 영문으로 압송된 지가 벌써 두 달이나 넘었다. 이 두 달 동안에 대구 감영에는 이 일밖에 없는 듯하였다. 감사 서헌순(徐憲淳)은 이 일로 하여 잠을 못 잔 것도 여러 번이다.

조정에서는 나날이 독촉이 왔다. 그러나 스물두 번이나 혹독히 심문을 하여도 선생은 감사에게 만족한 대답을 하지 아니하므로, 감사는 어찌할 줄을 몰랐다.

처음에 감사는 선생을 우습게 알았다. 동학이란 말을 못 들은 것은 아니었으나, 그 선생이란 아마 무슨 요술로 혹세무민[20]이나 하는 자로만 알았으므로, 몇 번 호령이나 하고 형문깨나 때리면 굴복할 줄 알았던 것이, 여러 번 심문을 하면 할수록 동학 선생이라는 이가 결코 범인이 아닌 줄을 알았다.

그 범할 수 없는 위엄, 그 동하지 않는 신색과 태연한 태도, 이따금 추

---

20) 혹세무민(惑世誣民) : 세상을 어지럽히고 백성을 미혹하게 하여 속임.

상같이 꾸짖는 소리, 그런 것을 보면 볼수록 감사는 점점 선생에게 대하여 무서운 생각이 나고 놀라는 생각이 났다. 이렇게 무엇이라고 형언할 수 없는 무서움이 있는 외에 이 사람을 죽여서 천벌이 없을까, 또 동학의 도당이 많다는데 몸에 해나 없을까 하는 제 몸에 대한 무서움이 있어서 이제는 심문하는 것조차 싫어지고 무서워졌다. 자다가도 여러 번 가위를 눌렸다.

더구나 오늘 심문에 그 요란하고 무서운 소리, 큰 산이 무너지는 듯도 하고 벼락을 치는 듯도 한 그 소리를 들을 때에는 정신이 아뜩하여져서, 아직까지도 가슴이 울렁울렁한다. 그게 무슨 소릴까.

형졸들은 그것이 죄인의 다리 부러지는 소리라 하였고, 또 그 다리 부러진 것과 거기서 피가 콸콸 솟던 것까지 눈으로 보기까지도 하였건마는, 그것이 다만 다리 부러진 소리뿐이었을까. 아아, 무서운 소리!

그 소리보다도 그렇게 몹시 맞아 다리가 부러지건마는, 눈도 깜박하지 아니하고 태연히 감사를 쳐다보며,

"나는 무극대도를 천하에 펴서 창생을 구제하고자 함이니, 이 도가 세상에 난 것은 하늘이 명하신 바요, 또 내가 이 몸을 도를 위하여 죽여 덕을 후천 오만 년에 펴게 하는 것도 하늘이 명하신 바니, 공은 맘대로 하오!"

할 때에는, 감사도 모골이 송연하여 등골에 얼음 냉수를 끼얹는 듯하였다. 그래서 다시 심문할 생각이 없어서 옥에 내려 가두라 하고, 자기는 안으로 뛰어들어가 자리에 누워 저녁도 굶고 지금까지 누웠다.

밤은 깊었다. 초어스름에 시작한 비가 점점 큰비로 변하여 낙수 떨어지는 소리가 요란하고, 바람까지 일어 풍경 소리가 미친 듯하고, 문이 흔들리며 가끔가다가 무서운 우레 소리와 함께 줄번개가 재우친다. 감사는 가만히 고개를 들어 무엇을 생각하는 듯 듣는 듯하더니, 방자를 불러 옥에 가서 동학 선생의 동정을 보고 오라 한다.

방자가 나간 후에 감사는 일어나 서안[21])을 대하여 앉았다. 그는 생각하였다.

그렇게 다리가 부러지고도 오늘도 태연히 앉았을까. 그렇게 피가 많이 나고 뼈가 부서졌으니, 아마 벌써 옥중에서 죽었을는지도 모를 것이다. 만일 아직도 살아 있다 하면, 그는 사람이 아니요, 신이다. 그렇다 하면 내가 다시 그의 몸에 손을 대지 아니할 것이니, 나는 내일로 곧 장계를 올려 벼슬을 버리고 서울로 가리라. 이러한 생각을 할 때에, 눈앞에 선생의 모양이 선히 나타난다. 부러진 다리에서 피가 철철 흐르면서도 태연한 태도로,

"나는 무극대도를 천하에 펴, 창생을 건지려 함이니……."

하던 모양이 보일 때에 감사는 무서움을 못 이기어 소리를 질렀다.

이윽고 마루에서,

"형리 아뢰오."

한다.

"이리 들어오너라!"

하여 형리를 불러들여,

"그래, 동학 선생은 살았느냐?"

형리는 정신을 진정치 못하는 듯한 목소리로,

"네, 동학 선생이 살았습니다. 상사또의 분부를 듣자옵고 옥에 갔사옵더니 동학 선생이 촛불을 밝히고 단정히 앉아서 가만히 벽을 향하고 눈도 깜짝 아니하고 앉았습니다."

감사는 눈이 둥그레지며,

"그래, 아까 다리 부러진 동학 선생이 아직 죽지 않고 앉았단 말이야?"

형리는 더욱 고개를 숙이며,

"네, 촛불을 켜 놓고 가만히 앉았습니다. 그래 소인이 문을 열고 들어가

---

21) 서안 : 책을 얹는 책상.

다리 상한 것이 과히 아프지 않으냐고 묻사온즉, 동학 선생이 고개를 돌려 소인을 물끄러미 보며, 손으로 다리를 가리키옵기로, 그 다리를 보온즉, 분명히 뼈가 꺾어지고 피가 엉키었사옵고, 앉은자리에는 피가 흘러 땅에 얼어붙어서 방석과 같이 되었습니다."

5

삼월 초열흘—갑자년 삼월 초열흘.

대구 장대에는 사람이 백차일 친 듯[22]이 모이었다. 대구 감영 사람들, 사방으로서 모여들어온 동학하는 사람들. 동학 선생이 죽는 것을 볼 양으로 아침 일찍부터 모여들었다.

날은 맑았다. 봄 안개가 먼 산을 둘렀으나, 해가 퍼지매 그것도 스러지고, 저녁 나절에는 바람이 일 것을 예언하는 바람꽃이 파랗게 산을 덮었을 뿐이다.

밤새도록 퍼부은 봄비에 땅은 흠씬 젖고, 하루 아침에 수없는 풀 움이 뾰족뾰족 나왔고, 먼저 나왔던 풀들은 못 알아보게 자랐다. 천지에는 봄기운이 찼다. 종달이조차 벌써 떼를 지어 공중으로 오르락내리락 지저귄다.

장대에 모인 사람들의 짚신과 미투리에는 검은 흙들이 묻었다. 어떤 사람은 두루마기를 걷어찼다.

먼 곳에서 온 듯한 늙은 도인들은 사람 없는 곳을 택하여 둘씩 셋씩 쭈그리고 앉아서 사람의 눈을 꺼리는 듯이 무슨 이야기들을 한다. 멋모르는 영감, 아이들은 공연히 좋아서들 뛰어 돌아다닌다.

그러나 차차 모여드는 사람들의 수효가 늘어갈수록 무엇이라고 말할 수 없는 불안한 기운이 사람들의 얼굴에 나타난다. 어떤 노인은 무엇을 다 아는 듯한 어조로,

---

22) 백차일 치듯 : 흰옷 입은 사람들이 매우 많이 모인 모양을 이르는 말.

"흥, 자네네들은 동학 선생이 죽을 줄 아나? 동학 선생이 어떻게 조화가 많은지 매를 맞아서 피가 흐르고 뼈가 부러졌다가도 조금만 있으면 피 난 자국도 없이 아문다네. 그런 조화를 가진 사람이 죽을 줄 아나?"

곁에 섰던 벙글벙글 웃는 청년이 그 노인의 말을 비웃는 듯이,

"제 아무리 조화가 있어도 그 커다란 칼로 모가지를 치는 데야 안 죽을 장사가 있어요? 영감님은 빈대칼로 쳐도 돌아가실걸."

하고 웃는다.

영감님이란 이는 노연 듯이,

"우리 같은 것이야 그렇지마는, 옛말 책에서 보면 안 그런가. 임진왜란에 김덕령이도 만고 충신의 김덕령이라고 써 놓아 준 뒤에야 목이 베어졌다네. 그러기 전에는 아무리 칼로 찍어도 까딱도 없었다고 아니했나. 내 사위가 영문에 다니는데 내 사위 말이 동학 선생은 사람은 아니라고 그러데. 그렇게 몹시 때려야 눈도 깜박 아니하고 감사를 똑바로 쳐다보고 앉아 맞는데, 감사가 도리어 고개를 돌리더래. 그나 그뿐인가. 때린 당장에는 피도 나지마는, 그 자리에서 나오기만 하면 글쎄 깜쪽같이 된다네그려."

"그럼, 영감님도 동학쟁이가 되셨구려."

하고 다른 젊은 사람이 웃으며 묻는다.

"아니, 내야 늙은 것이 동학은 무엇하며 천주학은 무엇하겠나마는, 동학 선생이 사람인즉 그렇단 말이야. 그러니까 오늘도 아무리 목을 찍어도 안 죽으리란 말이야."

"그런데."

하고 촌에서 들어온 듯한 어떤 중늙은이가 곁에서 이 이야기를 듣다가 노인을 보고,

"그러면 그 동학 선생이라는 사람이 무슨 못된 짓을 했나요? 왜 그렇게 조화 있는 사람을 내다 죽이려나요?"

한다. 노인은 더욱 신이 나서,

"하, 당신이 모르시는구려. 동학 선생이 제자가 여러 십만 명이래요. 지금 대구 감영에도 그 제자가 여러 만 명 와 있지요. 그러니까 역적질이나 할까 보아서 그러지요. 그래 감사가 동학 선생더러 너 나가서 제자들을 다 헤치고 이훌랑 다시 제자도 모으지 말고 조화도 부리지 말라고, 그러면 나라에서도 너를 살려 주시려고 하신다고, 그러고 달랬지요."

하며 노인은 자기의 모든 것을 잘 아는 것을 자랑하는 듯이 빙그레 웃는다. 이러한 이야기를 하는 동안에 사람들은 점점 이 노인 곁으로 모여든다.

노인은 더욱 신이 나서,

"그런데 여간한 사람 같으면, 매맞기가 무서워라도 '네, 그리하오리다', 하고 항복할 것 아니야. 그런데 이 사람은 없지, 없어. 조금도 굴하는 빛이 없단 말이야. 그러고는 꼿꼿이 나는 오만 년 대도를 펴노라고, 나라를 바로잡고 백성을 건지는 사람이노라고, 조금도 굴하는 빛이 없단 말이요. 그래 내 사위도, 내 사위가 영문에 다니는데, 내 사위도 영문에서 나오면 동학 선생은 참 처음 보는 사람이라고, 암만해도 범상한 사람은 아니라고 그러지요. 그리구……."

하고 노인이 무슨 말을 더 하려 할 때에, 어디서 '동학 선생 온다' 하는 소리가 들리며 수없는 사람들의 고개가 일제히 저쪽으로 향한다. 그 노인도 말을 끊고 그러고 향하였다.

빙거지에 전복 입은 군졸들이 벽제 소리[23]를 치며 사람들을 헤치고 장대[24]로 들어오더니, 뒤를 이어 어떤 중키나 되는 사람 하나이 목에 큰칼을 쓰고 잔뜩 뒷짐 결박을 지고 나졸 네 명에게 끌리어 들어와 넓은 마당 한복판에 놓인 등상[25] 위에 걸터앉고, 얼마 있다가 다시 벽제 소리가 나

---

23) 벽제 소리 : 지위가 높은 사람이 행차할 때 별배가 잡인의 통행을 금하던 일을 할 때에 '에라, 게 들어섰거라', '물럿거라' 따위로 외치는 소리.
24) 장대(長臺) : 섬돌 층계나 축대에 쓰이는 길게 다듬은 돌.

며, 감사가 영장과 모든 아전들을 거느리고 마당에 들어와 동학 선생 앉은 데서 북으로 이십 보쯤 하여 쳐놓은 차일 속으로 들어간다. 사람들은 아무 소리도 없이 등상 위에 걸터앉은 큰칼 쓴 사람과 차일 밑에 드나드는 사람들의 모양만 보고 있다.

해는 낮이 되었다. 나졸들의 벙거지에 붙인 주석 장식이 번쩍번쩍한다. 이윽고 난데없는 바람이 획 지나가며 감사의 앉은 차일이 펄렁펄렁할 때에 몇천 명인지 모를 사람들의 몸에는 오싹 소름이 끼쳤다.

차일 밑으로서 어떤 아전이 쑥 나오더니, 등상에 걸터앉은 선생 뒤 서너 보 가량에 큰 목패 하나이 서고, 거기는 큰 글자로 '동학 괴수 최제우'라고 썼다.

아전들이 감사의 차일 밑으로 뛰어나오더니, 나졸을 시켜 선생의 목에 씌운 칼을 벗긴다. 칼이 벗겨지자, 선생이 가만히 고개를 들어 이윽히 하늘을 바라보더니, 다시 고개를 숙인다. 그러하는 동안에 뒷짐지었던 것도 끌러서 두 팔을 무릎 위에 늘이고 몸의 자세가 발라졌다. 이렇게 선생의 칼을 벗기고 뒷짐을 끄르는 나졸들이나 그것을 시키는 아전들이나 모두 무슨 무서운 일을 하는 듯이 조심조심하며 이따금 선생의 얼굴을 힐끗힐끗 볼 뿐이요, 피차에 아무 말이 없다. 선생은 무엇으로 만들어 놓은 사람 모양으로 사람들이 자기 몸을 어떻게 하는 대로 그대로 가만히 있다. 오직 그의 눈만이 어딘지 모르는 먼 곳을 바라는 듯하다. 입은 바싹 다물었다. 얼굴은 오랜 동안 옥중의 고초와 출혈로 하얗게 되었다. 오직 그의 가늘지 아니한 검은 상투 끝만이 그가 아직 늙지 아니한 건강한 사람인 것을 보인다. 흐트러진 머리카락이 하얀 이마에 늘어진 것이 극히 처량하게 보인다. 부러진 왼 다리, 바짓가랑이에 묻은 피가 먼 곳에서도 분명히 보인다.

감사의 차일 밑으로서 또 어떤 한 아전이 뛰어나오더니 무에라고 길게

---

25) 등상(凳床) : 나무로 만든 세간의 하나. 발판이나 걸상으로 씀.

외친다. 수없는 사람의 무리는 그 외치는 소리 편으로 고개를 돌렸다. 감사의 차일 곁으로서 어떤 웃통 벌거벗은 시커먼 사람이 상투바람으로 작두 날을 반달 모양으로 휘어놓은 듯한 커다란 칼을 어깨에 둘러메고 껑충껑충 뛰어서 선생의 앞을 지나 선생 뒤 나무패 밑에 가서 칼을 짚고 선다. 사람들은 그 시커먼 사람이 메고 뛰는 칼날이 번쩍번쩍하는 양을 볼 때에 모두 한 걸음씩 뒤로 물러섰다. 아까 이야기하던 노인은 눈을 가리고 돌아섰다. 사람들 속에서 어디선지 모르게 소리를 내어 우는 소리가 난다. 사람들의 눈은 그 우는 소리로 향하였으나 어디서 우는지 몰랐다.

또 한 번 바람결이 획 지나가며 선생의 이마에 늘어진 머리카락이 나부낀다. 웃통 벗고 큰칼 든 사람은 추운 듯이 몸을 흔들며 칼을 한 번 들었다 놓는다. 선생은 한 번 더 고개를 들어 하늘을 우러러보고, 먼산을 둘러보고, 에워싼 수없는 사람들을 둘러보고, 마침내 곁에 선 나졸들을 둘러보더니, 몸을 조금 움직여 자세를 바르게 하고 처음과 같이 고개를 정면으로 향하고는 그린 듯이 앉았다. 모여선 사람들 중에서 또 울음소리와 '선생님, 선생님' 하는 소리가 난다. 선생은 그 소리나는 데로 고개를 돌릴 듯하더니, 도로 가만히 앉았다.

감사의 차일 밑으로서 감사와 영장과 기타 20명이나 되는 사람들이 나오더니, 감사를 가운데 세우고 그 좌우로 읍하고 둘러선다. 감사가 그 중에 한 사람을 불러 무에라고 몇 마디 말을 하더니, 그 사람이 빠른 걸음으로 선생의 앞에 와서 글을 낭독하는 듯한 어조로,

"죄인 동학 괴수 최○○ 듣거라. 네 요망한 소리로 사문을 어지리고 도당을 모아 인심을 요란하니, 네 죄 만 번 죽어 마땅하거니와, 이제 금상전하의 백성을 사랑하시는 깊은 은덕으로 한 번 더 개과천선할 길을 주노니, 이제라도 네 도당을 다 흩어 양민이 되게 하고, 다시 혹세무민하는 언행을 아니하기를 맹세하면, 네 목숨을 살려 주신다고 상사또께서 분부하옵신다!"

하고 소리를 높여 닷자를 길게 뽑는다. 선생은 말이 없다. 아전은 대답을 기다리는 듯이 이윽히 선생의 얼굴을 바라보고 섰더니, 그 입이 열릴 듯하지 아니함을 보고,

"만일 이러한 은덕을 받지 아니하면, 저 칼로 네 목을 베어 만인에게 보인답신다."

하고, 또 잠깐 대답을 기다리는 듯이 선생의 얼굴을 바라보더니, 입이 열릴 것 같지 아니함을 보고, 아까 올 때와 같이 빠른 걸음으로 감사의 앞에 돌아서서, 고개를 숙이고 읍하고 무에라고 아뢴다. 감사는 잠깐 눈살을 찌푸리더니, 오른팔을 들어 무슨 군호를 한다. 그 아전이 감사의 군호를 받아 무에라고 길게 외치니, 선생 곁에 있던 십여 명 나졸이 일제히 고개를 숙이며, '예에이' 하고 소리를 합하여 외친다. 그 중에 나졸 하나이 백지한 조각과 냉수 한 사발을 들고 와 백지를 선생의 얼굴에 대고 입에 냉수를 물어 뿜으려 할 적에 선생은 손을 들었다.

선생의 마지막 청을 들어 나졸이 냉수 한 그릇을 새로 떠 왔다. 선생은 등상에서 일어나 흙 위에 백지 한 장을 깔고, 그 위에 냉수 그릇을 놓고, 가만히 흙 위에 꿇어앉았더니, 눈을 감고 손을 읍하고 한참이나 무엇을 생각하는 듯이 있다. 돌아선 사람들 중에도 선생 모양으로 꿇어앉는 이가 여기저기 보이며, 어디선지 모르게 떨리는 목소리로,

"포덕천하 고아제창생 보국안민지 무극대도대덕, 지기금지 원위대강, 시천주 조화정, 영세불망 만사지."

하는 소리가 울려 온다. 선생은 일어나 한 번 더 사람들을 휘 둘러보고 등상에 앉는다.

칼 든 자 칼을 둘러메고 뚜벅뚜벅 세 걸음을 걸어나와 선생의 왼편에 서더니,

"웨에이."

하는 소리에 칼을 번쩍 머리 위에 높이 든다. 햇빛이 칼날에 비치어 휜

무지개가 선다.

"선생님! 선생님!"

하는 통곡성이 사면에서 일어난다.

(1923년 3월 「개벽(開闢)」 소재)

꿈

바닷가의 첫여름 밤.

어제는 분명히 유쾌한 날이었다. 처음 보는 고장에를 구경차로 간다는 것은 인생에서 가장 유쾌한 일 중의 하나이다. 하물며 앓던 아이들이 일어난 것을 보고 떠났음이랴!

서울서부터 인천까지 오는 동안의 연로의 풍경도 4년 동안이나 못 보던 내게는 무척 정다웠다. 누릇누릇 익으려는 보리. 밀밭의 물결이라든지, 시원스럽게 달린 경인가도의 새 큰길이라든지, 소사의 복숭아밭들, 주안의 소금밭이며 때마침 만조인 인천 바다가 석양볕에 빛나는 것이라든지, 다 내 마음에 맞았고, 상인천역에서 송도까지 오는 택시 운전수가 또 퍽 유쾌한 인물이어서 내 길의 흥을 돋움이 여간이 아니었다.

호텔이라고 이름하는 여관의 살풍경하고 불친절한 것에서 얻은 불쾌감은 내 방 난간에 기대어 앉아서 잔잔한 바다를 보는 기쁨으로 에고도 기쁨이 남았다. 목욕도 좋았고 밥도 맛있었고 식은 맥주 한잔도 해풍과 함께 서늘하였다. 열한 살 나는 어린 아들도 대단히 흥이 나서 좋아하였다.

"자, 우리 자자. 자고 내일 아침에 일찍 일어난다구. 일찍 일어나서 바닷가에 산보한다구."

"나 조개 잡을 테야."

"그래, 게도 있다."

"물지 않아?"

"무니까 재미있지. 무는 놈을 못 물게 잡아야 재미 아냐?"

부자간에 이런 대화가 있고 우리는 자리에 들었다.

하룻밤에 방세만 6원! 우리 부자만 내일 점심까지 먹고 나면 17, 8원은 든다! 그것은 나 같은 가난한 서생에게는 큰돈이다. 그래도 유쾌하였다.

"이렇게 유쾌한 때가 일생엔들 그리 흔한가?"

나는 이렇게 스스로 돈주머니를 위로하면서 잠이 들었다.

문득 잠이 깬 것은 새로1) 한 시, 내가 눈을 뜨는 것과 복도에서 시계가 치는 것과 공교히도 동시였다.

느린 냇물 소리가 멀리서 울려 왔다. 달빛이 훤하였다.

나는 일어나서 난간 앞에 놓인 등교의2)에 걸터앉았다. 하늘에는 솜을 뜯어 깔아 놓은 듯한 구름이 있었다. 땅에는 바람이 없는 것은 물결이 싸울 싸울 하는 것으로 보아서 알겠지마는, 하늘에는 상당히 바람이 부는가 싶어서 달이 연방 구름 속으로 들었다 났다 하였다. 음력 열이렛 날은 한 편쪽이 약간 이지렀으나 아직도 만월의 태를 잃지는 아니하였다. 그는 시끄러운 구름 떼를 벗어나려고 푸른 하늘 조각을 찾아서 헤매는 것 같았다. 그러나 아무리 맑은 하늘을 찾아서 달려도 구름은 어디까지나 달을 쫓아가서 가리우고야 말려는 것 같았다.

그러나 땅은 고요하였다. 먼 바위에 철썩거리는 물결 소리가 들릴락말락한 것이 더욱 땅의 고요함을 더하는 것 같았다. 지은 지 얼마 아니 되는 이 집 재목들이 수분을 잃고 죄어드느라고 바짝바짝 하는 소리까지도 들리는 것 같았다. 멀리 바다 건너 남쪽으로 보이는 섬 그림자들이 희미하게

---

1) 새로 : 12시를 넘긴 시각 앞에 쓰이어, 시각이 다시 시작됨을 뜻하는 말.

2) 등교의(藤交椅) : 등나무의 줄기로 엮어 만든 의자.

꿈 같았다.

이렇게 고요한 환경이 모두 무서웠다. 나는 무시무시한 죽음의 그늘 속에 몸을 둔 것과 같았다. 머리가 쭈뼛쭈뼛하였다.

꿈 때문이다.

꿈에도 그것은 달밤이었다. 나는 사랑하여서는 아니 될, 그러나 그리운 사람을 만났다. 그것은 괴로운 일이었다. 그 그리운 사람은 바짝바짝 내게로 가까이 왔다. 나는 마음으로는 그에게로 끌리면서 몸으로는 그에게서 물러나왔다. 그것은 애끓는 일이었다.

"내 곁으로 오지 마시오. 당신의 그 아름다운 양자3)와 단정한 음성으로 내 마음을 흔들어 놓지 마시오. 그러다가 내 마음이 뒤집히리다."

나는 이런 소리를 입 속으로만 중얼거리면서 그에게로부터 멀리로 멀리로 달아났다. 그것은 참으로 못 견디게 괴로운 일이었다.

"잠깐만―잠깐만 기다리셔요, 네, 잠깐만. 한 말씀만―한 말씀만 내 말을 들어 주셔요"

아름다운 이는 이렇게 숨찬 소리로 부르면서 풀잎에 맺힌 이슬에 치맛자락을 후줄근하게 적시면서 따라왔다.

"아니, 나를 따라오지 마시오. 그러다가 내 숨이 막혀 버리고 말리다. 나도 당신을 사랑할 사람이 못 되고 당신도 나를 사랑하지 못할 처지에 있습니다. 당신의 입술로서 나오는 말씀은 내가 영영 아니 듣는 것이 좋습니다. 들었다가 내 결심의 가는 닻줄이 끊어질는지 모릅니다. 지금까지에 거진거진 다 끊어지고 실올같이 남은 못 믿을 내 마음의 닻줄―그것이 끊어지는 날에는 다시는 내 마음을 비끄러맬 아무것도 없습니다. 그것이 한번 끊어지는 날을 상상하여 봅시오. 당신과 나와의 두 몸과 두 혼은 지옥으로 지옥으로 굴러 들어갈 밖에 없는 것입니다. 당신과 나를 이렇게 못 견디게

---

3) 양자(樣姿) : 겉으로 나타난 모양. 모습 따위.

그럽게 만드는 그것은 무서운 업력입니다. 운명의 음모입니다. 그렇고말고, 꼭 그렇습니다. 그러길래로 내가 모처럼 당신을 잊어버릴 만한 때에는 당신이 그 다정스럽고도 가련한 눈물을 머금고 내 앞에 나타나는 것입니다. 그 음모에 넘어갈 것입니까. 수십 년 공든 탑을 무너뜨릴 것입니까. 아예 나를 따라오지 마셔요. 기실은 마음으로는 내가 따르는 것입니다마는, 여보시오, 우리 이 인연의 줄을 끊읍시다. 야멸치게 끊어 버립시다."

이렇게 중얼거리면서 나는 달려갔다.

그의 느껴 우는 소리가 들린다.

나는 어느덧 산 속으로 들어왔다. 달밤이었다. 산이래야 나무도 없고 풀도 없었다. 거무스름한 무덤들이 골짜기 그늘에서 삐죽삐죽 머리들을 들고 있었다.

"나는 무서워하여서는 아니 된다. 무섭긴 무엇이 무서워. 나는 무섭지 않다."

하면서 나는 골짜기를 빠른 걸음으로 올라간다. 그것을 다 추어 올라가면 평평한 수풀이 있었다. 거기를 올라가야만 내가 무서움을 벗어날 것만 같았다. 그러나 내 걸음은 빨리 걸으려 할수록 나아가지는 아니하고 골짜기 그늘의 무덤은 한량이 없는 것 같았다.

"무엇이 무서워, 무덤이 왜 무서워. 금시에 무덤이 갈라져서 그 속에서 썩은 송장과 해골들이 불쑥불쑥 일어나 나오기로니 무서울 것이 무엇이야?"

나는 이렇게 뽐내면서 걸었다.

그러나 자꾸만 무서웠다. 내 입은,

"안 무서워, 안 무서워!"

하고 그와 반대로 내 마음은,

'아이 무서워, 아이 무서워!'

하고 떨었다.

나는 그 무덤들을 아니 볼 양으로 고개를 무덤 없는 편으로 돌렸다. 그러나 무덤은 내 눈을 따라오는 듯하였다.

"날 안 보고 어딜 가? 날 안 보고 어딜 가?"

수없는 무덤들은 이렇게 웅얼거리고 내 눈을 따르는 것 같았다. 반은 그늘에 가리우고 반은 어스름 달빛에 비치인 수없는 무덤들!

나는 그 무덤들을 아니 보려고 두 눈을 꽉 감았다.

그러나 그러면 모든 무덤들이 내가 안 보는 틈을 타서 내게 모여드는 것 같았다. 더러는 내 옷자락을 붙들고, 더러는 내 손을, 더러는 내 발을, 더러는 내 허리를, 더러는 내 목을, 내 머리카락을 한 올씩 붙들고 십방으로 낚아채는 것 같았다.

온몸에는 소름이 끼치고 전신에는 부쩍부쩍 기름땀이 났다.

나는 눈을 떴다. 그러면 여전히 반은 그늘에 가리우고 반은 달빛에 몽롱한, 거무스름한 무덤들이 내 전후 좌우를 쭉 둘러쌌다. 평평한 수풀은 여전한 거리에 빤히 보였다.

"너희들은 왜 이리 나를 못 견디게 구노? 내가 너희들과 무슨 관계가 있노?"

나는 무덤들을 바라보고 이렇게 소리를 질렀다. 그러나 무서움에 졸아든 내 목구멍에서는 소리가 나오지를 아니하였다.

나는 그 중에 가장 내 앞에 가까이 있는 무덤을 향하여서,

"네 무덤을 열고 나서라. 아무리 무서운 모양을 하였더라도 상관없으니 어서 나서라. 나서서 내게 지운 빚을 말하여라. 내게 할 말을 똑바로 하여 다고. 내가 네게 무엇을 잘못하였나? 내가 너를 때렸나? 네 재물을 빼앗았나? 네 사랑하는 사람을 범하였나? 내가 네게 무슨 원통한 일을 하였나? 아무리 무섭고 보기 흉한 꼴이라도 다 상관없으니 어서 나서서 말을 해! 내가 갚을 것이면 갚아 주마. 왜 나를 이렇게 무섭게 하고 못 견디게 구나?"

그러나 그 무덤은 말이 없었다. 다만 메마른 흙에 겨우 뿌리를 박은 풀이 간들간들할 뿐이었다.

　나는 모든 무덤을 향하여서 같은 소리를 하였다. 네게 원통한 일을 한 일이 있거든 어서 말을 하라고. 내게서 받을 것이 있거든 어서 받아가라고. 그리고 나를 이렇게 무섭게 하고 못 견디게 하기를 고만두라고. 실상 나는 몸뚱이를 천만 조각을 내어서 모든 빚을 다 갚아 주고 머리카락 한 올만 남더라도 좋으니 이 무서움에서 벗어나고 싶었다.

　그러나 무덤들은 말이 없었다. 다만 반은 그늘에, 반은 달빛에 거무스름하게 앉아 있을 뿐이었다.

　무덤들이 말이 없는 것이 더욱 무서웠다.

　어디서 사람의 느껴 우는 소리가 들려 온다. 나는 오싹 새로운 소름이 끼침을 깨닫는다.

　"오, 너도 내게 받을 빚이 있어서 나를 따르는가? 저 무덤 속에 묻힌 사람들 모양으로 너도 내게서 무슨 원통한 일을 당하였던가? 그래서 마치 빚지고 도망한 사람을 찾아 떠나듯이 이 세상에 들어와서 나를 따라다니는가? 그렇게 아름답고 다정한 모양을 하여 가지고 내 마음을 어질러놓고 그러면서도 내가 손을 대지 못할 자리에 있어서 내 애를 태우는 것인가?"

　"여보시오. 꼭 한 마디만— 한 마디만 내 말씀을 들으셔요, 우우우."

　그의 울음 섞인 목소리가 여전히 먼 거리에서 들려 온다.

　"안 돼, 안 돼."

　하고 나는 무덤 사이로 달린다. 도서히 내 힘으로 이 무서움을 억제할 길이 없어서,

　"나무아미타불, 나무관세음보살."

　을 소리 높이 부르면서 있는 힘을 다하여 그늘의 골짜기를 달려 올랐다. 이러하는 중에 내 꿈이 깬 것이다. 몸에 식은땀은 흘러 있지 아니하였으나 꿈에 있던 음산한 기분은 그저 있었다.

달은 구름 사이로 달린다. 그 구름 조각들을 벗어나려고 애를 쓰는 모양이나, 어디까지 가더라도 그 구름을 벗어날 것 같지 아니하였다.

나는 이 모든 광경—달과 구름과 하늘과 바다와 먼 섬 그림자와 그러고 내 몸과—을 아름답게 유쾌하게 보아 볼 양으로 힘을 썼다. 나는 일어나서 난간에 기대어 앉아서 담배를 피워 물었다. 담배맛이 쓰기만 하다.

"내게 신열이 있나?"

나는 이렇게 중얼거리면서 내 머리를 만져 보았다. 머리는 좀 더웠으나 내 손이 찬 탓인지 모른다고 생각하고,

"내가 피곤해서 이렇군."

하고 혼자 변명하여 보았다. 피곤도 하였다. 어린 두 딸이 이어이어 홍역을 하였다. 유치원 다니는 아이가 먼저 홍역에 걸렸다. 바로 그 전 공일 날 나를 따라서 청량리에 나가서 풀꽃을 뜯고 나비를 따라다니고 그렇게 건강, 그 물건인 듯하던 것이 3, 4일 내에, 그 높은 열에 시달려서 폐렴까지 병발하여서 거진 다 죽었다가 살아났다. 그러자 작은딸이 또 홍역이다. 그도 제 언니가 밟은 길을 다 밟고 산소 흡입까지 사흘 밤이나 하고야 살아났다. 그것들이 때가 까맣게 낀 발로 비칠비칠 걷게 된 것이 이삼일 째다. 나는 병장이라고 앓는 아이들 머리맡에서 밤을 새우는 일도 아니하였지마는 그래도 아비라고 마음은 썼던 양하여서 얼굴이 쑥 빠지고 눈이 푹 꺼졌다. 그래서 그런가.

나는 내 곁에서 곤하게 자는 아들이 홍역하던 것을 생각하여 본다. 헛소리를 하고 눈을 뒤집고 하던 양, 내 아내와 나와는 큰애를 잃은 지 두어 달도 못 지나서 당하는 일이라 손길을 비틀고 가슴을 졸이던 양을 생각하여 본다. 모두 무서운 꿈 기억과 같았다.

홍역은 전생의 모든 죄를 탕감하는 병이라고 한다. 그러므로 누구나 아니하는 사람이 없다고 한다. 죄없는 사람이 없으며 홍역 아니하는 사람이 없다는 것이다. 마마도 그러하다. 인공적으로라도 마마는 한 번 치르고야

만다.

이러한 연상들은 모두 불길한 데로만 내 생각을 끈다. 앓는 것, 죽는 것들들.

철썩, 철썩.

바닷가 바위에 부딪치는 물결 소리가 들린다. 달은 구름 조각 사이로 달린다. 달빛을 받는 바다의 빛이 밝았다 어두웠다 한다. 모두 음침한 것만 같다.

나는 젊어서부터 내가 사랑하던 사람들을 추억해 본다. 내 기분을 명랑하게 하자는 것이다. 모든 러브신들을 추억하여 본다. 그러나 그것들이 모두 음침한 꿈과 같았다. 그 애인들의 몸에는 때묻은 옷이 걸쳐 있고 눈에는 빛이 없고 살은 문둥병자 모양으로 무덤 속에서 뛰어나온, 반쯤 썩은 송장 모양으로 검푸르고 악취를 발하였다. 나는 고개를 돌렸다.

"그렇지, 그것이 실상이지."

나는 이렇게 중얼거렸다. 정욕4)이라는 분홍 안경을 쓰기 전 이 모든 광경은 아름다워질 수가 없었다. 그러나 나는 그 안경을 잃어버렸다. 어느날 어느 시에 어디다가 내어버린 것도 아닌데 언제 잃어버린지 모르게 그 정욕의 안경을 잃어버리고 말았다.

문득 이러한 생각이 났다.

'아니다, 아니야! 우주와 인생이 모두 다 아름다운 것인데 내 눈이 죄로 어두워서 이렇게 흉하게 무섭게 보이는 것이다!'

그렇게 생각하면 거기도 진리는 있는 것 같았다. 내가 홍역을 하는 깃이었다. 홍역을 할 때나 마마를 할 때에는 성홍열5)이나 염병6)이나 인플루

---

4) 정욕(情欲) : 마음 속에 일어나는 여러 가지 욕구.
5) 성홍열(猩紅熱) : 전염병 예방법에 정해진 제2종 전염병의 하나. 대부분 어린아이에게 나타나며, 가을·겨울에 유행함. 갑자기 열이 나고 두통·인두통을 호소하며, 이윽고 온몸에 붉은 발진이 생기고 혀는 딸기 모양이 됨.

엔자7)도 그렇다. 허깨비가 보인다. 벙치 쓴 놈, 몽둥이 든 놈, 눈깔 셋 박힌 놈, 여섯 박힌 놈, 거꾸로 서서 다니는 놈, 뱀, 고양이, 머리 헙수룩한 놈, 입으로 피 흘리는 계집, 아이들, 이러한 무서운 허깨비들이 보인다. 그것들은 다 나와 은원 관계 있는 자들이 내게 찾을 것을 찾으려고 덤비는 것이다. 오관의 모든 감각과 정욕이 고열로 하여서 마비될 때에 내 본래의 혼이 어렴풋이 눈을 뜨는 것이다. 그 눈은 필시, 내 임종시에 내가 갈 곳을 볼 눈이다.

나는 이러한 생각을 할 때에 몸에 오싹 소름이 끼쳤다. 허공과 바다와 먼 산 그림자로부터 무서운 혼령들이 악을 쓰고 내게,

"내라, 내! 내게 줄 것을 내라 내!"

하고 달려드는 것 같았다.

"오냐, 받아라 받아! 찾을 것 있거든 받아! 옛다, 내 목숨까지라도 받아!"

나는 이렇게 악을 써 보았다.

그러나 그것은 태연한 용기가 아니라 발악이었다.

"선선하군."

하고 나는 이불 속으로 들어갔다. 선뜩하는 이불 속에도 구렁이, 지네, 노래기, 이런 것들이,

"내라, 내."

하고 덤비는 것 같고 다다미 틈으로서도 그런 것들이 올라오는 것 같았다.

"쩍, 부쩍."

하고 집 재목들이 간조하여서 틈 트는 소리가 들렸다. 어디서 고약한 냄새가 내 코를 찌르는 것 같았다.

---

6) 염병(染病) : '장티푸스'의 속칭.
7) 인플루엔자(Influenza) : 유행성 감기.

"새 집, 새 다다미, 새로 시친 옷깃, 이불 껍데기."

나는 이렇게 꼽아 보았으나 도무지 냄새 날 데가 없었다. 그래도 못 견디게 흉한 냄새가 코를 찔렀다. 나는 돌아누워 보았다. 도로 마찬가지였다.

"응, 쩟쩟."

하고 나는 한숨을 쉬었다.

"홍역이다, 홍역이야."

나는 혼자 중얼거렸다.

그것은 다 자신의 냄새였다. 내 썩은 혼의 냄새였다.

'썩은 혼!'

나는 이러한 견지에 과거를 추억한다. 추억하려고 해서 추억하는 것이 아니라, 마치 누가 시키는 것같이 마치 염라대왕의 명경대 앞에 세워진 죄인이 거울에 낱낱이 비치인 제 일생의 추악한 모든 모양을 아니 보려 하여도 아니 볼 수 없는 것같이, 나도 이 순간에 내 과거를 추억하지 아니치 못하게 된 것이었다.

"죄, 죄, 죄. 탐욕, 사기, 음란. 탐욕, 사기, 음란. 이간, 중상, 죄, 죄, 죄."

다시 벌떡 일어났다.

"그래, 그래. 무서울 거다. 무서울 거야. 냄새가 날 거다. 썩은 냄새가 날 거다."

나는 이렇게 중얼거렸다.

나는 일어나 앉아서 관세음보살을 염불하였다.

"種種諸惡趣. 地獄鬼畜生. 生老病死苦. 以漸悉命滅."

이라고 가르쳐 주신 석가여래의 말씀에나 매달려 보자는 것이었다. 관세음보살은 '施無畏著'라고 부처님이 가르쳐 주셨다. 무섭지 않게 하여 주시는 어른이란 말씀이다.

'만일 임종의 순간에 이렇게 무서운 광경이 앞에 보인다면.'

하는 생각이, 내가 반야바라밀다심경을 외우는 동안에도 몇 번이나 몸

서리를 치게 하고 지나갔다.

"五蘊皆空이다. 모두 다 공인데 무어?"

이렇게 뽐내어 본다. 그러나 오온8)이 다 공이면서도 인과응보가 차착9)
없음이 이 세계라고 한다.

"아가, 오줌 누고 자거라. 응, 오줌 누고 자."

하고 나는 자는 아들을 흔들면서 불렀다.

그러고는 다시 잠이 들었다. 무서움에 지쳐서 잠이 들었나보다.

이튿날 나는 아들을 데리고 바닷가로 돌아다니기도 하고 보트도 탔다.
지난 밤 꿈은 다 잊어버린 사람 모양으로, 그리고 점잔을 빼면서, 마치 지
극히 깨끗한 성자나 되는 듯이 안정한 표정을 가지고 집으로 돌아왔다. 홍
역 앓고 일어난 어린 딸들은 끔찍이 좋은 아버지인 줄 알고,

"아버지."

하고 와서 매달렸다. 나는 빙그레 웃었다.

(1939년 7월 「문장(文章)」 임시증간호 소재)

---

8) 오온(五蘊) : 세계를 창조·구성하고 있는 요소를 다섯 가지로 분류한 것. 곧 색(色)·
   수(受)·상(想)·행(行)·식(識). 색은 육체, 수는 감각, 상은 상상(想像), 행은 마음의
   작용, 식은 지식임.
9) 차착 : 순서가 틀리고 앞뒤가 서로 맞지 않음.

육장기

○○군.

나는 이 집을 팔았소. 북한산 밑에 6년 전에 지은 그 집 말이오. 오늘이 집값 끝전을 받는 날이오. 뻐꾸기가 잔지러지게 우오. 날은 좀 흐렸는데도 무성한 감잎사귀들은 솔솔 부는 하지 바람에 번뜩이고 있소. 오늘이 음력으로 오월 삼일, 모레면 수리(단오)라고 이웃집 계집애들이 아카시아 나무에 그네를 매고 재깔대고 있소. 모레가 하지. 벌써 금년도 반이 되고 양기는 고개에 올랐소. 잠자리가 난 지는 ─ 벌써 오래지마는 수일 내로는 메뚜기들이 칠칠 날고, 밤이면 풀 속에 벌레 소리들이 들리오. 아이들이 여치를 잡으러 다니오.

이 편지를 쓰고 앉았을 때에 어디서 청개구리가 개굴개굴 소리를 지르오.

저것이 울면 비가 온다고 하니 한 소나기 흠씬 쏟아졌으면 좋겠소. 모두들 모를 못 내어서 걱정이라는데, 뜰에 화초 포기들도 수분이 부족하여서 축축 늘어진 꼴이 가엾소.

지금이 오전 아홉 시, 아마 이 집을 산 사람이 돈을 가지고 조금만 더 있으면 올 것이오. 내가 그 돈을 받고 나면 이 집은 아주 그 사람의 집이 되고 마는 것이오.

엿장수 가윗소리가 뻐꾸기 소리에 반주를 하는 모양으로 들려오오. 내가 이 집에 있으면서 엿을 잘 사 먹기 때문에 엿장수들이 나 들으라고 저렇게 가위를 딱딱거리는 것이오.

엿장수가 지금 우리 대문 밖에 와서 자꾸 가윗소리를 내이오. 아마 내가 낮잠이 들었다 하더라도 깨라는 뜻인가보오. 그러나 나는 오늘 엿을 살 생각이 없소. 흥이 나지 아니하오. 엿장수는 최후로 서너 번 크게 가윗소리를 내이고는 가 버리고 말았소.

어디서 닭이 우는 소리가 들리오. 앞 개천에 빨랫방망이 소리도 들리오. 담 밖에 밤꽃 냄새가 풍기오.

내가 이 집을 지은 것이 금년까지 6년째요. 6년이 잠깐이지마는 내 지나간 48년의 육분지 일이라고 하면 결코 짧은 동안은 아니오. 게다가 마흔세 살부터 마흔여덟 살 되는 여름까지라면, 내 일생의 상당히 중요한 시기를 이 집에서 보낸 셈이오. 그 동안 줄곧 이 집에 산 것은 물론 아니오. 일 년 동안 문안에서 살았고, 또 일년 남짓은 감옥과 병원에서 살았으니, 실상 이 집에 내 몸을 담아서 산 것은 4년밖에 안 되는 것이오. 그러나 평생 집이라고 가져 본 뒤로부터 이 집이 가장 내가 사랑하는 집이었다 할 수 있는 곳에, 이 집에 대한 특별한 인연이 있는 것이오.

내가 이 집을 짓던 해는 내 평생에 가장 암흑한 시기 중에 하나였소. 내 어린것이 불행하게 세상을 떠난 것이나, 내가 평생을 바쳐 보려던 사업이 모두 실패에 돌아간 것이 이 해였소. 그뿐 아니라, 나는 정신적으로 모든 희망을 잃어버려서 이제 내가 인생에 아무것도 바라는 것도 없고, 할 것도 없으니, 이것이 내가 죽을 때가 된 것이 아닌가 하도록 나는 막막한 심경에 빠져 있었소. 내가 사랑하고 믿던 이들까지 다 나를 뿌리치고 가 버린 듯하여서 나는 음침한 죽음의 근로에 혼자 버림이 된 혼령과 같이 붙일 곳이 없었소.

이런 심경에서 나는 아주 세상을 떠나 버릴 생각을 하였던 것은 그대도 잘 아는 일이 아니오? 나는 아무도 모르게 산에 들어 일생을 마칠 결심으로 금강산으로 달아났던 것 아니오? 나는 거기서 며칠 지나서는 오대산으로 가려 하였었소. 오대산에를 간다고 방한암 같은 이를 찾아서 도를 배우자는 것이 아니라, 그저 깊이깊이 산을 들어가서 세상을 잊고 또 세상에서 잊어버림이 되자는 것이오. 그때 한 가지 희망이 있었다 하면 제 죄를 뉘우치는 생활을 하여서 내가 평생에 해를 끼친 여러 중생, 은혜를 진 여러 중생을 위하여서 복을 빌자는 것뿐이었소.

그러나 내 인연은 아내와 어린것들의 손을 빌어서 나를 도로 이 세상으로 끌어오게 하였소. 이 모양으로 끌려와서 시작을 한 것이 이 집을 짓는 일이었소.

이 집 역사를 할 때에 내 생각은 여기서 평생을 보내리라 하는 것이었소. 변변치 못하나마 문필로 먹을 것을 벌어서 이 집에서 죽는 날까지 살자 하는 것이었소. 그래서 나는 애초에 초가집을 짓고, 감밭을 장만하려 하였소. 내 원고가 밥이 안 되는 경우면 감 농사로 살아가자는 것이오. 그러고 내 아내는 닭을 치기로 하여 양계하는 책을 두서너 권이나 사들여서 열심으로 양계 공부를 하였소. 이 모양으로 세상에 나가 다닐 생각을 끊고 숨어서 살자 하는 것이 이 집을 지으려는 동기였었소.

그랬던 것이 어떤 협잡꾼 청부업자를 만나서 싸게 지어 준다는 바람에 초가집 계획을 버리고 기와집을 짓게 된 것인데, 이것이 잘못이야. 예산이 엄청나게 많이 들어서, 감밭을 사고 양계장을 마련할 돈이 없어졌을 뿐더러, 이 집이 기와집이기 때문에 탐내는 이가 많아서 마침내 이 집을 팔게 되었단 말이오.

만일 이 집이 조그마한 초가집이더면 이번에 이 집을 산 이도 살 생각을 아니 내었을 것이니, 작자 없는 동안 이 집은 내 집으로 남았을 것이 아니오? 우스운 말 같으나 이것은 농담이 아니라 진정이고 사실이오.

어찌하였으나 나는 이제 기껏 버티어야 앞으로 이 주일밖에는 이 집에서 살 수는 없이 되었소.

6년간 추억 많은 이 집을 떠나게 되매 지나간 동안이 새로워져서 그대에게 이 편지를 쓰게 된 것이오.

이 집 역사가 아직 다 끝나기 전에 올연선사(兀然禪師)가 나를 찾아왔소. 그는 일 주일간이나 소림사(少林寺)에 유숙하면서 나를 위하여서 날마다 법을 설하였소.

이보다 전에 아직 이 집터를 만들 때에 운허법사(耘虛法師)가 법화경1)(法華經) 한 질을 몸소 져다 주셨는데, 이 법화경을 날마다 읽기를 두어 달이나 한 뒤에 올연선사가 오신 것이오.

운허, 올연 두 분은 물론 서로 아는 이이지마는 내게 온 것은 서로 의논이 있어서 오신 것은 아니오. 그야말로 다생의 인연으로, 부처님의 위신력, 자비력으로 내게 오신 것만을 나는 믿소.

또 이보다 수개월 전에 나는 금강산에서 백성욱사(白性郁師)를 만나서 3, 4일간 설법을 들을 기회를 얻었소.

또 이보다 12, 3년 전에 영허당(映虛堂) 석감노사(石嵌老師)와 금강산 구경을 갔다가 신계사 보광암(神溪寺 普光菴)에서 비를 만나 5, 6일 유련하는 동안에 불탁에 놓인 법화경을 한 벌 읽은 일이 있는데, 이것이 법화경에 대한 이생에서의 나의 첫 인연이었고, 또 그 전해에 아내와 같이 춘해(春海) 부처와 같이 석왕사(釋王寺)에서 여름을 날 때에 화엄경2)을 읽은 일이 있었소. 또 우연하게 금강경(金剛經)3), 원각경(圓覺經)을 한 질씩을 사둔 일

---

1) 법화경 : 대승 경전의 하나. 불타의 종교적 생명을 설한 것으로 모든 경전 중에서 가장 존귀하게 여겨짐.
2) 화엄경 : 석가가 도를 이룬 뒤 깨달은 대로 설법했다는 경문. 화엄종의 근본 경전으로, 법계 평등의 진리를 깨친 불의 만행·만덕을 칭찬한 것임. 정식 명칭은 '대방광불 화엄경'
3) 금강경 : 불경의 하나. 반야, 곧 지혜의 정체를 금강의 견실함에 비유하여 해설한 경.

이 있었는데, 이 집을 짓던 해 봄에 그것을 통독하였소.

이 모양으로 이 집에 와서부터 법화경을 주로 해서 불경을 읽게 되었소. 여덟 살 먹은 어린 아들의 참혹한 죽음이 더욱 나로 하여금 사람이 무엇인가? 어찌하여서 나는가? 죽음이란 무엇이며, 죽어서는 어찌 되는가? 하는 문제를 아니 생각할 수 없이 하였소. 그러므로 나는 내 죽은 아들 봉근(鳳根)도 나를 불도에 끌어들이기 위하여서 다녀간 것이라고 믿소.

관세음보살이, 혹은 비가 되시와 나로 하여금 보광암에 5, 6일 유련하게 하시고, 혹은 아들이 되어, 혹은 운허법사, 올연선사가 되시와 길 잃은 나를 인도하신 것이라고 믿소.

또 예수께서도 그러하시었다고 믿소.

내가 신약전서를 처음 보기는 열일곱 살 적 동경 명치학원(明治學院) 중학부 3년생으로 있을 때인데, 그 후 삼십여 년간 날마다 다 읽었다고는 못하여도 내 책상머리나 행리에 성경이 떠난 적은 없었거니와, 이것이 나를 불도로 끌어넣으려는 방편이었다고 믿소.

아무려나 나는 이 집을 지은 6년 동안에 법화행자가 되려고 애를 썼소. 나는 민족주의 운동이라는 것이 어떻게 피상적인 것도 알았고, 십수 년 계속하여 왔다는 도덕적 인격 개조운동이란 것이 어떻게 무력한 것임을 깨달았소. 조선사람을 살릴 길이 정치 운동에 있지 아니하고 도덕적 인격 개조운동에 있다고 인식하게 된 것이 일단의 진보가 아닐 수 없지마는, 나 스스로의 경험에 비추어서 신앙을 떠난 도덕적 수양이란 것이 헛것임을 깨달은 것이오. 내 혼이 죄에서 벗어나기 전에 겉으로 아무리 고친다 하더라도 그것은 의식에 불과하다고 나는 깨달았소.

스물여덟 살 되는 겨울에 나는 도덕적으로 내 인격을 개조하리라는 결심을 하고 마흔세 살 되는 봄, 내 어린 아들이 죽을 때까지 15년간 나는

선종에서 특히 중시함. 금강 반야 바라밀경.

이 개조생활을 계속하노라 하여 거짓말을 삼가고, 약속을 지키고, 내 책임을 중히 여기고, 나 개인을 위하여서 희생하고, 남을 사랑하고, 존중하고, 몸가짐을 똑바로 하고, 이러한 공부들을 계속하노라고 하였으나, 스스로 돌아보건대, 제 마음 속은 여전히 탐욕의 소굴이어서 15년 전의 내가 그 더러움에 있어서, 그 번뇌에 있어서 조금도 다름이 없음을 발견하였고, 앞으로 살아나아갈 인생에 대하여 아무 자신도 광명도 없음을 스스로 의식할 때에 나는 자신에 대하여 역정이 나고 말았소.

문학을 하노라 하여서 소설 권이나 썼소. 사상가 자처하고 논문 편도 썼고, 지도자를 자처하고 나보다 젊은 남녀들에게 훈계 같은 말까지도 수천만 어를 하였소. 그러나 홀로 저를 볼 때에,

"이놈아, 네 발뿌리를 좀 보아!"

하는 탄식이 아니 날 수가 없었소.

이러다가 나는 법화경을 읽는 자가 된 것이오.

이 집에 온 후로 6년간 날마다 법화경을 읽는 자가 된 것이오.

그러면 지나간 6년 동안에 얼마나 마음이 깨끗하여졌느냐, 그대는 그렇게 물으시겠지요. 지금 너는 전보다 얼마나 나은 네가 되었느냐, 이렇게 물으실 때에, 그대는 아마 내게 대하여 일종의 경멸과 비웃음을 느끼시리라.

글쎄, 별것 없지요. 별로 달라진 것 없지요. 나는 6년 전이나 지금이나 마찬가지 더러운 중생이겠지요. 예와 같은 탐욕과 예와 같은 질투와.

그러나 사랑하는 그대여! 하나 달라진 것은 있소. 지금 나는 부처를 향하고 걸어가느니라 하는 믿음 말이오. 못나고 추악한 범부4)이기는 6년 전이나 지금이나 마찬가지이지마는, 전에는 나는 언제까지나 이런 사람이고 마느니라 하던 것이 지금에는, 나는 장차 완전한 성인이 되느니라 하고 스

---

4) 범부(凡夫) : 번뇌에 얽매여서 생사를 초월하지 못하는 사람.

스로 꽉 믿게 된 것이오.

"네가 어떻게 성인이 되느냐? 너 같은 것이 어떻게 부처님이 되느냐?"

하고 그대가 물으시면 나는 이렇게 대답하겠소.

"부처님 말씀이 나도 성인이 된다고 하셨다. 법화경을 읽노라면 언제
한 번은 성인이 된다 하셨다. 나는 이 말씀을 믿고 그저 법화경을 읽을란
다."

그러나 그대가,

"나 보기에는 네가 6년 전보다 성인에 가까워진 것 같지 않다."

그러시겠지.

내가 보아도 그러하긴 그렇소. 그러나 나는 믿소. 나는 이렇게 평생에
법화경을 읽는 동안에 얼굴과 음성도 아름다워지고, 몸에 빛이 나서 '衆生
樂見, 加慕賢聖'하게 되고, 몸에 병도 없어지고, 마침내는 나고 살고 죽고
하는 것을 마음대로 하여서 삼십이 응신5), 백천만억 하신6)을 나토아 중생
을 건지는 대보살이 되고, 마침내는 십호구족한 부처님이 되어서 삼계7)사
생의 모든 중생의 자부가 되느니라고.

그날이 언제냐고? 오늘부터지요. 또는 무량겁8) 되겠지요.

집값을 다 받았소. 닷새 뒤면 내가 이 집을 아주 떠나기로 되었소. 동네
사람들이 왜 이 집을 팔았느냐고, 아깝지 아니하냐고 그러오. 그렇게 애를
써서 지은 집을 왜 팔았느냐고, 그렇게 사랑하던 집을 왜 팔았느냐고, 게
다가 너무 값을 적게 받았다고, 또 서로 정이 들었는데, 또 떠나게 되니 섭

---

5) 응신(應身) : 부처의 삼신(三身) 중의 하나. 중생을 구제하기 위하여 부처의 가르침을
   받아들일 수 있는 중생의 능력 정도에 따라 여러 가지 모습으로 이 세상에 나타난
   부처의 몸.
6) 하신(河身) : 강줄기의 물이 흐르는 부분.
7) 삼계(三界) : ① 천계, 지계, 인계. ② 중생이 사는 세계. 곧, 욕계, 색계, 무색계. 삼유
   (三有). ③ 불계, 중생계, 심계. ④ 과거, 현재, 미래. 삼세(三世).
8) 무량겁(無量劫) : 헤아릴 수 없는 긴 시간. 또는 끝이 없는 시간.

섭하다고 그러오. 다들 고마운 사람들이오.

"집보다 더한 몸뚱이도 때가 되면 버리고 가는걸요."

나는 웃고 이렇게 대답하였소.

실상 한집에 한평생 사는 사람은 심히 팔자가 좋은 사람이오. 한 번 이사하는 것이 한 번 화재 당하는 것과 같다고 하는데, 그것은 다만 경제적 손해만을 가리킨 것이 아니라고 생각하오. 마음이 설렁하게 들뜨는 것이 큰 타격인가 하오.

더구나 떠나갈 데를 미리 장만해 놓지 아니하고, 있던 집을 먼저 팔아 버린 때에 마음이 괴로움은 여간이 아니오. 게다가 제 집 한 간 없이 셋집 셋방으로 돌아다녀서 여기서 쫓겨나고, 저기서 쫓겨나고 하는 심사는 실로 비길 데 없이 괴로울 것이오. 한층 더 떨어져서 셋방을 얻을 힘이 없어서 남의 집 행랑, 곁방으로 식구들과 누더기 보퉁이를 끌고 다니지 아니하면 아니 될 신세야 말해서 무엇하겠소? 그것은 차라리 천지로 집을 삼고 홀몸으로 돌아다니는 거지 신세보다도 애터질 노릇일 것이오.

한곳에 떡 자리를 잡고 일평생 사는 것이 어떻게나 상팔자이겠소? 게다가 그 자리가 대단히 좋은 자리일 때에 그것은 인생에 최고 행복일 것이오. 대대로 한집에 사는 집을 명당이라고 하는 것이 이 때문이겠지요.

나는 지금까지에 한집에서 십 년을 살아 본 일이 없는 사람이오. 한집은 커녕 한고장에서 십 년을 살아 본 일도 없소. 내가 처음 나서부터 우리 아버지가 나를 끌고 내가 열한 살 되기까지에 네 번이나 이사를 하셨고, 열한살에 부모를 여읜 뒤로는 나는 금일 동 명일 서로 표랑생활을 한 것이오. 서울에 엉덩이를 붙이고 사는 지 우금[9] 19년에도 집을 옮기기 무려 열 번이나 되오. 그 동안에 여기서 일평생을 살자 하고 집을 짓기가 세 번인데, 이제 둘째 집을 파는 것이오.

---

9) 우금(于今) : 지금까지.

발등에 핏줄이 호형으로 돌아가면 한자리에 오래 붙어 살지 못한다는 말이 있지 않소? 내 발등이 그래. 그리고 사주를 보이거나 손금을 보이거나 고향에 붙어 있지는 못할 팔자래.

그리고 보니 이것이 모두 전생의 업보요.

사람으로 집을 옮기는 것이 대개는 두 가지 이유가 있는가 하오. 빚을 지거나 기타 밖에서 오는 이유로 부득이 떠나게 되는 것이 첫째, 그리고 더 좋은 데를 찾아서 떠나는 것이 둘째, 부득이한 이유로 떠나는 것은 말할 것도 없지마는, 더 좋은 데를 찾아서 떠난다는 것도 벌써 그 사람의 팔자가 상팔자는 못 되는 표이오. 나는 두 가지 이유를 다 가지고 집 떠나기를 하여 온 것이오.

한 번은 내가 병이 중하여서 피접10) 나는 모양으로 집을 떠났고, 한 번은 일평생 살아갈 집이라고 지어 놓고 옮아갔으니, 이것이 이를테면 내게는 가장 행복된 이사였고, 또 한 번은 아들을 좋은 소학교에 넣기 위하여서 그 일평생을 산다던 집을 팔고 떠났으니, 이것은 좋은 편이고, 한 번은 아들이 좋은 학교에 입학하려다가 죽어서 차마 그 집에 살 수 없다고 하여서 집을 떠났고, 한 번은 이제는 세상에서 숨어서 일평생을 산다 하여 새로 집을 지었으니, 그것이 바로 어저께 집값 끝전을 받은 이 집이오.

그리고는 아내가 의학공부를 더 한다고 하여서 동경으로 집을 옮겼으니 이것도 상당히 칭찬할 만한 일이었고, 그리고는 아내의 병원을 짓고 큰 사업을 하자고 큰집을 지었으니, 이것은 제법 사회봉사의 의미를 가진 매우 중요성 있는 이사였소. 나는 이 이사가 크게 축복을 받아서 아내의 사업이 크게 흥왕하기를 바라오.

그런데 지금 팔려 넘어간 북한산 밑에 있는 집은 내가 홀로 숨어 있어서 일생을 보내리라는 생각을 바로 한 달 전까지도 가지고 있었으나, 행인

---

10) 피접(避接) : 앓는 사람이 자리를 옮겨 요양하는 것.

지 불행인지 사자는 사람이 나서서 이것을 팔아 버리게 된 것이오.

"그저 작자 없는 동안이 내 것이야."

하던 어떤 친구의 말이 명답이오.

나는 이제 와서는 이런 핑계를 하오. 이 집이 내 별장으로 너무 과해. 육천 원짜리 별장이 내게 당한가. 한 오류백 원으로 초가집을 꼭 삼 간만 짓고 살리라 — 이렇게.

아직도 나는 더 나은 데, 더 좋은 데 하고 찾는 마음을 버리지 못하니 딱한 사람이오.

'吉人住處是明堂' 좋은 사람 사는 곳은 다 명당이오. 그것이 산골짜기거나 벌판이거나 시의 빈민굴이거나 움막이거나, 저만 도를 얻어 덕이 있는 사람이면 그 사람 사는 곳은 다 명당이란 말이오. 이것은 내가 이 집을 팔고 어디로 가나 하고, 생각하다가 문득 얻은 글귀요.

'天地皆向我, 無事不太平' 이것은 일전 꿈에 얻은 글인데, 천지도 다 나로 말미암아 있으니 무엇은 태평이 아니랴, 그런 소리인가보오. 두 글귀가 다 내게는 큰 교훈이 되오. 하필 경치 좋은 곳을 찾을 것은 있느냐? 하필 새로 집을 지을 것은 있느냐? 어디든지 내 분에 오는 대로 이 몸을 담아 두면 그만이 아니냐 — 이 뜻이겠으나, 진실로 이런 심경을 가지고 살게 된다면야 제법이지요. 닥치는 대로 먹고, 닥치는 대로 입고, 닥치는 대로 자고, 그리고 마음이 늘 화평하여서 아무 근심이 없다면야 벌써 성인지경 아니오? 그러나 그것은 내 따위로는 엄두도 못 낼 일이오. 어떤 중의 글에, '오랜 옛날부터 육도 두루 돌았으나, 좋은 것 하나 없고, 걱정 소리뿐일러라' 하는 말이 있소.

이것은 내 생명이 나고 죽고 하는 동안에 천상, 인간, 아수라, 지옥, 아귀[11], 축생 여섯 가지 세계에 아니 가 본 데가 없지마는 어디를 가 보아도

---

11) 아귀(餓鬼) : 과율의 악업을 저질러 아귀도에 떨어진 귀신. 몸이 앙상하게 마르고 목 구멍이 바늘 구멍 같아서 음식을 먹을 수 없어 늘 굶주린다고 함.

모두 근심 걱정뿐이요, 살기 좋은 데는 없더라 하여 중생에게 염불을 권하는 글이오. 네 이 세상에서 아무리 좋은 데를 찾기로니 좋은 데라는 것이 어디 있느냐, 아미타불의 극락 세계에나 가야 비로소 좋은 데를 보리라는 뜻이오.

그대여, 이 세상 한세상 살아가기가 그렇게 어렵구나. 아침에 나왔다가 저녁에 죽는다는 하루살이도 그 하루 생명을 부지하여 가기가 매우 어려운 모양이오. 요새 이 집에도 모기가 많이 나왔는데, 내가 모기장을 치고 자니, 여러 십 마리가 모기장 가으로 앵앵하고 돌다가 돌다가 벽에 붙어서 자니, 필시 굶어서 자는 것 아니오? 이것을 사람의 말로 번역하면 생활난이야. 그들의 대부분은 그 조그마한 배도 채울 수가 없어서 굶주리다가 굶주리다가 죽는 모양이야. 그들이 앵앵거리는 것은 과연 비명이 아닐 수가 없소. 내 집 창 앞에 와서 우는 참새들도 산새들도 까치들도 또 아마 창경원에 집을 잡고 있는가 싶은 따오기 왜새들이 내 집 위로 아침 저녁으로 날아다니는데, 그들도 무척 생활난이 아닌가 하오. 아마 요새에 어린 자식들을 두고 먹이를 찾느라고 수색, 일산 등지의 논으로 돌아다니는 모양이오.

그들이 인왕산 뒤를 넘어서 북악을 넘으려 할 때는, 더구나 다 저녁때에 너풀너풀 날아 돌아올 때에는 무척 지친 모양이오. 그러다간 황혼이 다 된 때에 또다시 서쪽으로 날아가는 것은 아마 밤 사냥을 나가는 모양이오. 기페 새시들이 밤에 벌이를 나가는 모양이겠지요.

또 뻐꾸기가 우오. 응, 그 꾀꼬리도 우오.

"뻐꾹뻐꾹."

"비조비 비지오비, 지오리 지오리비."

이 모양으로 울고 있소.

밤이면 또 쑥덕새가 우오.

"쑥덕 쑥덕 쑥덕 쑥덕, 딱딱딱딱."

그들은 암컷을 부르는 것이라오. 하루 종일 부르고 날마다 불러도 좀체로 짝을 만나지 못하는 모양이오. 요사이에는 밤이면 청개구리가,

"개굴 개굴 개굴, 개굴 개굴 개굴."

하고 세검정 개천 버드나무 밑에서 밤 늦도록 우오. 아마 밤새도록 울겠지. 그들도 암컷을 찾는 것이라오.

수일 전부터 반딧불들이 셋, 넷, 감나무 밭 위로 오르락내리락, 조그마한 번뇌의 푸른 등을 깜박깜박하면서 헤매오. 그들도 짝을 찾는 것이라 하오. 그래도 쉽사리 못 만나는 모양이오.

우리 집 이웃에는 스물다섯 살이나 난 총각이 얼굴에 여드름이 잔뜩 나가지고, 날마다 지게를 지고는 벌이하러 문안으로 들어가거니, 해 지게 돌아와서는 밥을 먹고는 새 고의적삼을 입고 옥색 조끼를 입고는 세검정 네거리 쪽으로 내려가오.

"어디 가나?"

"말 가요."

하고 그는 웃소. 세검정 쪽으로 내려가면 술집 갈보12)가 있소. 그는 일찍 갈보 하나를 데려다가 한 4, 5일 동안 놀이를 한 일이 있었는데, 그때 장가들 밑천이라고 모아 두었던 돈 일백팔십 원을 몽땅 써 버렸다고 하오. 그 돈을 다 빨아먹고는 그 갈보는 마치 피 빨아먹은 모기 모양으로 다른 데로 가 버리고 말았소. 요새에는 그 총각은 하루에 기껏 일 원 남짓 버는 터이니, 갈보 팔목 한 번 잡아 볼 재력도 없을 것이오. 그가 밤에 세검정 네거리로 내려가더라도, 유리창을 통하여 그 뚱뚱한 갈보를 우두커니 바라보다가 오거나, 기껏해야 막걸리 한 잔 사 먹고 농담 한 마디나 붙여 보고 올까?

이 동네 처녀들은 모두들 공장으로 갔소. 열댓 살 먹어서 동네 총각들

---

12) 갈보 : 웃음과 몸을 팔며 천하게 노는 계집. 매소부. 매춘부. 유녀. 창녀.

의 눈에 들만큼 되면 공장으로 달아나 버리고, 동네에 남아 있는 계집애라고는 코 흘리는 어린 것들뿐이오.

모두들 생활난이오. 벌레나 새들이나 사람들이나, 먹을 것 없어 생활난, 시집 장가 못 가서 생활난, 그런데 대관절 무엇하러 이렇게 살기 어려운 세상에 살고 싶어하는 것이오? 그나 그뿐인가. 저도 살기 어려운 세상에 애써서 왜 새끼를 치자는 것이오? 그것이 생명의 신비지요. 아마 생물 자신들은 의식 못하면서도 그 속에 우주의 목적이—어떤 방향을 가게 하려는 목적이 있나 보지요.

'到處無餘樂. 唯聞愁嘆聲'

그래서 옛날 중이 이러한 한탄을 한 것이오.

그렇다 하면, 이 사바세계에서 어디를 가기로 편안한 고장이 있겠소? 사바세계란 말이 본디 참는 세계라는 뜻이랍니다. 참고 견디고 살아갈 만한 세계란 말인데, 그렇다 하면 잘 참는 사람이 오직 행복된 사람이 되는 것이오. 행복은 추구함으로 얻을 것이 아니라, 제 번뇌—모든 욕심 말이지요—를 뿌리째 뽑아 버린 때에 비로소 사바세계에 행복이 있단 말이지요.

'願人涅槃城'

그 중은 이 말로 끝을 막았소. 원컨대 열반성에 들어지이다—삼계 육도를 두루 돌아도,

'到處無餘樂 唯聞愁嘆聲'이니까 다른 데 좋은 데를 찾을것 없이 내 번뇌를 다 불살라 버리자는 말이오. 열반이란 욕심을 떠난 경계라니까.

그런데 그대도 저번 편지에,

"여보시오. 나는 도저히 이 생활을 더 견딜 수 없소. 나는 이 자리에서 뛰어날 수밖에 없소. 나는 더 나를 속이기를 원치 아니하오. 이런 생활을 계속할 바에는 차라리 죽어 버리고 싶소. 여보시오. 내가 어떻게 하면 좋소?"

이러한 말씀을 하셨거니와, 나는 그 편지에 여태껏 답장을 아니하고 있거니와(무슨 말로 답장을 하겠소? 할 말이 없지 않소?), 그것은 그대가 지금 어디 있는지를 잊어버린 까닭이오. 그대 있는 곳이 어딘고 하니 사바세계요. 그대의 생활이 뜻대로 아니 되고 괴로움이 많은 것은 사바세계 중생으로 태어날 때에 벌써 그럴 줄 알고 온 것 아니오? 그대가 그 중의 말과 같이 열반성에 들거나 그까지는 못한다 하더라도, 아미타불님께 매달려서 극락세계에라도 가기 전에는 그대는 괴로움을 벗어날 수가 없는 것이 아니오? 그대가 이 자리에서 벗어나다니 어디로 벗어난다는 말요? 손오공이 모양으로 힘껏 재주껏 달아난대야 다 가고 보면 또 거기가 거기요. 죽어? 죽으면 어디로 가오. 죽어도 또 거기가 거기요. 사람이 죽어서 모든 괴로움을 벗어날 확신만 있다고 하면, 금시에 자살할 사람이 무척 많을 것이오. 그렇지마는 죽어라 하고 보면 죽음의 저편이 도무지 마음이 아니 놓여. 죽어서 지금보다 더 괴로운 데로 간다면 차라리 이 자리에서 참고 있는 것만도 못하거든. 그게 걱정이란 말이오.

또 까치가 깍깍거리오. 여러 놈이 함께 깍깍거리는 품이 어디 뱀이 나왔나 보오. 뱀들이 요새에 새새끼들을 노리고 돌아다니는데, 아마 어떤 뱀이 까치집을 노리는 모양이오. 그 뱀이 까치집 있는 나무를 찾아 기어올라가서 아직 날지도 못하는 까치새끼를 잡아먹는 것이오. 그러나 뱀편으로 보면 까치집 하나 얻어 만나기가 아마 극히 어려우리다. 그럴 것이, 이 동네에도 까치집이 모두 열이 될락말락하는데, 뱀은 아마 수만 마리가 있을 모양요. 또 땅에 붙어 기어다니는 놈이 멀리서 까치집 있는 데를 바라보고 달려갈 수도 없는 노릇 아니오?

아무려나 까치들은 선천적으로 뱀을 무서워하는 모양이오. 반드시 한번 혼난 경험이 있어서만 까치들이 뱀을 무서워하는 것은 아닌 성싶소. 그러나 까치들은 뱀 안 사는 곳에 집을 지을 수가 없구려. 뱀이 살 수 없는 곳이면 까치 살 수도 없는 곳이란 말요. 그러니까 까치는 될 수 있는 대로

뱀이 없을 듯한 데다가 집을 지어 놓고,

"제발 뱀이 오지 말게 합소사."

하고 비는 수밖에 없을 것이오.

내 이 집을 사 가지고 오실 부인이 나를 보고,

"여기 뱀 없어요? 지네 같은 것?"

이렇게 물읍디다.

그래 나는 빙그레 웃었소. 왜 웃었는고 하니, 바로 일전에도, 아마 지붕 기왓장 밑에 친 참새 새끼를 먹으러 왔던 게지요. 젊은 뱀 내외가 대낮에 담을 넘어 들어오는 것을 우영이랑 환이랑 나랑 셋이서 우리 면이 다니는 소학교에 표본으로 보냈거든요. 그 아내 뱀이 태중이더라오. 남편이 먼저 들어와서 잡혔는데, 아마 아내가 혼자서 기다리다가 걱정이 되었던지, 무거운 배를 안고 따라와서 같은 유리병에 들어간 거요. 근래에는 사람에도 드문 열녀야.

또 우리 사랑 아궁이 옆에도 분명히 살무사 한 쌍이 산대. 환이 보았노라니 정말이겠지요. 둘이 가지런히 대가리를 내어밀고 혀를 날름날름하고 있는 것을 환이가 보았다오. 이런 것을 생각하니 그 부인이 묻는 말이 우습지 않소? 그래서 내가,

"세상에 뱀 없는 데가 어디 있어요? 지네, 그리마[13], 노래기 이런 것도 바위 있는 산에는 없는 데가 없습니다."

그랬더니 이 부인은 대단히 입맛이 쓴 모양입니다.

"난 뱀, 지네, 그런 것 싫어하는데."

그리고 양미간을 찡깁니다.

뱀, 지네, 그리마, 노래기, 쥐며느리, 거미, 송충이, 이런 것 좋아하는 사람이 어디 있겠소. 빈대, 바퀴, 벼룩, 모기, 파리 이런 것 다 싫은 것 아니

---

13) 그리마 : 절지동물 그리맛과에 속하는 동물 무리. 지네와 가까운 종류로, 다리가 여러 쌍 있으며, 머리에는 긴 촉각이 있음. 어둡고 습한 곳에서 작은 벌레를 잡아먹음.

오? 길가다가 하루살이 그런 것 다 싫지요. 또 우리 몸을 파먹는 모든 벌레와 미생물들, 회충, 촌백충이, 십이지장충, 요충, 결핵균, 임질균, 매독균, 기타 파상풍 일으키는 균, 폐결핵 일으키는 균, 트라홈, 옴, 무좀, 이런 것 다 좋아하는 사람이 어디 있어요?

내 밥을 지어 주는 집에서 닭을 서너 마리 쳤소. 숫놈 한 놈, 암놈 세 마리. 그놈들이 풀숲으로 돌아다니고 울고 하는 것도 재미있으려니와, 하루에 두세 알씩 알을 낳는 거요. 이게 재미야. 그런데 이놈들이 부엌이나 마루에 똥질을 하고 화초와 채마14)를 녹이고 한다고 그 집에서 성화를 하더니, 그놈들이 이가 끓어서 그것이 방에까지 들어와서 견디다 못 하여서 다 잡아 없애고 말았는데, 그 닭이 깔고 있던 섬거적에도 이가 있다고, 이 이는 3년이 가도 아니 없어진다고 하여서 솥에다가 물 한솥을 끓여서 그 섬거적에 붓고는 그래도 끓는 물에도 아니 죽는 놈이 있을까 보아서, 마치 염병 앓다가 죽은 사람의 이부자리 모양으로 그 섬거적들을 길가 풀숲에 내어 버렸는데, 올적 갈적 그 섬거적을 보면, 번번이 마음에 섬뜩한 것이 생긴단 말요. 한 중생 세계가 그 모든 욕심과 기쁨과 괴로움 속에서 살다가 망해 나간 폐허를 보는 것 같아서.

닭 주인은 다시는 닭은 아니 친다는 거요. 차차 닭 백 마리나 쳐서 양계를 해 보려고 희망이 가득하더니, 아주 닭의 이 통에 진절머리가 난 모양이오.

'풍파에 놀란 사공 배 팔아 말을 사니,
구절양장15)이 물 두곤 어려워라.
이후란 배도 말도 말고
밭갈기나 하리라'

하는 옛 노래가 있지 않소? 그러나 밭갈기는 쉬운가? 그 사람이 만일

---

14) 채마 : 채소.
15) 구절양장(九折羊腸) : 양의 창자처럼 산길 따위가 꼬불꼬불하고 험함.

말을 팔아서 밭을 샀다면,

　'밭갈아 기음16)매기 풀 뽑기와 벌레 잡기,

　가물면 가물어서, 비 오면은 물이 날까.

　가을 밤 우레 번개에 잠 못 이뤄' 할 것이오.

　꽃 한 송이를 보자면 벌레 백 마리를 죽여야 하오.

　이 글을 쓰고 있노라니 삼철이라는 영등포 방직공장에 다니는 이웃집 계집애가 찾아왔소.

　"너 어째 왔니? 공일도 아닌데."

　"몸이 고단해서 하루 말미를 얻었어요."

　"어디가 아프냐?"

　"그저 몸이 나른해요. 팔다리가 쑤시고."

　하며 그는 눈을 뜨기도 힘이 드는 듯이 나를 쳐다보오.

　이애는 열여섯 살에 공장에를 들어가서 금년이 열아홉 살이오. 지금은 감독이 되었노라고 그래서 일은 좀 헐하지마는, 그 대신 다른 아이들한테 미움을 받노라고.

　"여섯시부터 여섯시까지 줄창 섰는걸요. 피가 모두 다리로만 내려가서 발들이 소복소복 부어요."

　"노는 시간이면 모두들 잔디밭에 모여 앉아서 눈물을 떨구기가 일이죠."

　"그래도 소박데기나 과부나 그런 이들은 우리 같은 계집애를 부러워들 해요—우리도 처녀 같으면 한 번 다시 시집가서 재미있게 살아 보련만—이러구요."

　삼철이는 뽀얗게 화장을 하고, 하얀 모시 적삼에 누르스름한 교직 치마를 입고 앞치마를 두르고, 머리에 핀들을 여기저기 꽂았소.

─────────────

16) 기음 : 논밭에 난 잡풀.

"그럼 무엇해요? 암만 있으니 여기 월급이 몇 푼이나 돼요? 옷 해 입고 화장품 사고, 먹고 싶은 것 잘 사 먹지도 못하지요."

"모두들 화장들 하니?"

"그럼요. 자고 나면 모두들 화장들 하지요. 화장하는 게나 재미지, 또 무슨 재미가 있어요?"

나도 한숨을 지었소. 보아 줄 남자들도 없는 여자만의 나라에서들 화장들을 하는 과년한 계집애들의 모양이 눈에 뜨이오. 그들은 화장하고 작업복 입고 공장으로 들어가는 것이오.

"잘 때에는 모두들 곯아떨어져서 이를 갈아요. 잠꼬대도 하고, 이를 가는 것이 참 못 견디겠어요. 그리고 다리들을 남의 배 위에 척척 올려놓지요. 열두 시간이나 내려서니깐 다리가 저리거든요. 좀 올려놓으면 참 편안해요. 그래도 남의 다리가 내 위에 와 얹히면 참 싫어요. 그래서들 싸우지요."

"회사에서는 돈이 막 남는대요. 그래도 월급은 영 안 올라요. 먹을 거나 좀 낫게 해 주어도 좋으련만."

"아버지도 인제는 늙으셨어요. 오늘도 허리가 아프시다고 누워 계셔요. 어머니도 늙으시고요. 통 눈이 안 보인대요."

"오라버니는 마음은 착하건만 술 때문에 걱정야요. 언니는 병으로 그저 그 모양이고요."

삼철이는 이런 이야기를 하다가 갔소. 소학교에도 못 다녀 본 그연마는, 공장에 가 있는 동안에 지식이랑 말이랑 늘었소. 그의 말은 모두 한 번 들으면 아니 잊히는 말이오. 그것은 인생의 시가 아니오? 슬픈 시가 아니오?

삼철이도 제 장래를 그리고 있겠지요. 그대나 내가 수십 년 전에 그리하였던 것같이 그는 지금의 가난한 신세를 한탄하면서도 좋은 남편과 깨끗한 집과 이러한 모든 좋은 것을 상상할 것이오. 그러길래 그가,

"집이나 하나 깨끗하게 짓고 살았으면 좋겠어요—초가집을요."

한 것이오.

이제는 시집도 가고 싶을 때 아니오? 아이도 낳고 싶을 때 아니오? 그러나 그렇게 알맞게 술 안 먹고 노름 안 하고, 일 잘 하고, 또 될 수 있으면 돈도 좀 있고, 또 될 수 있으면 얼굴도 잘나고, 또 될 수 있으면 마음도 착해서 처가족을 소중히 여기고, 첩을 얻는다든지 도박을 한다든지 그러지 아니하고, 그러한 안성맞춤 신랑이 나서 줄는지. 그리고 그가 그렇게도 소원하는 깨끗한 초가집 한 채가 그의 몫이 되어 줄는지. 이것은 물론 이 아이의 몫에 오는 제비를 펴 보아야 알겠지요. 그러나 한 가지만은 확실하지 아니하오? 괴로움 없는 생활은 없다는 것. 그러니까 이 아이도 사바세계의 뜻을 알아서 참는 공부를 하여야 할 것이겠지요.

"어려서 좀 고생을 해 보아야 해요."

삼철이는 어른스럽게 이러한 말을 하였소. 그것은 대단히 기특한 말이지마는,

"사람이란 일생에 고생할 것을 깨달아야 해요."

하는 말은 아직 이애 입에서는 나올 때가 아니겠지요. 왜 그런고 하면, 열아홉 살 난 처녀의 생각으로는 필시,

"내가 고생할 날도 며칠 안 남았다. 며칠만 더 지나면 나는 고생을 떠나서 재미만 쏟아지는 살림을 하게 될 것이다."

이렇게 생각할 것이오.

그러나 그내는 이미,

'인생이란 고생이다.'

하는 진리를 깨달을 날도 되지 아니하였소? 이 세상에서 아무 데를 가더라도, 무엇을 하더라도, 거기가 거기요, 그것이 그것이라고 깨달을 때가 되지 아니하였소?

'내가 태어난 곳은 사바세계다. 참고 견디는 세계다. 내가 받는 것은 모두 다 내가 받을 것을 받는 것이다. 이것을 안 받으려고 앙탈하는 것은 마

치 나이를 아니 먹으려고 뻗대는 것과 같다. 그것은 어리석음이오. 그뿐 아니라 앞날의 악업을 더 저지르는 것이다.'

그대는 이렇게 생각하지 못하오?

이런 소리를 하는 나도 실상은 이 집보다 더 나은 집을 가지고 싶어하오. 이보다 더 경치 좋은 곳을, 그러면서도 이보다 더 교통이 편한 곳에, 산색뿐 아니라 야색까지도 볼 수 있는 곳에, 이 집보다도 더 내 취미에 맞는 집을 지어 볼까 하는 어리석은 욕심이 있어서 벌써 거간한테 터 하나를 골라 달라고 말까지 하여 놓았소.

그렇지마는, 이것은 물론 헛된 공상이오. 첫째로 이 집을 팔아서 빚을 갚아 버리면은, 새 터를 사고 새 집을 지을 돈이 남을 것이 없는 것이오. 그러면서도 집을 하나 지을 필요가 있다, 꼭 하나 지어 보자 하는 어리석은 생각을 버리지 못하고 있으니, 진실로 내가 가련하고 우둔한 중생이 아니오?

또 설사 내게 돈이 넉넉히 있기로니, 뱀도 지네도 없는 집터는 어디 있으며, 꼭 마음에 들어서 언제까지나 마음에 들 집은 어디 있소? 있을 수 없는 것 아니오? 죽자 살자 하고 서로 사랑하여서 만난 내외도 몇 해 함께 살아 보면 시들해지는데, 천하에 어디 암만 오래 살아도 마음에 드는 집터나 집이 있겠소? 그러니까,

'吉人住處是明堂'이라는 생각을 하게 되는 것이오.

하필 집만이랴, 만사가 다 그렇겠지요. 내외간도 그럴 것이오. 사람의 욕심이란 제풀로 내버려 두면 대추나무 뿌리 같아서 한없이 뻗어가는 것이오. 이 여자를 아내를 삼으면 저 여자가 더 좋은 것 같고, 이 남자를 남편으로 삼으면 저 남자가 더 잘난 것 같단 말요. 그러고 보면 결국 제게 태인 남편을 가장 좋은 남편으로 알고, 제 아내가 된 여자를 가장 으뜸가는 여자로 알아서 그로써 만족하는 것이 상책일 수밖에 없는 것인데, 욕심이라는 심술궂은 마귀가 사람의 눈을 가리워서 이 분명한 진리를 못 보게

하고서리, 자꾸만 더 나은 것을 찾아서 헤매게 하는 것이오. 이래서 저로
는 번뇌가 끝이 없고, 세상으로는 죄악이 그칠 줄을 모른단 말요.

"不求大勢佛. 及與斷苦法. 深入諸邪見. 以苦欲捨苦. 爲是衆生故. 而起大悲心.

석가여래께서 수도하신 동기가 여기 있노라고 하셨소. 인생의 괴로움을
벗어나는 길이 힘이 많으신 부처님의 가르치심을 따르는 길밖에 없는데
— 다시 말하면 제 욕심을 따르는 이기욕을 버리고 자비의 생활을 하는 길
밖에 없는데 — 이 길이야말로 진리의 길인데, 이 길을 찾지 아니하고 사
특한(잘못된, 그릇된, 진리 아닌) 길을 걸어서 괴로움을 버리려고 하니, 그것
은 도리어 점점 더 괴로움을 걸머지는 것이란 말요.

세상을 둘러보면 모두 괴로운 사람들 아니오? 얼른 보기에 행복된 듯한
부자들이나, 권세 있는 자들도 그 속을 들어보면 모두 걱정 근심이여. 그
런데 나이가 많은 사람일수록 더욱 고생이 심하고 걱정 근심이 많은 모양
이오. 그 사람들은 일부러 걱정 근심을 찾아서 걱정 근심을 하는 것은 아
니겠지요. 다들 평생에 자고 나면 걱정 근심을 면하고 행복을 찾으려고 애
써 온 사람들이언마는, 한 살 두 살 나이가 먹을수록 찾는 행복은 점점 멀
어가고, 면하려는 고생만 지긋지긋이도 따라오는 거야. 이것이 인생의 진
상이 아니오?

하룻밤 자고 나서 이 편지를 계속하오.

날이 밝고 바람도 없소.

"찌배, 찌배, 찌배, 찌배, 찌배."

솔새 소리가 나오. 두 뺨이 하얀 새요. 솔밭에 산다고 솔새라 하고 두
볼이 희다고 하는 놈이오. 아침 저녁 솔새가 내 창 앞에 와서 우오.

어제는 비가 올 것 같더니, 제법 오기 시작까지 하더니, 무슨 생각이 났
는지 씻은 듯 부신 듯이 희오. 뜰에 심은 화초 포기도 축축 늘어졌소. 며칠
지나면 나는 이 집을 떠난다 하면 화초에 물을 주자는 정성도 떨어지오.
부끄러운 일이지요. 그래서 억지로 제 마음에 채찍질을 하여서 물을 주지

마는, 워낙 가무니까 이로 당할 나위가 없소. 감들도 모처럼 많이 열린 것이 수분이 부족해서 떨어지기를 시작하오. 삼남 지방에는 기우제를 드린다는데, 어제가 단오, 오늘이 하지건마는, 모들을 못 내었으니 큰일나지 않았소? 만주서 온 편지에도 가물어서 금년 농사가 걱정이란 말이 있소. 어떤 수리조합에는 저수지까지 말랐다니, 큰 걱정이 아니오?

"공전은 안 오르는데 쌀값만 껑충껑충 뛰니, 이런 제길."

하고 돌산에서 일하는 사람들이 게두덜거리오.17) 그렇지만 하느님이 다 알아서 작히나 잘 하시겠소?

하지만 내가 지은 이 집에 결점이 많아서 늘 불만하던 모양으로, 또 내 몸이 늘 병이 있고 아름답지를 못하고 또 내 마음이 지저분하고 의지력이 약하고 도무지 마땅치 아니한 모양으로 이 사바세계란 것이 결코 최상 최성(Best Possible)은 아닌 모양이오.

그래서 예로부터 이 세상은 안전한 이데아의 세계의 그림자라고 한 이 (플라톤)도 있고, 이 세상은 본디는 완전무결하였지마는 사람이 죄를 짓기 때문에 이렇게 껄렁껄렁이 되었다는 이(예수)도 있고, 애초부터 하늘 나라보다 못하게 만들어진 것이라(희랍신화)고 한 데도 있고, 또 이 세상이란 아무렇게나 되는 대로 되어 먹은 것이라고 한 이(쇼펜하워)도 있고, 또 이 세상은 점점 완전을 향하고 걸어가는 생성(Becoming)의 도중에 있다는 이 (진화론적 우주관을 가진 이들)도 있고, 또 이 우주 간에는 우리 세상같이 껄렁이도 있지마는, 이보다 좀 나은 세상, 더 나은 세상, 좀더 나은 세상, 더 더 나은 세상, 더 더 더 나은 세상, 그러다가 마침내는 고작 나은 세상이 있고, 또 그와 반대로는 우리가 사는 세상보다 더 껄렁이, 더 더 껄렁이, 이 모양으로 수없는 계단을 내려가서 말할 수 없이 흉악한 껄렁이 세상이 있으니, 그것은 다 그 속에 사는 중생의 인연 업보와, 원력18)과 불,

---

17) 게두덜거리다 : 굵고 거친 목소리로 자꾸 두덜거리다.
18) 원력 : 부처에게 빌어 원하는 바를 이루려는 염력.

보살의 원력으로 이루어진 것이니라, 이렇게 가르치는 이(불교)도 있지 아니하오?

그러기도 할 게요. 지금 이 편지를 쓰고 앉았는 이 동네로 보더라도, 불과 5, 60호 되지마는 집마다 다르거든, 이 중에서는 고작 나은 집, 좀 못한 집, 움집. 나라들로 보아도 그렇고 그런데, 이러한 집들이 다 그 집에 사는 사람들의 업보인 것이야 틀림없지 아니하오? 다시 말하면 다 제가 들어 있을 만한 집에 들어 사는 거야. 그러다가 나 모양으로 그만한 집도 지닐 형편이 못 되면 남의 손에 넘기고, 또 지금보다 형편이 펴이면 지금보다 나은 집을 옮아갈 수 있고.

아무려나 이 세상이 그렇게 가장 좋은 세상이 못 된다고 보셨기 때문에, 법장비구(아미타불 전신)가 괴로움 없는 가장 좋은 세계를 건설한 원을 세우시고 조재 영겁에 수행을 하신 결과로 우리 사바세계에서 십만 억 세계를 지난 서쪽에 서방정토 극락세계를 이룩하신 것이 아니겠소. 거기는 악이란 하나도 없고,

'諸上善人具會一處'

하여서 오직 즐거움만을 누리게 되었다 하오. 우리 사바중생들도 아미타불 부처님의 이름을 부를, 그 세계에 나기만 원하면 반드시 다음 생에 거기 태어날 수가 있다고 하오. 거기는 꽃도 좋은 꽃이 많이 피고, 앓는 것도 없고, 죽는 것도 없고, 얼굴들은 다 잘나고, 마음들은 다 착하여서 오직 사랑만이 있을 뿐이라 하오. 거기는 내 집을 사는 분이 걱정하시는 뱀이나 지네도 없고, 내가 제일 좋아 않는 파리나 모기나 송충이도 없고, 또 집을 팔 것도 없고, 집이 없어서 걱정도 없고, 물론 남편을 불안히 여겨서 다른 남자를 탐내는 여자도 없고, 아내가 싫어져서 다른 여자를 가지고 싶어하는 남자도 없고, 아무려나 현재에 이 우주 간에 있는 세계 중에는 가장 잘된 세계라고 하오.

인도에 용수(龍樹)라고 대단히 큰 학자로서 또 대단히 큰 불교의 중흥자

가 되어서, 보살이라는 칭호까지 받은 어른이 일생에 생각다 생각다 못 하여서 마침내,

'世尊我一心. 歸命盡十方. 無礙光如來. 願生安樂國'

이라고 부르짖었소. 무애광여래란 아미타불이시오, 안락국이란 극락세계란 말요.

그러므로 적어도 법장비구의 사십팔 본원 속에 안겨서 극락세계에나 가기 전에는 괴로움 않는 인생이란 없는 것이오.

그러면 어찌 할까? 제게 태운 집에 만족하는 것이야. 쓰러져가는 초가집 한 칸이라도 내 집이라고 있는 것만 고맙게 생각하는 거야. 빈 땅이 있거든 꽃포기나 심읍시다그려. 아침 저녁 물 뿌리고 깨끗이 소제나 합시다그려. 종잇장도 바르고, 그림장도 걸고, 내 힘에 미치는 데까지 깨끗하게 아름답게 꾸밉시다그려.

"아이고, 이런 집에 어떻게 살아."

하고 낯을 찡기고 앙탈하는 것은 손복[19]할 일야. 내가 과거에 한 일이나 현재에 먹는 생각을 살펴보면 이런 집도 황송해, 이렇게 생각하여야 옳지 않소? 그러다가 내 값이 높아지면 저절로 나은 집에 가게 되는 거 아니겠소? 집만 그런가? 남편이나 아내에 대하여서도 마찬가지 아니오?

어리석은 사람들은 제 낯바닥이 잘생겼거니 합니다. 제 낯바닥이 남만 못거나 하는 사람은 대단히 지혜로운 사람이요, 또 성인에 가까운 사람이오. 그러길래 사진사는 사진을 수정할 때에 본 얼굴보다 낫게 해 주어도 속인들은 불평을 하오.

"이게 무엇이야? 아이고 숭해라."

사진관에 사진을 찾으러 오는 사람들은 다 이렇게 불평하는 것이오. 이때에 사진사는 그 본 얼굴을 바라보고 웃지 않겠소? 본 얼굴은 사진 얼

---

19) 손복(損福) : 복이 덜리는 것.

굴보다도 훨씬 못하거든.

사람들은 석경[20]에 제 얼굴을 비추어 보고 스스로 수정을 하고 변호를 하오. 코가 작은 사람은 코가 자그마한 것이 예쁘다고 보고, 얼굴 긴 사람은 얼굴 기름한 것이 으젓하다고 보오. 그러나 제삼자의 냉정한 눈으로 보면 코는 돋다가 말고, 상판대기는 궁상스럽게도 길다, 그럴 것이 아니오?

그렇지만 어떡하오? 전생 업보로 그렇게 생겨 먹은 낯바닥은 이생에서는 고칠 도리가 없지 않소? 그나 그뿐인가, 제가 이렇게 못생긴 것을 누구를 원망하오? 부모인들 못난 자식 낳고 싶어서 낳았겠소? 천하에 제일 잘난 자식을 낳고 싶은 것이 부모의 마음 아니겠소. 결국 제 업보로 그만큼밖에 못 타고난 것을 누구를 원망하오? 또 사실 제 소갈머리를 들여다보면 그 낯바닥도 과해.

그러니 타고난 이 낯바닥은 죽는 날까지 세상 사람들 눈앞에 들고 다닐 수밖에 없소그려. 나는 이렇게 못난이요, 이렇게 전생에 악업이 많아 덕은 엷고 복은 적은 이요 하는 것을 모가지 위에 높이 들고 다니지 아니하면 아니 되니, 참 냉혹한 벌이라고 아니할 수 없지요. 만일 사람이 이런 줄을 깨닫는다면 어디 사람 없는 곳에 꼭 숨어서 나오지를 못할 것이오.

그렇지마는 어떡하오? 아무리 흉한 얼굴이라도 들고 나와 다니지 아니할 수 없으니. 그러니까 언제나 소곳하고 조심성스럽고 겸손하지 아니할 수 없지요. 아무쪼록 남의 눈에 아니 뜨이도록, 더 흉하게나 보이지 아니하도록 조심조심 할 것 아니오? '이것 보시오들!' 하는 듯이 그 못생긴 낯바닥을 내두르는 것을 차마 못 볼 일이 아니오?

하니까 여자면 분도 좀 바르고, 사내면 이발이나 자주하고, 게다가 냄새나 아니 나게시리 목욕과 빨래나 자주하고, 또 '얌전'이나 좀 바르고, 이렇게 될 수 있는 대로는 남에게 불쾌감이나 아니 주도록 닦을 수밖에 없지

---

20) 석경(石鏡) : 유리로 만든 거울. 면경.

아니하오?

쓰러져가는 초가집에도 꽃나무 하나가 있으면 운치가 있어서 그림쟁이들이 그림이라도 그리고 싶어합니다. 하물며 그 집에 덕이 높은 사람이 살면 여러 사람이 그 집을 찾아오고, 신문사 사진반도 그 집을 사진 박습니다. 그 모양으로 얼굴이 흉해도 덕이 높거나 무슨 좋은 재주가 있거나 돈이 많거나 벼슬이 높거나 하면 사람들이 그를 우러러봅니다. 같은 애꾸라도 도둑질이나 하면 '그놈 애꾸놈이' 그러지마는, 나라를 위하여서 큰 전공이라도 세우면 '독안룡'이라고 하여서, 눈 둘 가진 사람보다도 더 존경하지 않아요? 이것이 정말 화장술이 아니오? 이것이 우리가 이 세상 한세상 살아가는 길 아니겠어요.

저 못난 줄을 진정으로 깨달은 사람일 것 같으면, 사람에게 대하여서나 물건에 관하여서나 제 팔자에 대하여서나 불평 불만은 없을 것 아니오? 나는 이것만은 믿게 되었소. 이것이 내가 이 집에 온 지 6년 동안의 소득이지요.

"그 아까운 집을, 그렇게 애써 지은 집을 왜 파우?"

하고 이웃 사람이나 친구들이 다 말하지마는, 인제는 팔 때가 되니까 파는 것이다, 나는 이렇게 믿소. 그리고 이 집에 그렇게 애착도 가지지 아니하오. 만나는 자는 떠날 자가 아니오? 떠날 때에 애착을 가지면 무엇하오? 가는 구름같이 흐르는 물과 같이, 구름 가듯이 물 흐르듯이 걸리는 데 없이 슬슬 살아가는 것이 인생의 바른길이라고 나는 믿소.

이 집을 팔고 나서 앞으로 어떠한 집을 몇 번 가지게 되는지 내가 아오? 누구는 아오? 몰라! 내일 일도, 다음 순간 일도 나는 몰라! 다만 이것만은 확실하오—내가 게으르거나 허랑방탕만 아니하면 죽을 때까지 방 한 칸 차지는 되리라, 또 내가 양심에 어그러지는 일만 아니하면 죽어서 다시 태어나더라도 이 신세 이하로는 아니 되리라, 내가 만나는 사람마다에게 정성껏 대접하면 나도 남의 괄시는 받지 아니하리라—이것만은 확실하지마는, 그 이상은 도저히 내가 알 바가 아니오.

앞 개천에서 빨래질 소리가 들리오. 세검정 빨래란 자고로 유명하다고 하오. 날이나 밝은 아침이면 밥솥과 장작과 빨래 보퉁이와 빨래 삶을 양철통과를 사내가 걸머지고, 여편네는 잔뜩 한 임 이고 코 흘리는 아이를 데리고 자하문으로 주렁주렁 넘어오는 것이 봄부터 가을에 걸쳐서 이 고장의 한 풍경이오. 그들은 개천가 빨래하기 좋은 목에다가 진을 치고 점심을 지어 먹어 가며 빨래질을 하는 것이오. 저 보시오. 개천가에는 홑이불, 욧잇, 치마, 모두 널어 말리고 있소. 남편은 아내를 도와서 방망이질을 하다가 버드나무 그늘에서 젖먹이를 안아 재우고 있소.

그들은 다 문안 잘사는 집들의 행랑사람들이오. 그들이 빠는 것은 물론 제 것은 별로 없고, 주인 나리, 아씨, 도련님, 아가씨네의 의복들이오. 좋지야 않소? 그들이 남이 입어서 더럽힌 옷을 빨아줌으로써 내생의 공덕을 쌓고 있는 것이오. 아마 다음 생에는 더러는 지위가 바뀌어서 지금 빨래하고 있는 '행랑것'이 주인 아씨나 서방님이 되고, 지금 빨래를 시키고 놀고 앉아 있는 서방님이나 아씨가 무거운 빨래를 지고 자하문 턱을 넘게 되겠지요. 한편은 전에 하여 놓은 저금을 찾아 먹는 패, 한편은 새로 저금을 하는 패가 아니겠소? 요새에 저 자고난 자리도, 저 밥 먹은 상도 아니 치우려는 신여성들은 필시 다음 세상에는 행랑 어멈이나 애보개로 태어날 것이오. 그래서 온 집안 식구가 먹은 밥상을 혼자 서릇고[21], 남이 낳은 아이를 잔등이 물도록 업고 다닐 것이오. 그래야 공평한 것이 아니오?

나는 이 세상이 지극히 공평하다고 믿소. 천지의 법칙이 어디 사람의 법률에만 대일 거요? 추호불차라고 믿소. 빈부 귀천이 없는 것이 공평이 아니라, 있는 것이 공평이란 말요. 공덕 있는 사람과 없는 사람이 똑같이 잘나고 똑같이 잘산대서야 그야말로 불공평이 아니오? 이런 말을 다른 사

---

21) 서릇다 : (좋지 못한 것을) 쓸어 없애다.

람들은 아니 믿더라도 그대야 믿어 줄 것 아니오.

저 빨래하는 행랑 사람들이 아마 금생에는 도저히 안댁 서방님 아씨와 지위를 바꾸기는 어려우리라. 아마 안댁 서방님 아씨가 남의 빨래짐을 지고 자하문 턱을 넘을 날은 있기도 하지마는, 저 아범과 어멈이 서방님 아씨가 되기는 졸연치 아니하리다. 굴러 떨어지기는 쉬워도 기어오르기는 어려운 이치 아니오?

그대나 내나 다 행복된 사람은 아니지요. 첫째 건강이 없고, 둘째 돈이 없고, 셋째 얼굴이 잘나지를 못하고, 넷째 마음에 번뇌가 많고, 늘 불평 불안을 가지고 있고, 게다가 그런 주제에 눈은 높고 뜻은 하늘 위에 있단 말요. 그러나 그대여, 그것이 다 공평입니다. 아니 공평보다 한층 더 나아가서 우리는 우리 값 이상의 삯을 받고 있습니다.

그대여, 내가 이 집을 판다고 아깝다고 그러지 마시오. 그것은 대단히 황송한 생각이오. 어떻게 생각해야 옳은고 하니, 이만한 풍경 이만한 집에 6년이나 살게 된 것이 고마워라, 또 그것을 육천 원이나 되는 큰돈을 받고 팔게 된 것이 고마워라, 그 돈으로 오래 못 갚던 빚을 갚게 된 것이 고마워라, 이 집을 팔고도 내가 몸담아 살 집이 있으니 고마워라, 크신 은혜 고마우셔라—이렇게 생각하는 것이 옳겠지요.

나는 아까 마당에 풀을 뽑고 화초에 물을 주었소. 모레 글피면 떠날 집인지라 그리하였소. 나는 새 주인의 손에 이 집을 내어맡길 때까지 이 집을 사랑하고 잘 거누지 아니하면 아니 될 것이오. 아니, 어디 그런 법이 있단 말이 아니라, 내 마음이 허하지를 아니한단 말요.

조선 풍속에서(지나 풍속도 그럽디다)떠나는 집을 반자[22]와 창과 도배를 모두 찢어 놓고 어질러 놓는 대로 치우지도 아니하고 간다는데, 이것은 복이 따라오지 않고, 그 집에 떨어져 있는가 보아서 그러는 것이라오. 그러

---

22) 반자 : 방이나 마루의 천장을 평평하게 만드는 시설.

나 그 복이란 어떻게 생긴 것인지 모르나, 만일 내가 복일 양이면 그렇게 뒤에 올 사람의 생각을 할 줄 모르는 위인은 따라가려다가도 고만두겠소.

이 집 뜰에 심은 화초를 파 갈 생각을 하였으나, 새로 오는 주인이 적막할 것을 생각하매 차마 못 하여서, 여러 포기 있는 것만 한 포기씩 몇 가지를 뽑아서 분에 담아 놓았는데, 그것도 탐욕 같고, 내 뒤에 오는 이에게 대한 무정 같아서 부끄러웠소.

어저께는 손님들이 찾아오셔서 더 못 썼소. 화성이 벌겋게 북악 가슴패기로서 올라오는 것을 보고 잤소. 직녀성이 파란 빛을 발하고 있는 것도 보았소. 스콜피온의 염통 별이 더 붉다 하는 생각도 하였소. 아침에 일어나니 날은 흐리고 바람이 부오. 양자강의 저기압이 오나 보오. 천기 예보에 말하기를, 일간 한 장마가 오리라고, 와야 아니하겠소?

마루에 전등을 켜 놓고 잤더니, 나는 벌레들이 많이 들어와서 더러는 벽에 붙어서 자고, 더러는 마루에 떨어져서 죽었소. 조그만 놈, 큰 놈, 동글한 놈, 길죽한 놈, 옥색, 비취빛, 노랑이, 알록이, 참말 가지각색이어서 두 놈도 같은 것은 없는 것 같소. 그 중에서도 비취빛, 나는 나비가 참 가련하오. 손을 대면 깜짝 놀라서 그 보드라운 날개를 팔락거리고 서너 걸음 날아가오. 그러나 밤새 번뇌에, 애욕의 기쁨과 설움에 지쳐서 기운들이 없는 모양이오.

마루에 죽어 떨어진 시체들은 비로 쓸어도 가만히 있는데, 그 중에 어떤 나비는 아직도 생명이 조금 남아서 파딱파딱하다가 도로 쓰러지고, 어떤 놈은 기운을 내어서 날아가오. 그러나 그들은 다 제가 할 일을 하고 이 몸을 벗어 버리고 간 것이오.

나는 전장을 생각하였소. 그저께 수와토우(汕頭)가 점령이 되었는데, 적국이 내어버린 시체가 육백, 우리 군사 죽은 이가 스물둘, 상한 이가 사십명이라오. 내 눈앞에는 피 흐르는 시체가 보이고, 붕대 동인 군사가 보이오. 나는 머리를 숙이고 눈을 감고 그네를 위하여서 빌었소.

백합이 오늘 아침에 한 송이 피었소. 호박빛 백합이야. 꽃에 코를 대어 보았더니, 벌써 향기는 다 나갔어. 아마 해 뜨기 전에 피어서 벌써 그 향기를 바치는 아침 공양이 끝났나 보오. 나는 이 한 송이 꽃을 멀리 전장에서 죽은 병사들의 혼령께 바치노라 하였소.

백합이 또 한 송이는 아마 내일 아침에는 필 것 같소. 내일은 내가 이 집을 떠나는 날야. 백합 — 내가 여름내 물 주어 가꾼 백합이 내가 이 집을 떠나기 전에 피어 준 것이 고맙소. 장미는 거진 다 졌어.

금잔화가 아마 내일 아침에는 서너 송이 필 것 같소. 그것이 알맞이 내일 아침에 피거든, 백합과 아울러서 아침 공양을 하고, 이 집을 떠나게 되겠소. 부처님께와 여러 신님께와 전장에서 죽은 여러 용사님께와, 이 집에 나와 함께 살았으리라고 생각하는 여러 중생들께와.

분에 심은 봉숭아 두 나무, 빨강이 하나, 흰 것 하나가 웬일인지 어제 오후로부터 시들기 시작하여서 오늘 아침에도 깨어나지 못하고 아주 죽어 버렸소. 대단히 싱싱하였는데, 웬일일까. 잎사귀 겨드랑이마다 꽃봉오리를 달고 날마다 모락모락 자라더니, 고만 그 꽃을 못 피우고 말았소.

내가 아침마다 지팡이를 집고 세검정 가게에 우유를 가지러 가는 것이 가엾던지, 어제부터 그 동네 아이가 우유를 갖다 주오. 고마운 일이오. 오늘 아침에 내가 세수하는 동안에 갖다가 놓고도 말도 없이 가 버렸는데, 아마 그 아이겠지요. 말도 없이 가 버린 것이 더욱 고맙소.

그저께는 개천가집 영감님이 앵두 한 목판을 손수 들어다가 주셨소. 나는 여태껏 그 어른께 아무것도 드린 것이 없는데.

또 그 전날은 앞집 황이 아버지가 빈대떡을 부치고, 되비지(두부 빼지 아니한 비지)를 만들고, 술 한 병을 사 가지고 와서 말없이 나를 대접하였소. 아마 송별의 뜻이겠지요.

또 어저께는 삼철이 아버지가 일부러 오셔서,

"떠나시는 날, 짐 한 짐 져다드리겠어요."

하고 가셨소. 허리가 아파서 요새에는 일도 잘 못 간다는 노인이. 나는 거절도 못하고 받지도 못하고 황혼에 어리둥절하였소. 또 지난 공일날 밤에는 뒷집 숙희 아버지가 맥주 두 병을 사 가지고 와서 나를 대접하였소. 그는 날마다 아침 여섯 시에 나가서 저녁 일곱 시에야 돌아오는 이인데, 앞뒷집에 살면서도 한 달에 한 번 면대하기 어려운 이오. 섭섭하다고, 내가 떠나는 것이 섭섭하다고 수없이 섭섭하다는 말을 하였소.

나는 아무리 하여서라도 뜰에 섰는 나무 세 포기는 파 가지고 가야 하겠소. 오늘 비가 오면 파내려오. 한 포기는 자형화(紫荊花)라는 것인데, 이것은 봉선사 운허대사가 지난 청명23)날 철쭉, 진달래, 정향, 무궁화와 함께 위해 보내어 주신 것이요, 또 하나는 사철나무인데, 이것은 앞집 영감님(그는 벌써 4년 전에 돌아가셨소)이 갖다가 심어 주신 것이요, 또 하나는 월계와 해당인데, 이것은 뒷집 숙희 할아버지가 갖다가 심어 주신 것이오. 돈 값을 말하면 등 네 포기, 목련 두 포기가 많겠지만, 이것은 새로 오는 이에게 선물로 드리고 가려오. 그렇지마는, 남이 정성으로 내게 준 기념물만은 아니 가지고 가는 것이 죄송한 듯하오.

또 가지고 가야만 할 것이 돌옷 입은 돌맹이 몇 갠데, 이것은 황이네 삼 형제가 그 더운 날 땀을 뻘뻘 흘리며 져다 준 것이오. 열여덟, 열다섯, 열세 살 먹은 삼 형제가. 그들을 다 가지고 가자면 세 마차는 될 것인데, 다는 못하여도 예닐곱 개는 가지고 가지 아니하면 그 세 소년에게 대하여서 미안할 것만 같소.

끝으로 크게 감사하지 아니하면 아니 될 집이 하나 있소. 그 집은 점숙이네 집인데, 점숙이란 그 집 여덟 살 먹은 계집애 이름이오. 지난 팔월에 내가 병원에서 이 집으로 나와서 지금까지 있는 동안에 두어 달을 빼고는

---

23) 청명(淸明) : 24절기의 하나. 춘분과 곡우 사이에 있음. 태양이 황경 15°에 달했을 때를 이르며, 양력으로 4월 5일경에 해당함. 만물이 맑은 양기가 되는 시기라고 하는 뜻임.

그 집에서 내 식절을 맡아 하여 주셨소. 양식값 반찬값은 드렸지마는 하루 삼시 지성으로 나를 공궤(供饋)24)하여 주신 후의는 참으로 뼈에 새겨져 잊을 수가 없는 일이오. 무엇 한 가지라도 맛나게 먹어지라 하고 정성을 들인 것이 분명히 보이지 아니하오?

이것저것 모두 생각하니, 모두 고마운 이들이오.

응, 또 하나 춘네 집이라고 있소. 내 집에서는 한참 떨어져 있는 집인데, 내가 이 동네에 와서부터 춘이 아버지, 춘이 언니, 춘이 누나, 모두들 나를 일가같이 대접하여 주셨소. 어린애 돌날이라고 떡도 가져오고, 과일철이면 과일도 가져오고, 내가 병원에서 나왔다고 모두들 위문하고.

나는 이 동네에서 많은 신세를 지고 떠나오.

내가 지팡이를 끌고 어디 나가는 것을 보면,

"면이 아버지. 어디 가셔요?"

하고 불러 주고 싱그레 웃어 주고 따라와 주던 경희, 정희, 대복이, 명순이, 이러한 모든 어린아이들.

"진지 잡수셔곕시오?"

이 모양으로 만나면 읍하고 인사하여 주던 이름도 잘 모르는 동네 젊은이들.

그네들은 모두 나를 위해 주고 기쁘게 하여 주었소. 나는 그이들에게 아무것도 하여드린 것이 없는데. 허기야 모두 형제들이 아니오? 자매들이 아니오? 한등불 밑에 한집에 한젖을 먹는 식구들이 아니오. 한등불이란 해 말요. 한집이란 이 지구 말요. 한젖이란 땅에서 나오는 물과 모든 곡식 말요. 내 코에서 나온 공기가 그대 코로 들어가고, 그대의 살 냄새가 내 코에 들어오지 않소?

지구라야 조그만한 티끌 하나 아니오? 이를테면 이 무궁한 우주라는 큰

---

24) 공궤 : 음식을 드리는 것.

집의 조그마한 방 한 칸 아니오? 우리 지구상에 사는 인류란 이 단칸방에 모여사는 한식구야. 그러니 얼마나 정답겠소? 얼마나 서로 불쌍히 여기고 서로 도와야 하겠소.

짐승도 그렇지요. 새도, 벌레도, 나무, 풀도 그렇소. 다 마찬가지야. 나와 한집 식구야. 나와 같은 마음을 가지고 있소. 기뻐하고 슬퍼하고, 나고 죽고, 그의 살이던 것이 내 살 되고, 내 살이던 것이 그의 살 되고, 이것은 범망경(梵網經)25)까지 아니보더라도 얼른 알아지는 것 아니오?

내 창 밖에 와서 울고 간 새가 어느 생에 내 아버지였는가 내 어머니였는가?

밥상에 파리가 덤비면 나는 날리오. 날리다가 화가 나면 파리채로 때려 죽이오. 얻어 맞은 파리는 바르르 떨다가 죽어 버리고 마오. 나는 파리하고 같은 음식을 다툰 것이오. 내가 먹으려는 것을 파리도 먹으려는 것이오. 같은 것을 먹고 사는구려. 한어머니 젖을 먹고 사는구려—파리와 나와.

내 밥상에 놓인 푸성귀는 벌레를 좋아하는 음식이 아니오? 오이 호박은 두더지가 좋아하는 것이오. 하필 송아지 젖을 얻어먹는 것만 가리켜 말할 것 없지요. 내가 먹는 물, 내가 받는 햇빛을 받아서 저 한련과 백합이 피지 아니하였소? 그런데도 한련은 한련이요. 백합은 백합이오. 나는 나란 말요. 같은 살로 되고 같은 것을 먹고 살지마는, 네요, 내요 다른 것이 있단 말야. 이것이 히나 속에 여럿이 있고, 여럿 속에 하나가 있다는 것이오. 무차별 속에 차별이 있고 차별 속에 무차별이 있단 말요. 색즉시공 공즉시색, 색불이공 공불이색(色卽是空, 空卽是色, 色不異空, 空不異色)이라는 것이겠지요.

우리가 이렇게 차별 세계에서 생각하면 파리나 모기는 하나 죽일 수 없

---

25) 법망경 : 대승계(大乘戒)의 계율에 관한 책, 상권에는 보살의 심지가 전개되어 가는 모양을, 하권에는 대승계를 설하였음.

단 말요. 내 나라를 침범하는 적국과는 아니 싸울 수가 없단 말요. 신문에서 보는 바와 같이, 우리 군사가 적군의 시체를 향하여서 합장하고 나무아미타불을 부른다는 것이 차별 세계에서 무차별 세계에 올라간 경지야. 차별 세계에서 적이요, 내 편이어서 서로 싸우고 서로 죽이지마는, 한 번 마음을 무차별 세계에 달릴 때에 우리는 오직 동포감으로 연민을 느끼는 것이오. 싸울 때에는 죽여야지, 그러나 죽이고 난 뒤에는 불쌍히 여기는 거야. 이것이 모순이지. 모순이지마는 오늘날 사바세계의 생활로는 면할 수 없는 일이란 말요. 전쟁이 없기를 바라지마는, 동시에 전쟁을 아니할 수 없단 말요. 만물이 다 내 살이지마는, 인류를 더 사랑하게 되고, 인류가 다 내 형제요, 자매이지마는 내 국민을 더 사랑하게 되니, 더 사랑하는 이를 위하여서 인연이 먼 이를 희생할 경우도 없지 아니하단 말요. 그것이 불완전 사바 세계의 슬픔이겠지마는 실로 숙명적이오. 다만 무차별 세계를 잊지 아니하고 가끔 그것을 생각하고 그리워하고 그 속에 들어가면서 이 차별의 아픔을 죽이려고 힘쓰는 것이 우리가 하여야 할 일이겠지요.

이런 생각들을 하면 무척 마음이 괴롭소. 이 세계가 왜 극락 세계가 못 될까 하고 한탄이 나오. 그러나 검은 흙만인 듯한 땅도 자세히 찾아보면, 금가루 없는 데가 없는 모양으로, 얼른 보기에 생존 경쟁만 하고 있는 듯한 중생 세계에서도 자세히 살펴보면 살살이 따뜻한 사랑의 불똥이 숨어 있어. 이 지구가 온통 금덩이가 될 수가 없는 줄 아시오? 금이나 흙이나 다 같은 피요, 같은 살야. 이 중생 세계가 온통 사랑의 세계가 못될 줄 아시오? 일순간에 변화할 수 있는 것이오.

나는 이것을 믿소. 이 중생 세계가 사랑의 세계가 될 날을 믿소. 내가 법화경을 날마다 읽는 동안 이 날이 올 것을 믿소. 이 지구가 온통 금으로 변하고 지구상의 모든 중생들이 온통 사랑으로 변할 날이 올 것을 믿소.

그러니 기쁘지 않소?

내가 이 집을 팔고 떠나는 따위, 그대가 여러 가지 괴로움이 있다는 따

위, 그까짓 것이 다 무엇이오? 이 몸과 이 나라와 이 사바 세계와 이 온 우
주를(온 우주는 사바 세계 따위를 수억 억만 헤아릴 수 없이 가지고 있었고 있
고 있을 것이오) 사랑의 것으로 만드는 일이야말로 그대나 내나가 할 일이
아니오? 저 뱀과 모기와 파리와 송충이, 지네, 그리마, 거미, 참새, 물, 나
무, 결핵균, 이런 것들이 모두 상극이 되지 말고, 총친화(總親和)가 될 날을
위하여서 준비하는 것이 우리 일이 아니오? 이 성전(聖戰)[26]에 참예하는
용사가 되지 못하면 생명을 가지고 났던 보람이 없지 아니하오?

오정이 지났는데 아직도 비가 오지 않소. 흐리기는 흐렸는데 바람만 부
오. 그러나 올 때가 되면 비가 오겠지요. 성화하지 마시오. 이 천지는 사랑
의 천지요, 공평한 법적의 천지가 아니오?

우물 앞 그 화단에 봉숭아 두 송이가 피었소. 볼그스레한 것이 갓난
이 모양으로 잎사귀 겨드랑에 안겨서 피었소. 봉숭아는 조선 가정 꽃의 대
표가 아닐까요? 뒤꼍 장독대에 핀 봉숭아는 계집아이들이 가장 사랑하는
꽃이오. 그 순박하고도 어리석은 모양이 좋은 게지요. 그 꽃이 처음 필 때
에는 너무도 반갑고 소중하여서 감히 손도 대지 아니하지마는, 가지마다
축축 피어서 늘어진 때에는 계집애들은 그 중 빨간 것을 골라서 고양이밥
이라는 신 풀 잎사귀와 섞어서 으깨어서 새끼손가락과 무명지의 손톱에
싸매고, 하얀 헝겊으로 감고 밤을 자고 나서 아침에 끌러 보면 손톱이 빨
갛게 물이 들지 않았소? 그것이 금강석이나 홍옥보다도 아름다운 것이 아
니었소? 그렇게 빨갛게 물든 손톱을 보며,

'구름 간다, 구름 간다
구름 속에 선녀 간다.
선녀 적삼 안고름에
울금대정 향을 찾다

---

26) 성전 : 거룩한 사명을 띤 전쟁.

꽃밭에서 말을 타니
말발굽에 향내난다'
하는 노래를 부르지 않았소? 그 고름에 향을 찬 것은 처녀 자신이겠지요.

꽃밭에서 말을 타는 이는 그의 짝이 될 남자겠지요.

시편 백 편을 적어서 이 편지를 끝냅시다—.

'모든 나라들아, 기쁜 소리로 임을 찬송하라.

기쁨으로 임을 섬기고 노래하여 임의 앞에 나올지어다.

임은 하느님이시니, 임 아니시면 뉘 우리를 지으셨으리?

우리는 임의 백성이요, 그의 목장에 길 되는 양이로다.

감사하면서 임의 문에 들고, 찬양하면서 임의 뜰에 들어갈지어다. 임을 고맙게 생각하고, 그 이름을 칭송할지어다.

대개 임은 자비하시고, 임의 은혜는 영원하며, 임의 진리는 만대에 변함이 없으실새라'

그대여, 인생을 이렇게 볼 때에 기쁨과 노래밖에 또 무엇이 있겠소? 무슨 근심 걱정이 있겠소.

나는 기쁨으로 이삿짐을 싸려 하오.

(발표지 미상)

무명씨전

—A의 약력

1

무명씨. 그에게도 명씨가 없을 리는 없다. 여러 가지 사정으로 그의 이름을 내놓기가 어려운 것뿐이다.

이미 이름을 말하지 아니하니, 그의 고향을 말할 필요도 없을 것이다. 다만 그가 조선 사람이었던 것만 알면 그만이다.

그—무명씨인 그를 편의상 A라고 부르자.

A가 열일곱 살 되던 해에 그의 고향을 뛰어난 것은 까닭이 있다—. 아버지가 애매한 죄에 몰려서 감사 모에게 갖은 악형을 당하고, 수천 석 타작하던 재산의 대부분을 빼앗긴 것을 알게 되매, 분을 참지 못한 것이었다.

그때에는 나라 정사가 어지러워서 당시 정권을 잡았던 M씨 일족이 감사요, 목사요 하고 전국에 좋은 벼슬을 다 차지해 가지고 양민을 잡아들여서는 재물을 빼앗기를 업을 삼을 때다. 서울에 큼직큼직한 집의 기왓장이 이렇게 빼앗아 올린 양민의 피 아닌 것이 얼마나 되나.

A는 일본으로 뛰어가서 얼마 동안 준비를 해 가지고 동경의 육군 사관
학교에 입학하였다.

그때 육군 사관학교에는 A 밖에 B, C, D, E, F의 무명씨들이 십여 인이
나 유학을 하고 있었다. 그들은 대개 나이가 비등하고 또 일본에 온 동기
도 대동소이하였다. 지금은 비록 천하를 말하고 국가를 논하지마는, 애초
에 집을 떠난 동기는 대개는 권문세가에 원통한 일을 당한 집 자제로서,
한번 톡톡히 원수를 갚고 설치를 하자는 것이었다.

B는 양반에게 선산을 빼앗겼고, C는 그 아버지가 양반에게 수모를 당
하였고, D는 그 아버지가 양반에게 재산을 빼앗겼고 등등.

그러나 그들이 육군 사관학교에 다니는 동안에 일본 군인의 의기와 애
국심을 보고는 처음 오던 조그마한 동기를 버리고 천하, 국가를 경륜[1]하
고 큰뜻을 품게 되었다.

2

노일전쟁이 터지었다. 때는 마침 A씨 등이 사관학교를 마치고 견습 사
관으로 일본 군대에 있을 때다. 하루는 A가 있는 연대의 연대장이 A를 불
러,

"A군. 오늘 아침 우리 연대는 출정 명령을 받아서 24시간 내로 만주를
향하여 떠나게 되었소. 그대는 외국사람이니 출정할 의무도 있지 아니한
즉, 행동을 자유로 할 것이오."

하였다. A는 서슴지 아니하고,

"연대장. 될 수만 있거든, 나를 전지로 데리고 가 주시오. 일본군이 어떻
게 충용하게 나라를 위해서 목숨을 버리는 양을 보고 배우려 합니다. 소관
도 종군한 이상에는 귀국 군인과 꼭 같은 충성으로 귀국을 도우려 합니다.
이번 기회에 귀국에서 우리를 교육해 주신 은혜를 갚으려 합니다."

---

1) 경륜(經綸) : 어떤 포부를 가지고 일을 조직하고 계획하는 것.

하였다. 연대장은 곧 그 용기를 칭찬하고 A의 출정을 허락하였다.

3

노일전쟁에 일본군을 따라서 만주에 출정한 이는 A 밖에 4, 5인 있다.

그들은 A와 꼭 같은 정신으로 군대에 복무하였다. A와 B와 C 같은 이는 제일선에서 한 부대를 지휘한 일조차 있었다. 그래서 전쟁이 끝이 나고 일본군이 개선할 때에 A씨 등도 같이 개선하여서 훈장까지도 탔다. 그러고 A, B, C 등 몇 사람은 서울에 머물러서 한국주차 일본군 사령부(韓國駐箚日本軍司令部)에 근무하였다. 그들이 공부를 한 목적이 일본 군대에서 사관 노릇하려 함이 아니었던 것은 말할 것도 없다. 그러나 그때에 한국에는 그네를 써 줄 만한 군대가 없었다.

군대는 없는 것이 아니었으나, 그때 군대에 장관이니 영관이니 위관이니 하는 것은 대개 양반집 도련님들이어서, '차렷', '우로 나란히'도 모르는 화초 장교들이었다.

군대란 치안을 유지하거나 외모2)를 막으려고 있는 것이 아니라, 상감님의 구경거리나 되고 양반집 일 없는 자식들의 밥벌이 판이 될 뿐이었다. 그 중에 한두 개 군인다운 군인이 없지 아니하였으나 그런 이들은 도리어 천대를 받아서 마음을 펼 수가 없었다.

더구나 일본 다녀온 '생도'들은 다 김옥균, 박영효 일파의 혁명 사상을 가진 자로 여겨서 요로 대관이며 양반네들이 밉게 보고 의심할 때다. 이런 때니깐 좋은 무관 공부를 해 가지고 왔건만도 원체 시골 상놈인 A, B, C 등은 써 주는 데가 없어서 일본 군대에서 견습 사관 노릇을 하고 있었던 것이다.

---

2) 외모(外侮) : 외부로부터 받는 모욕.

4

A가 본국이라고 돌아와보니, 나라 일이라고 엉망이었다. 바깥 세력은 조수와 같이 밀어 들어오는데 정부에 권력을 잡은 양반들은 서로 물고 뜯고 세력 다툼에 다른 생각을 할 겨를이 없었다.

A는 B, C, D, E, F 등 동지로 더불어 가끔 청루주사3)에 모여 밤이 새도록 술을 먹고 통곡하여 가슴에 찬 불평을 잊으려 하였다.

이때다. A는 몸에 육혈포4)를 지니고 X보국 집을 찾았다.

X보국은 세돗집이요 또 조선 일부로서 그야말로 부귀가 쌍전하였다.

뜻밖에 찾아온 청년 사관, X보국은 이 일본 사관을 거절할 수가 없었다. 왜 그런고 하면 노일전쟁이 끝난 뒤에는 일본 군인이라면 당시 한국의 대신들도 쩔쩔매었기 때문이다.

A는 X보국을 보고 공손히 절하여 어른에게 대한 예를 표하였다. X보국은 이 까닭 모를 청년 사관을 붙들어 일으키었다. X보국의 늙은 낯에는 불안이 가득하였다.

"대감, 나를 아시겠소?"

하고 청년 사관 A는 입을 열었다.

"내가 영감을 알 수가 있소?"

하고 X보국은 A를 유심히 보았다.

이윽고 X보국의 낯빛은 흙빛이 되었다. 왜 그런고 하면 X보국은 A의 얼굴에서 자기가 갖은 악형을 다해서 반생 반사를 만들어 놓은 A의 아버지의 모습을 보았기 때문이다.

X보국의 낯빛이 흙빛이 되는 것을 보고 A는,

"인제 대감은 내가 누군지를 알겠소? 대감이 갖은 악형을 다해서 폐인

---

3) 청루주사 : 기생집. 술집.
4) 육혈포(六穴胞) : 탄알을 재는 구멍이 여섯 개 있는 권총.

이 되었던 내 아버지는 그 후 일 년이 못해서 세상을 버렸소. 그가 마지막으로 유언한 말이 원수를 갚아 달란 것이오. 내가 이래 16여 년간 공부를 한 것도 내 아버지 원수를 갚으란 것이오. 오늘 내가 대감을 만났으니 대감의 운수도 오늘이 끝인 줄 아시오."

하고 군복 바지 포켓에서 번쩍번쩍하는 육혈포를 꺼내어 X보국의 가슴에 겨누었다.

불의에 이 일을 당하고 X보국은 염불하는 중 모양으로 두 손뼉을 마주 붙이고 A의 날카로운 눈을 우러러보며,

"영감! 영감! 잠깐만 참으시오. 내가 선대감께서 가져온 재산을 이식5)을 길러서 조수히 영감께 드릴 테니, 이 늙은 것의 목숨만 살려 주시오."

하고 오동지달 설한풍에 벌거벗고 한데에 선 사람 모양으로 덜덜덜덜 떨었다.

"과연 전에 잘못한 것을 뉘우치시오?"

하고 A는 X보국을 노려보았다.

"뉘우친 지는 오래외다."

"그러면 대감이 뉘우친 표를 내가 하라는 대로 할 테요?"

"하다뿐이오. 목숨만 살려 주면 무엇이나 하오리이다."

A는 육혈포를 다시 집어넣고,

"내가 인제 대감에게서 돈을 받아간다면 그것은 내 사욕을 위하는 것이니까, 대장부 할 일이 아니오. 대감의 재산은 모두 백성의 재산이니, 이것을 풀어서 첫째로 학교를 세워 교육을 일으키고, 둘째로 가난한 지사들을 도와 맘놓고 나라 일을 하게 하고, 셋째로 총준 자제를 뽑아 외국에 유학을 시켜서 나라 일할 인재를 양성하도록 하실 테요?"

"그저 영감이 하라시는 대로 하오리이다. 학교는 내일부터라도 곧 세울

5) 이식(利食) : 전매 또는 환매에 의해 이익을 얻는 일.

것이오. 가난한 지사로 말하면 내가 아는 이가 없으니, 영감이 소개하시면 얼마든지 신수를 돌보아드릴 것이요, 또 유학생도 영감이 천하는 사람이면 보내오리다."

"우리 단둘이 말한 것을 후일에 증거할 사람이 없으니, 대감이 친필로 지금 그 말씀을 종이에 쓰시고 대감이 서명 날인하시고, 또 대감 자제의 서명 날인을 하여 주시오."

X보국은 지필묵을 잡아당기어,

光武 ○○年 ○月 ○日 A씨 處爲考音事
一, 設立學校事
一, 補助志士薪水事
一, 派遣總後出洋留學事

X ○ ○ 　 印

子 名 　 印

A는 이 다짐을 집어넣고,

"대감이 이 다짐대로만 하시면, 반드시 전국 백성의 숭앙을 받을 것이오. 그렇지 않고 이 다짐을 어기시면 A의 칼과 육혈포가 언제든지 대감의 머리 위에 있는 줄 아시오."

하고 X보국의 집에서 나왔다.

그 후에 A는 한 번도 X보국의 집에 간 일이 없었으나, X보국은 A에게 약속한 대로 우선 학교 하나를 세웠다.

그러고 이것은 몇해 후에 일이지마는, A가 벼슬을 버리고 나와서 정당 운동을 할 때에 많은 궁한 지사들이 A의 손에 먹고 살았거니와, 그 돈 중에 얼마는 X보국의 손에서 나온 것이란 말이 있고 또 누구누구하는 유학생도 X보국의 이름으로 일본과 미국과 구라파로 파견되었다.

그 후 십 년간 파란 많은 A의 생활의 제일 삽화가 이 X보국 사건이다.

5

나는 A씨의 이야기를 있는 대로 다 쓸 수는 없다. 첫째는 지면 관계와 시간 관계어니와, 둘째는 도저히 쓸 수 없는 사정을 가진 것도 있는 것이다. 그러므로 나는 띄엄띄엄 큼직큼직한 사실만을 지면과 검열이 허하는 대로 쓰는 줄 알아 주기를 바란다.

6

A씨는 그 후에 일본군 사령부를 나와서 한국의 육군 부위로 임명되어서 무관학교 교관, 시위대 중대장 등을 지나서 불과 2년간에 육군 참령, 일명 대대장에 올랐다.

그때는 한국의 모든 것이 초창 시대이니까, 벼슬자리 올라가는 것도 대중이 없었다.

'우로 나란히', '앞으로 가'도 부를 줄 모르는 민 보국이니 조 판서니 하는 사람의 자질들이 17, 8세에 벌써 육군 참위시오, 부위시오 하다가 일 년 이태 사이에 참령입시오, 부령입시오, 원수부 부관입시오 하는 판이니까, A씨 같은 이가 이태 안에 부위에서 참령으로 올라갔다고 놀랄 것은 없을 것이었다.

7

전에도 잠깐 말한 바와 같이 동경 육군사관학교 동기생, 또는 한두 해 전후 출신으로서 동지라고 할 만한 사람이 A씨 외에도 B씨, C씨, D씨, E

씨, F씨 이 모양으로 6, 7인은 되었다. 이 6, 7인은 당시 한국 육군의 신지식으로서 벼슬자리는 낮을망정, 위로 황제 이하로 정부 대관에게까지 일종의 존경과 두려워함을 받았다. 그들은 효충회(效忠會)라는 일종 동창회적 성질을 띤 구락부6)를 조직하여 가지고 때때로 처소를 정하고 모여서 크게는 동양 대세와 군국 대사를 의논하고, 적게는 각 개인의 출처 진퇴를 상의하였다.

그들 중에 가장 선배인 B씨는 육군 정령으로 무관학교의 교장이었다. 이 사람은 키가 작고 몸이 뚱뚱하고 눈이 작아 겁이 없기로는 A씨와 같고, 살이 희고 얼굴이 동탕7)하고 호협하기로는 A씨보다 승하였다. 그는 술을 무량으로 먹고, 술값이 없으면 군복을 벗어 전당으로 잡혔다. 한번은 기생집에서 자고 화채가 없어서 군복을 벗어 주고 내복에 군도를 차고 외투를 입고 사진을 하였다는 말까지 있는 사람이다. 군대 해산을 의논하는 모회석에서 꽁무니를 까고 똥을 갈긴 것도 그요, 말을 타고 영문으로 들어오다가 군대 해산의 조서가 내렸다는 말을 듣고 칼을 뽑아 말의 목을 베어 안고 앙천통곡한 이도 그다.

그 담에는 C씨. C씨는 사관학교 출신은 아니다. 그는 일개 병정으로 올라온 무관이다. C씨는 한문책 한 권도 잘 보지 못하는 지식이지마는, 기골이 장대하고 눈초리가 관우 모양으로 위로 치찢어지고 목소리가 크고, 수염을 나는 대로 내어버려서 얼굴의 삼분지 일이나 가리우고, 찢어진 옷을 입고, 병정이 신는 구두를 신고, 병정과 함께 자고 먹고, 참으로 병정의 부스럼을 입으로 빨아 주고, 나라를 사랑하기를 제 목숨보다 더하고,

"내가 무식하게 무얼 아오? 그저 동지네가 옳다고 하라면 무슨 일이라도 하지요."

하는 인물이다. 이는 어느 진위대장.

---

6) 구락부 : 클럽.
7) 동탕 : 얼굴이 토실토실 하고 잘생기다.

D씨는 시위 2대대장으로 맵시가 호초알과 같은 이. 몸이 강강하고 근엄하여 술을 아니 먹고 색을 가까이 아니하고 밤낮에 생각하고 일하는 것이 군대 교련이었다.

다음이 E씨. 키가 크고 말이 적고, 한 번 약속한 것이면 말없이 지키는 이.

다음이 F씨. 이는 어느 시골 부자의 아들. 키가 크고 뚱뚱하고 점잖기가 양반과 같고, 그러면서 백령백리해서 '전라도 아전'이라는 별명을 듣는 이. 그는 배일파(그때에는 이러한 지사파가 있었다. A씨 등은 다 이 파에 속하였다)에 가서는 배일파의 동지가 되고, 친일파(그때에는 이런 파도 있었다. 요로 대관이며 양반 계급의 대부분이 이 파에 속하였다)에 가서는 친일파와 지기상적하였다. 그리고 군사령부에 가면 또 군사령관 이하로 일본 사관들에게도 환심을 샀다. 무겁기 천근과 같고 둔하기 물소와 같을 듯하면서도 그의 맑은 눈정기 값을 하노라고 이렇게 백령백리한 까닭에 동지간에도 추호의 불신임을 받음도 없었다.

이 중에서 A씨로 말하면, 키가 작고, 몸이 강강하고 눈이 가늘고, 빛나고 목소리는 평소에 부드러우나 한번 노하면 쇳소리와 같고, 비록 연설은 못하나 좌담에 능하고, 무슨 일을 계획하매 물 부어 샐 틈이 없고, 한번 한다고 작정하매, 하늘이 무너져도 변함이 없고, 비록 몸이 작으나 만근의 무게가 있어서 요로의 대관들과 합석하더라도 조금도 눌리는 바가 없고, 나라를 사랑하매 몸과 집이 없고, 동지를 사귀이매 재물을 아끼지 아니하고, 친구를 한번 믿으매 다시 의심함이 없고, 만일 한 가지 흠이 있다 하면, 그는 당시 세계 사조이던 마키아벨리식 사상에 물들어서 목적을 위하여서는 수단을 가리지 아니하는 것이라고나 할까.

이러한 연소 기예8)한 신진 무관들은 전부가 시골 사람이었다. 그 중에

---

8) 기예 : 나이가 젊고 기운이 팔팔함.

오직 하나 시위 2대대장 D씨가 서울 태생이나 서울에도 중인이었다.

대원군의 서원 철폐와, 갑오경장 후로 조선의 계급이 타파되었다고 하지마는 그것은 말뿐이요, 나라의 모든 기관은 여전히 노론이니 소론이니, 남인이니 북인이니 하는 양반들의 손에 잡혀 있었다. 오직 한국의 마지막 내각(일부 삭제―편집자 주, 이하 같음).

그때 군대에도 참장이니 부장이니 하는 것이 민 무슨호, 민 영 무엇이던 것은 말할 것도 없거니와, 정령, 부령 중에도 실권 있는 자리는 아무 판서의 손자요, 아무 대신의 사위였다.

영국이 어디 붙었는지도 모르는 조약국장, 우로 나란히도 모르는 육군부장, 교육이라는 교자도 모르는 학부의 무슨 국장, 무슨 과장, 재정학, 경제학이란 이름도 모르는 학지부의 무슨 국장, 무슨 과장, 이러한 벼슬들은 나라 일을 하기 위해서 있다는 것보다는 노론이니 소론이니 하는 양반님네의 밥벌이, 호강 자리로 있는가 싶었다.

명치 30년대의 한창 불일 듯 일어나는 새 일본을 보고 온 이 젊은 사관들의 눈에 이러한 한국의 정계가 어떻게나 비치었을까 하는 것은 물어 볼 필요도 없을 것이다. (일부 삭제)하고 K 진위대장 C씨는 울툭불툭한 상놈스러운 주먹으로 술상을 탕탕 쳐서 안주 그릇이 부서질 지경이었다.

"그, 저, 썩어진 대구리놈들(대신들이란 말)부텀 모조리 집둥우리에 담아다가 똥물에다 튀겨야 해!"

하고 제일 선배인 B씨도 급진적 혁명을 역설하였다.

8

A, B, C, D, E, F 등 젊은 사관들의 목표가 어디 있었던 것은 이상에 그들의 성격을 말한 데서 대강 짐작하였을 것이다.

그들은 한국의 군대를 자기네의 세력 안에 넣고, 즉 자기네의 손에 쥐이고, 이것은 오늘날의 유명무실한 군대에서 참으로 힘있는 군대로 만들어 가지고 썩어진 양반 계급에 대해서 한 혁명을 일으켜서 한국의 국권을 신진 평민 계급의 손에 넣자는 생각을 가졌다. 아직 구체적 계획은 서지 아니하였으나 이 계획은 결코 전혀 실현성이 없는 공상이라고 할 수는 없었다. 왜 그런고 하면 A, B, C—이들은 원수부, 시위대, 진위대, 무관학교 같은 군부의 각 기관에 들어갔고 또 그들의 실력은 나날이 조금씩이라도 실권을 장중에 넣게 되었기 때문이다.

이러한 젊은 무관들의 단체인 효충회는 일종의 비밀결사였다. 가장 선배가 되는 B씨가 회장격이요, 가장 모략과 신망이 있는 A가 참모격이요, 근엄한 시위대장 D씨와 열렬한 진위대장 C씨는 평시에는 동지 권유의 임무를 맡고, 거사할 때에는 각기 군대를 거느리고 혁명군의 앞장을 서게 될 것이요, 돈 많고 교제 잘하는 F씨는 한국 정부와 일본 군사령부의 주요 인물과 사귀어 알아볼 것은 알아보고, 인연을 맺어 둘 사람은 맺어 두기로 하고 또 F 자신은 그러한 생각을 하고 있는지 모르지마는 A 이하로 일반 동지가 생각하기에는 필요한 때가 오면 군자금도 내리라고 믿고, 또한 진위대장인 E씨는 C, D 양씨와 아울러 장차 거사할 때에 한몫을 보기로 작정한 것이었다.

이렇게 짜놓고 시기가 돌아오기를 기다리며 A는 또 한편으로 군인 외의 동지를 구하여 한 정당을 조직할 야심을 가졌다.

9

A씨가 정치적 포부를 가지고 ○○회라는 정치적 결사(그것은 독립협회를 제하고는 아마 조선에서 처음인 애국적 정치결사였다)를 지은 사실을 자세히 말할 이유는 없다. 다음 어느 기회에 ○○회의 주요 인물과 그 회에 관한 대강 사실을 말할 때도 있을 것이다. 이 정치적 결사에 대하여서는 독

자는 그때까지 기다리실 수밖에 없다.

10

껑충 뛰어서 이야기는 광무 ○○년 여름에 옮아간다.

효충회 동지들이 모이어 비밀히 시사 문제에 관한 토론을 하는 자리에 어떤 편지 한 장이 왔다. 그것은 무론 우편으로 온 것은 아니다. 어떤 병정 하나가 갖다가 A씨에게 주고 달아났다.

그 편지를 떼어 본 A씨의 낯빛은 해쓱해지고 눈초리는 오르락내리락하고 숨소리는 높아지었다. 좌중이 다 A씨의 태도를 보고는 마치 일시에 숨이 끊어지고 몸이 굳어진 듯이 말이 없다.

"군대를 해산하기로 오늘 내각 회의에 내정이 되었다오!"

하고 A씨는 그 편지를 좌중에 내어던지었다.

그 편지는 궁중에서 나온 것이었다. 내각 회의를 엿들은 사람의 편지인 모양이어서 궁녀체로 순 한글로, 내각 회의시에 총리대신 R, 내부대신 S, 탁지대신 K, 농상공부대신 C, 군부대신 R 등등 제 대신이 토의하던 말 중에서 중요한 구절을 매우 요령 있게 적은 것이었다.

그것에 의하건대 R 총리대신이 모처의 의사라 하여 도저히 군대를 해산하지 아니하면 아니 될 것을 역설하고 만일 자진하여 한국이 군대를 해산하지 아니하면 일본과 전쟁을 하게 될 터이라는 말까지도 하였다.

이에 대해서 찬성 반대파가 나뉘어 S 내부대신, C 농상공부대신, K 탁지대신 같은 이는 사직을 안보하고 인민을 도탄 어육에서 건지기 위하여 저편의 요구대로 군대를 해산하자고 하고, 기타 R 군부대신, R 학부대신, P 궁내부대신, K 원로 등은 군대 없는 나라가 어디 있으며 또 남이 해산하란다고 제 군대를 해산하는 못난이가 어디 있느냐고 반대하였으나 필경 하나씩 둘씩 총리대신의 말과 위협(반대하는 자도 개인의 지위는 물론이어니

와 생명에까지 위험이 있으리라는!)에 자라 모가지 모양으로 움츠러지고 끝
끝내 뻗댄 이는 두어 사람밖에 없었다고 한다.

그래서 내일 아침에는 정식으로 어전 회의를 열어서 군대 해산의 조서
에 각 대신이 서명하기로 하고, H 내각 서기관장이 해산 조서를 기초할
것을 맡고, S 내부대신이 전국 관민에게 공문할 것을 맡고, R 총리대신과
C 농상공부대신이 상감의 뜻을 움직일 것을 맡고, R 군부대신이 일본 군
사령관에 말하여 일변 일본군대로 시내의 각 요지를 수비케 하고 일변 한
국의 군대의 무장을 해제하여 병영을 일본 군대에 내어주는 실행 임무를
맡기로 하였다고 하였다. 이 말은 즉 R 군부대신이 각대의 간부를 불러
해산 명령을 전달하고 아울러 해산 사무를 맡아보게 되었다는 것이다.

이 편지를 본 효충회 출석자—B, C, D, E, F 등 모든 장령들은 청천벽
력에 얼빠진 것 같았다.

어떤 이는(C씨 같은 이),

"한테 해보자!"

하고 팔을 뽐내고 어떤 이는,

"이놈들을—이 나라 잡아먹는 도적놈들을."

하고 이를 갈고 또 어떤 이는 실성 통곡하였다.

마침내 의논은,

"있는 힘을 다해서 군대 해산에 반항하자."

하는 것으로 결정이 되었다.

그러나 효충회 6, 7인 중에 실지로 군대를 지휘하는 시위에 있는 이는
시위 2대대장인 D씨와 서울서 얼마 멀지 아니한 지방 진위대 대장인 C씨
뿐이었다. 군부대신 부관인 A씨나, 무관학교 교장인 B씨나 있지도 아니한
치중대장인 E씨 같은 이는 손에 한 소대 병정도 없는 사람들이다.

"옳다, 어디 겨루어 보자!"

하고 C씨는 즉시로 자리에서 일어나며,

"나는 가오. 다들 웬걸 생전에야 만나겠소? 이판에 살아나는 놈도 개아들놈이오."

하고 인사도 다 아니하고 뛰어나가 버렸다. 그는 군대 해산령이 내리기 전에 자기가 맡은 수비대로 가려던 것이다.

B씨는 각대 통솔자를 찾아, F씨는 S 내부대신(이는 부총리격이었다)과 C 농상공부대신을 찾아 군대 해산이 불가한 것을 말하기로 하고, A씨는 R 총리대신과 R 군부대신을 찾아서 군대 해산을 못하게 하도록 힘쓸 것을 약속하고 헤어졌다.

'군대를 이상적 군대로 만들어 보자' 하여 주소로 애를 쓰던 이 사람들의 실망과 분개는 형용해 말할 도리가 없었다.

11

A씨는 곧 R 총리대신 집을 찾았으나 예궐하였다 하여 만나지 못하고 그 길로 R 군부대신 집을 찾았더니 그 역시 예궐하였다 하나, A씨는 군부대신 부관인 관계로 R 군부대신 집 사랑에 들어가서 군부대신이 돌아오기를 기다리기로 하였다.

얼마 아니하여 뚱뚱한 군부대신은 술이 반취나 하여서 인력거를 타고 집으로 돌아왔다. A씨는 예사롭게 부관답게 R씨를 맞았다.

"어, 자네 왔나?"

하고 군부대신은 육군 대례복의 금줄이 찬란한 군모를 벗어서 곁에 선 상노에게 주는 것을 A씨가 그 군모를 받아서 마당에다가 탁 집어 동댕이를 쳤다.

"이 사람, 이게 웬일인가?"

하고 R씨는 술이 번쩍 깨는 듯하였다.

"군대가 다 없어지는데 군모는 해서 무엇해요?"

하고 A씨는 주먹으로 눈물을 쥐어뿌리며,

"이 모자가 군대를 해산하려는 군부대신의 머리 위에 올라앉은 것이 죄지요!"

하고 구둣발로 그 찬란한 군모를 지르밟고 비벼 버렸다. 모자는 찌그러지고 흙탕구리가 되어서 해산 당하는 군대와 같이 참혹하게 화계 밑에 굴러가 자빠졌다. 군부대신은 아무 말이 없이 고개를 숙였다.

"자네, 어디서 무슨 말 들었나?"

하고 양실 응접실 교의에 걸터앉아서 주먹으로 이마의 땀을 씻으면서 R씨는 A씨에게 물었다. 그 음성은 마치 죄를 지은 사람이 용서함을 청할 때의 음성과 같이 힘이 없었다.

"대감!"

하고 A씨는 상관에게 대한 예절도 버리고 군부대신의 팔을 꽉 붙들었다.

"대감! 대감은 군인이외다. 내각 대신들이 다 썩고 물렀기로 대감마저 그러실 수는 없습니다. 대감 못 한다고 반대하시오!"

"낸들 왜 반대를 아니해 보았겠나."

하고 R 군부대신은 숙였던 고개를 기운 없이 들었다ㅡ.

"그렇지만 다들 아니할 수는 없다고 하니, 내가 혼자 어떻게 한단 말인가."

"다들이라니? 대감은 반대신데 다른 대신들이 해산을 주장한단 말씀이지요?"

하는 A 참령의 다짐에 R씨는 다만 고개를 두어 번 끄떡거릴 뿐.

"대감은 분명 반대십니까?"

"암 반대지. 내야 설마 찬성하겠나. 하지마는 수상의 뜻이 기울어진 걸 어찌한단 말인가. 애초에 발론을 수상이 했거든. 그야 수상도 자기 뜻이야 아니겠지. 뒤에 내려누르는 데가 있어서 그러겠지마는 수상의 뜻이 정했으니까, 내가 어떻게 하나. 안 그런가."

하고 R씨는 연해 이마에서 땀을 씻는다. 그는 회의가 끝난 뒤에 궁중에서 축하(?)의 뜻으로 한잔 먹은 것과, A씨가 대드는 바람에 어색해진 것과 이것이 합하여 이마와 등골에서는 몸에 있는 물이 다 나오려는 듯이 땀이 흘렀다.

"인제는 또 수상의 뜻이 해산으로 기울어졌으니까, 대감의 뜻은 아니지마는 내일은 대감이 앞장을 서서, 대감의 손으로 군대를 해산해 버릴 직분을 맡으시었단 말씀야요? 그래, 대감의 모가지는 이런 때에는 좀 내어대어 보지 못하고 그렇게 아끼면 천년이나 만년 갈 듯싶습니까."

R 군부대신은 대답이 없다.

"설사 대감이 모가지를 내어대고, 못 한다고 크게 다투지는 못할망정, 내일이면 없어질 군부대신 자리를 발길로 차고 물러나올 기운도 없습니까. 그러고는 무엇을 먹겠다고 제 손으로 제 군대를 해산하고, 제 손으로 제가 있는 군부대신의 자리를 팔아 먹을 염치가 어디 난단 말씀입니까."

"………."

"대감 …… 아직도 늦지 아니합니다. 단연히 군대 해산에 반대하노라는 성명서를 이 자리에서 쓰시오!"

"글쎄 나 혼자만 뻗대면 일이 되나. 총리대신이 한다는 것을 어찌 한단 말인가."

"그러면 총리대신만 대감 모양으로 맘을 돌린다면, 대감은 끝끝내 반대하시렵니까?"

"암, 그렇지."

하는 대답을 R 군부대신은 아니할 수 없게 되었다.

"그러면 대감께서 군대 해산 불가라는 편지 한 장을 써 줍시오. 소인이 가지고 가서 총리대신의 맘을 돌려 보겠습니다."

"그거 안 될걸."

"되고 안 되는 것은 소인께 맡기시고, 대감은 편지 한 장만 써 줍시오."

A씨의 비분한 태도와 정정당당한 이론에 눌리어 R 군부대신은 더 모피할 핑계를 얻지 못하여,

"R 수상 각하!

제국의 군대를 해산함은 도저히 차마 못할 일이옵기, 소인은 죽기로써 반대하려 하오니 각하께옵서도 돌려 생각하시기를 복원하나이다.

자세한 말씀은 부관 A에게 하문하시옵소서.

○월 ○일 석 R 재배"

R이 이 편지를 쓴 것은 반은 A의 열성에 감동됨이요, 반은 A의 위엄에 눌림이었다. R은 A가 자기를 죽이기라도 할 듯하게 살기가 등등하게 생각하였다.

"소인 곧 다녀오겠습니다."

하고 A는 R 군부대신의 집을 나서서 바로 R 수상의 집으로 가려다가 총리대신을 방문하는데 합당할 만한 예복을 갈아입을 필요가 있다고 생각하고 잠깐 집에 들렀다.

12

집에서 옷을 갈아입고 인력거를 타고 나서려다가 한번 전화로 물어 보고 가는 것이 편하리라 하여 R 수상 집에 전화를 걸었다.

전화는 이야기하는 중이었다.

세 번째 전화를 걸려 할 때에 A씨의 귀에 댄 수화기에서는 R 군부대신의 음성이 들렸다. A씨는 깜짝 놀라서 가만히 들어보니, 그것은 전화가 혼선이 된 것이었다.

"지금 A가 소인의 편지를 가지고 댁으로 찾아갈 테니, 안 계시다고 만나시지 마시지요."

이러한 소리가 들렸다. 그것은 분명히 R 군부대신이 R 수상에게 거는 전화였다.

"그러면 헌병대에 전화해서 A란 자를 잡아 가두라지요."

하는 것은 분명 R 수상이었다.

"그럴 것까지는 없고요. 제가 놔두기로니, 무엇을 하겠습니까. 대감께서 안 만나시면 그만이지요."

하는 것은 군부대신이었다.

A는 당장,

"이 개 같은 놈들아!"

하고 소리를 지르고 싶은 것을 꽉 참고 들을 것을 다 들은 뒤에 수화기를 걸었다.

"아, 다 틀렸구나!"

하고 A는 방바닥을 굴렀다.

A는 '우후후후' 하고 한참이나 소리를 내어 울더니, 벌떡 일어나서 벽장에서 육혈포를 꺼내어 십이 연발에 탄환을 재어 기계를 점검해 보고 나서, 군복 바지 뒷주머니에 넣고 육군 참령의 정복을 정연하게 입고 인력거를 타고 나섰다.

A씨가 인력거를 타고 바로 대문을 나서려 할 때에 마주 들어오는 우비 씌운 인력거 하나가 있었다. A는 그 인력거가 누구의 인력거인 줄도 알았으나, 짐짓 모른 체하고 그 인력거를 비켜서 인력거를 몰았다.

"영감!"

하는 여자의 목소리가 우비 씌운 인력거 속에서 나오며 머리 쪽진 젊은 여자 하나가 내려서서 지나가는 A의 인력거를 따랐다.

그러나 A의 인력거는 뒤도 돌아보지 아니하고 어두운 X동 병문으로 들어가고 말았다.

이 여자는 추금(秋琴)이라는 기생이다. 그때에는 오늘날과 달라서 명기라고 하면 돈 있는 놈보다도 지사를 따르는 기풍이 있었다. 추금이도 그러한 기생 중의 하나로서, A씨의 사랑을 받고 A씨를 사랑하는 기생이었다. 그래서 가끔 추금은 밤이면 A씨 집을 찾아와서 이튿날 아침에 돌아가는 일이 있었다. 오늘도 추금은 A씨를 위로할 양으로 찾아왔던 것이다.

추금이는 A씨가 자기를 본체 만체, 자기가 부르는 소리도 들은 체 만체하고, 가 버린 것이 불쾌하고 분해서 눈물을 참고 입술을 물었다. 그러나 추금이는 얼른 다시 생각하였다. 근래에 A씨가 도무지 자기를 돌아보지 아니하고 혹시 만난대야 전과 같이 유쾌한 빛이 없을뿐더러, 용모가 초췌하는 것이며 오늘 저녁에 이처럼 A씨가 자기의 부르는 소리에도 대답할 새가 없는 것이 필시 무슨 곡절이 있으리라고 생각하였다. 있다 하면 무슨 곡절? 그것은 크나큰 국사일 것이다.

이렇게 생각하면 A에게 대한 섭섭하고 분한 맘은 풀리고 도리어 크나큰 국사로 해서 노심초사하는 A가 한없이 동정이 되었다.

"가!"

하고 추금은 인력거에 올라앉아서 인력거꾼을 재촉하였다. 비록 그렇더라도 인력거꾼이 부끄러운 생각이 없지 아니하였다.

"어디로 모시랍쇼?"

하고 인력거꾼은 인력거 채를 들어 무릎 위에 놓으면서 고개를 뒤로 돌려서 물었다.

"집으로 가."

하고 추금은 기운이 다 빠지는 듯함을 깨달았다.

13

그날 밤에 추금은 R 수상이 부르는 것도 물리치고 A씨를 찾아왔던 것이다. A씨를 향하여 R 수상의 부름을 물리쳤다고 한대야 큰 자랑될 것도 없었다. 왜 그런고 하면 이것이 한두 번 일이 아닌 까닭이었다.

각료 중에 추금을 사랑하는 사람이 R 수상 외에도 있었다. S 내대(내부대신), C 농대(농상공부대신) 같은 이는 그 중에도 심한 편이요, 정력이 절륜하다는 R 군대(군부대신)도 이 미인을 지나쳐보았을 리는 없지마는 그가 자기의 부관인 A 참령의 애기인 줄을 안 때에는 손을 대이려고 하지 아니하였다. 이렇게 여러 대신들이 추금의 재색에 침을 흘리는 중에도 R 수상은 자기의 지위가 한국에서 가장 높은 모양으로 추금을 손에 넣는 데도 자기에게 우선권이 있을 것을 확신하고 있었다.

"X동 대감께서 아씨 부르시오."

하고 인력거가 오면 추금은 그 부르는 곳이 어딘가를 물어서 만일 백수(白水)라든지, 화월(花月)이라든지 하는 일본 요릿집이면 가고 X동 ○○정 댁이라고 하면 무슨 핑계든지 내어서 거절하였다. 그러할 때마다 그 어미가 발을 구르고,

"이년아, 나 죽는 것을 보아라."

하고 발악을 하는 것은 말할 것도 없다.

이날에는 R 수상은 추금을 ○동 ○○정 댁으로 불렀다. 그러는 것을 어디 가고 없다고 해서 돌려 보내었다.

한성 정계에 풍운이 자못 급한 것은 추금이도 모를 리가 없었다. 해아(海牙) 평화회의에 밀사가 나타났다는 둥, 그 밀사가 만국회의 석상에서 연설을 하다가 비분한 나머지 배를 갈라 죽었다는 둥, 이 때문에 황제가 양위9)를 한다는 둥, 벌써 했다는 둥, 일본 군대가 남산 꼭대기와 남대문 누상에와 대한문까지 대포를 설치했다는 둥, 인천에는 일본 군함이 수만

---

9) 양위(讓位) : 임금의 자리를 물려주는 것.

명 군대를 싣고 들어온다는 둥, 인제 큰 난리가 난다는 둥, 이러한 밑 있는 소리, 밑도 없는 소리가 병문 지게꾼이며 행랑어멈, 아범들 사이에까지도 이야깃거리가 되었던 때다. 이러한 때에 지사와만 추축하는 명기 추금이가 정계 풍운이 급박한 낌새를 몰랐을 리가 없다.

이러한 때에 추금이가 A에게 대하여 가지는 생각은 두 갈래였다. 하나는 A씨와 그의 동지되는 여러 지사들이 아마 시국을 바로잡아서 난리를 평정하리라 하는 희미한 희망과 또 하나는 이렇게 풍운이 급박하면 손에 넉넉한 실력이 없는 A씨 기타와 지사들의 운수가 불길하리라는 근심과였다.

A씨가 여러 날을 두고 자기를 돌아보지 아니할 때에 추금은 여자가 으레 가지는 맘으로 혹시 A씨가 다른 여자를 사랑하여 자기를 잊어버림이 아닌가 하는 질투를 느끼지 아니함도 아니지마는, 한번 돌려 생각할 때에 A씨는 오늘날 시국에 집이나 아녀자에게 견권하는 정을 가질 사람이 아니라고 단정하였다. 그러고는 전장에 내보낸 남편을 생각하는 아내의 가슴을 안고 있었다.

14

옷도 끄르지 아니하고 머리가 아프다고 일컫고 자리에 누워 있을 때에 추금의 주정뱅이 오라비 M이 집을 헐며 들어왔다.

"추금아, 추금이 있니?"

하고 M은 누이의 방에 늘인 발을 들고 머리를 쑥 데밀었다. 갈라 붙였던 머리카락은 앞으로 뒤로 옆으로 갈기갈기 늘어지고 입에서는 튀튀하고 거품이 일었다.

본래는 그리 적지도 아니한 눈은 졸려서 못 견디어하는 어린애 눈으로 가느스름하게 반작거리고 모시 두루마기 고름은 한쪽이 뜯어져서 고맺은 것이 겨드랑이에서 디룽거렸다.

추금은 못 들은 체 자는 체하고 돌아누웠다.

"애, 추금아."

하고 M은 추금의 곁에 들어가 앉으며 웃는 얼굴, 귀여워하는 어조로,

"애 추금아, 이를테면 내가 이렇게 술이나 먹고 망나니라 하더라도 그래도 네 오라비거든…… 그렇지마는 취한 것은 아니야. 내가 그것 먹고 취해? 안 될 말이지, 하하하하. 애 누이야, 동생아. 이 오라비놈 술 좀 먹여주려마."

하고 잘 말 듣지 아니하는 손가락으로 추금의 목을 간지른다.

"글쎄 왜 이래요?"

하고 추금은 귀찮은 듯이 팔을 들어서 M의 손을 뿌리쳤다.

"오빠도 사내로 태어났거든, 좀 사내답게 사내다운 일을 해 보시구려. 나이 삼십이 내일 모렌데도 밤낮 술만 잡숫고―내가 버는 돈이 어떤 돈이라고 그것으로 술을 잡숫고 다니신단 말요? 동생이 부끄럽지 않아요?"

하고 날카로운 눈으로 주정뱅이 M을 흘겨보았다.

"네 말이 옳다. 백번 옳고, 천번 옳다. 내가 죽일 놈이다. 죽일 놈이고 말고."

하고 M은 척추골이 부러진 듯이 앞으로 푹 허리를 구부려 버리고 만다.

"병정 노릇이라도 좀 댕겨 보시구려. 그것도 못 하겠거든 순검 노릇이라도 좀 댕겨 보시구려!"

하고 추금은 엄숙한 낯으로,

"남과 같이 영웅 열사는 못 될망정 순검, 병정도 못 된단 말이오?"

하고 추금은 속으로 A 같은 사람과 M과를 비교하면서 이렇게 M을 책망하다가, 그 주정뱅이가 죽여 줍소사 하는 듯이 가만히 앉았는 것을 보고는 불쌍한 생각이 나서 말을 끊고 말았다.

"추금아, 내 영웅이야 바라겠느냐마는 열사는 되마."

하고 M은 이윽고 고개를 들고 몸을 똑바로 얼굴을 엄숙히 하였다. 그의 낯에는 조금 전에 있던 취한 빛이 다 없어지고 해쓱한 그 얼굴, 여무진 눈에서는 찬바람이 나는 듯하였다.

이때에 대문에 찾는 소리가 났다. 그것은 R 수상에게서 두 번째 온 인력거였다.

무슨 생각이 났는지 추금은 이번에는 아니간다고 거절을 아니하고 성큼 일어나서 그 인력거를 탔다.

(1931년 3∼6월 「동광(東光)」 소재)

이광수(李光洙) 단편 바로 읽기

권순긍(문학평론가, 세명대 교수)

1. 작품 해설

〈소년의 비애〉 (「청춘」 8호, 1917. 6)

〈소년의 비애〉는 18세 청년인 문호(文浩)가 주인공이다. 동경 유학생인 그는 여러 사촌누이들 중에서도 유독 난수를 사랑하고 아꼈지만 난수는 바보 신랑을 맞아 시집가고 만다는 것이 소설의 줄거리이다. 훌륭한 가문의 아들인 문호가 종매(從妹)들 중에서 난수를 아끼는 이유는 그녀가 똑똑하면서도 감성적인 성격의 소유자라는 데에 있다. 문호가 종매들을 사랑한만큼 종매들도 그를 따른다. 문호가 마을에 올 때면 온 집안이 모여들고 종매들은 문호의 이야기에 온 정신을 기울이는 것이다. 하지만 동경 유학중인 문호가 방학을 틈타 귀국했을 때 상황은 달라진다. 난수는 이미 바보 신랑을 맞아 시집을 갔으며, 그것을 안타깝게 바라보던 자신도 이미 조혼을 해서 아들까지 가진 사람이었기 때문이다.

춘원이 일본 조도전대학 유학 시절에 썼다는 점에서, 또 주인공인 문호가 1차 유학 때의 명치학원 시절의 작가와 여러 면에서 닮았다는 점에서 이 작품은 자전적인 소설로 보인다. 〈사랑인가〉(1909. 12)에서 동경 유학 중인 고아로 미사오라는 같은 중학생(남자)을 사랑하다 실연당해 철도 자살을 꾀하는 주인공 문길을 통해 1차 유학 시절(명치학원 시절)의 자신을 형상화했던 작가는 주인공 문호를 통해 다시한번 명치학원 시기의 내면 세계를 그려 내고 있는 것이다. 단지 〈소년의 비애〉에서 사랑의 대상이 남자가 아닌 여성, 누이동생으로 변했을 뿐이다. 또한 철도 자살이라는 극 단적인 해소책을 찾지는 않는다는 점이 달라졌을 뿐이다. 하지만 〈사랑 인가〉와 〈윤광호〉로 이어지는 작가의 '사랑'에 대한 집착은 이 작품에서도 변함이 없다. 사랑의 대상을 상실한 비애감이 행간(行間)에 고스란히 배어 있기 때문이다. 이 같은 작가의 사랑에 대한 강한 집착 내지 사랑에 대한 기갈증(飢渴症)은 어디서 비롯 되었을까? 이는 아마도 11살 때 콜레라로 부모를 잃고 삼 남매가 일시에 고아가 되어 외가와 재당숙 집을 전 전하며 살았던 불우한 유년 시절과 깊은 관련이 있을 것이다.

〈거룩한 죽음〉(「개벽」, 1923. 3)

상해에서 열정적으로 독립운동을 하던 춘원은 1921년 3월 스승인 안창 호에게조차 알리지 않고 몰래 압록강을 건너 고국에 돌아온다. 국내 여론 이 안 좋았음은 당연했다. 도산이 우려한 대로 변절자라는 소리를 들어야 했던 것이다. 춘원은 한편으로는 〈민족개조론〉 등의 논설을 통해, 한편으 로는 소설을 써서 상해에서 돌아올 수밖에 없었던 자신의 처지를 합리화 하려고 한다. 그 첫 작품이 〈거룩한 죽음〉(「개벽」, 1923. 3)이다.

주인공인 박대여가 관의 추적을 피해 다니는 수운 선생(최제우) 일행을 자신의 집에 모시나 수운 선생은 결국 붙잡혀 처형을 당한다는 것이 이 작품의 줄거리인데, 수운의 인간됨과 성스러움을 소설이라는 도구를 통해

보다 분명히 형상화하려 한 작가의 노력이 곳곳에서 포착된다. 자신을 잡으러 온다는 기별에도 불구하고 다른 접주들과 박대여의 가족을 피신시키는 장면이나, 모진 고문에도 불구하고 신념을 굽히지 않아 감사가 존경심과 두려움을 갖는다는 설정이 그렇다. 특히 대구 감영에서의 사형 장면은 기독교에서 예수의 최후를 연상시킨다. 수운이 제자들에게 최후로 설교하는 장면은 예수의 최후의 만찬에 해당되며, 수운의 사형 장면은 예수의 십자가 처형 장면에 각각 대응되고 있기 때문이다.

춘원은 감동적인 수운의 처형 장면을 형상화하여, 개인을 초월하여 보다 큰 일을 위해 자신을 희생하기를 두려워하지 않았던 자신을 독자들이 알아주기를 바랐던 것이다. 수운의 후광을 업고 상해에서 돌아온 자기 자신의 처지를 합리화하고 있는 셈이다. 어린 시절 고아였던 그를 공부시키고 유학까지 보내 준 것이 동학당이었다. 그런데 귀국 후 여러 면에서 어려움에 처했던 춘원이 동학(천도교)의 기관지인 〈개벽〉을 통해, 그것도 교주(최제우)의 형상을 빌려서 새로운 국면을 모색하려 했다는 사실이 흥미롭다.

〈가실〉(「동아일보」, 1923. 2. 12~23)

〈가실〉은 신라시대의 설화를 소재로 한 작품으로, 신라 말에 가실이라는 청년이 사랑하는 여자를 위해 그 부친 대신에 군에 들어간다. 일 년 후에 결혼하기로 했으나 그는 고구려의 낭비성을 공격하는 도중에 부상을 당하고 잡혀 종으로 팔린다. 성실함으로 주인영감과 동리 사람들의 사랑을 받는다. 그는 주인영감에게 사정을 말하고 6년 만에 고향으로 향하는 뱃길에 오른다는 이야기이다. 줄거리에서 보듯 가실이라는 주인공은 범상한 인물이 아니다. 장인 될 사람을 위해 병역을 대신 나가거나, 적으로 하여금 포로이자 노예인 자신을 아끼도록 만드는 일은 아무나 할 수 있는 것이 아니기 때문이다. 그 성실성과 희생정신은 능히 사람을 매혹시키는 바가 있다.

그런데 춘원은 가실의 이 성실성과 자기 희생의 정신을 통해서 무엇을 말하고자 했던 것일까? 언뜻 보면 성실성과 인간미를 잃고 이기적인 삶을 살아가는 당대 조선의 모든 군상들을 겨냥한 통렬한 꾸짖음인 듯도 하지만, 좀더 꼼꼼히 작가의 의도를 재구성해 보면 우리는 그 이상의 것을 발견하게 된다. 〈가실〉의 창작이 시기적으로 〈거룩한 희생〉에 잇대어 있다는 점을 주목하면 예리한 독자는 〈가실〉이 상해에서 돌아온 자신을 합리화하려는 춘원의 숨겨진 의도를 발견할 수 있을 것이다. 다시 말해 작가는 가실의 모습에 조국을 위해 2·8 독립선언서를 안고 상해로 가서 그곳에서 온힘을 다해 독립운동에 전념했던 자신의 모습이 겹쳐지기를 바랐고, 상해에서 돌아온 자신을 6년 만에 고향으로 향하는 가실로 보아 주기를 바랐다는 것이다.

춘원은 아버지인 조국을 위해서 적국인 상해로 가서 포로 생활과 다름 없는 두 해를 보냈고, 조국과의 약속을 위해서 돌아와야 했다고 스스로를 합리화하고 있었는지도 모른다. 하지만 이런 생각은 국내 여론과는 상당히 동떨어진 것이다. 누가 보더라도 임시정부가 있는 상해가 적국일 수는 없으며, 임시정부의 대변인 노릇 하는 것이 포로 생활일 수는 없기 때문이다. 사리 분별이 명석했던 춘원이 이런 논리적 모순을 몰랐을 리 만무하지만 어찌 보면 이것은 춘원이 그런 불합리를 감행할만큼 위기감을 느끼고 있었음을 증명하는 것이기도 하다. 실제로 춘원은 〈가실〉을 자신의 본명을 숨긴 채 'Y생'이라는 익명으로 발표했다.

〈사랑에 주렸던 이들〉(「조선문단」 4호, 1925. 1)

〈사랑에 주렸던 이들〉(1925. 1)은 〈혈서〉(1924. 10), 〈H군을 생각하고〉(1924. 11), 〈어떤 아침〉(1924. 12)에 이어 「조선문단」에 실린 작품으로 줄거리를 요약하면 다음과 같다. 고아인 '나'는 주위 사람들의 도움을 받고 목사가 되기 위해 동경의 C 학원 신학부에 입학하였다. '나'가 형이라 부르는 친구 집에서 그의 누이와 셋이 함께 생활하게 된다. 학업에 열중하던 '나'는 그의 누이를 사랑하게 되고, 그녀를 탐내던 김씨가 계교를 써서 집에 함께 기거하게 된다. 그 김씨가 밤중에 몰래 그녀의 방에 침입한 사건이 발생하자, 그 누명을 '나'가 뒤집어쓰고 만다. 졸지에 파렴치하고 의리를 원수로 갚는 색한(色漢)으로 몰린 '나'는 한 마디 변명의 여지도 없이 그 집을 나온다. '나'는 학업도 버리고 만주 일대로 노동판에서 자신을 학대하며 지내다가 착한 창녀를 만난다. 그녀와 함께 삶의 의의를 되찾는다는 것이 작품의 결말이다.

여러 모로 다른 세 작품을 아우르고 있는 이 작품에 대해 흔히 가장 춘원다운 소설이라는 평가를 내린다. 우선 춘원의 거의 모든 단편들이 그렇듯이 작가의 자전적 요소를 토대로 쓰여진 점을 지적할 수 있다. 주인공 '나'가 누명을 쓰고 괴로워하며 방황한다는 이 이야기는 춘원의 동경 유학 시절의 체험과 밀접히 관련되어 있다. 〈나의 자서전〉에 따르면 춘원은 나경석의 누이 나혜석의 모함(?)으로 인해 동경 유학생간에 평판이 크게 실추되었다. 나경석이 춘원의 애인인 허영숙을 일방적으로 사모해서 비롯된 이 사건을 춘원은 비록 가명을 사용했지만 비교적 상세히 적고 있다. 대범한 사람에게는 그냥 웃고 넘어갈 수도 있는 일일 테지만 섬세하고 예민한 춘원에게는 큰 충격이었으리라. 아마도 이 뼈아픈 기억이 청춘기의 춘원에게 깊은 상처를 남겼고, 이것이 문학적으로 갈고 다듬어진 것이 이 작품인 듯하다.

이 작품이 일찍이 〈어린 벗에게〉(「청춘」, 1917. 7~11)에서 사용한 바 있었던 편지 형식의 호소체를 쓰고 있다는 점도 이 작품의 두드러진 특징이다. 상식적으로 작가가 자신을 둘러쌌던 풍문이 거짓임을 밝히기 위해서는 좀더 객관적인 서술체를 써서 자신을 드러나지 않게 하는 것이 상식이다. 그런데 춘원은 자신을 주인공삼아 그것도 일방적인 호소체로 일관

한다. 자기만이 옳고 정당하며 자신은 피해자라는 것을 감격적인 문체로 호소할 때 독자들은 대부분 다른 목소리를 들어 보아야 한다는 것을 망각한 채, 그것을 진실로 믿게 된다는 사실을 춘원은 알고 있었다. 오히려 이를 효과적으로 이용하고 있는 셈이다.

진실의 여부를 떠나서 한 작가가 독자에게 자신의 이야기를 들려 주고 그것을 진실이라고 믿게 만들 수 있다면 그것은 자체로 탁월한 능력이라고 할 수 있을 것이다. 〈사랑에 주렸던 이들〉은 춘원만이 가진 그 탁월한 방식을 가장 선명하게 보여 주는 작품이라고 할 수 있다.

〈무명씨전 — (A의 약력(略歷)〉(「동광」, 1931. 3~6)

1913년 춘원은 세상을 돌아볼 목적으로 오산을 떠나 상해로 향한다. 나라를 잃은 울분과 일신상의 고달픔에 어쩔 수 없는 방랑이었을 것이다. 그는 북만주 길림성 목릉에서 지사이자 영웅호걸 축에 드는 추정(秋汀) 이갑을 만난다. 이갑은 평양 사람으로 동경의 육군사관학교를 졸업하고 러일전쟁에도 참가했던 인물이다. 1907년 육군 참령이 된 그는 군대 해산(1907) 후에는 도산과 더불어 신민회를 조직했고, 1910년에는 만주로 가서 광복군을 창설하려고 했으나 뜻하지 않게 전신 불수가 되어 목릉에 머물고 있었던 것이다. 안락의자에 기대어 통곡과 좌절과 비분으로 가득 찬 가슴을 억누르는 이 날개 꺾인 애국 지사를 만난 춘원은 그 비장미에 눌려 한 달 동안 그곳에 머물렀다고 〈나의 고백〉에 적고 있다.

〈무명씨전 — A의 약력〉은 바로 이 추정 이갑을 소재로 한 것이다. 춘원은 자신의 문학적 재능으로 이 애국지사를 만천하에 드러내고 싶었을 것이며 이 일이 자신에게 주어진 과제라고 여겼음에 틀림없다. 하지만 도산 안창호를 그린 소설 〈선도자〉(1923)가 검열에 걸려 중단되었듯이 이 작품도 일제의 검열로 인해 완결짓지 못하고 만다. 이갑이 어떤 사람이며, 어떻게 러일전쟁에 참가하게 되었는지, 또 군대 해산의 과정에서 그를 포함한 장교들은 무엇을 했는지 비교적 상세히 그려내던 춘원은 결국 주인공 A(이갑)가 장안 명기 추금을 두고 총리대신과 겨루는 대목에서 붓을 놓고 마는 것이다. 한 애국 지사의 풍운에 가득 찬 삶과 열정 그리고 비분과 절망감이 춘원의 탁월한 문장력을 통해 고스란히 그려질 수 있는 기회가 일제에 의해 사라진 것이다. 그리고 그것은 후대의 독자들이 그의 삶을 어루만지고, 그의 열정에 애정과 찬사를 보낼 수 있는 기회를 동시에 박탈한 셈이다.

〈무명〉(「문장」, 1939. 2)

〈무명〉은 감옥 속의 군상들에 대한 이야기이다. 관찰자인 '나'는 경찰서 유치장에서 함께 있던 잡범 윤씨를 비롯해서 민씨, 정씨, 강씨 그리고 간병부와 한 감방에서 지내게 된다. 민은 어떤 집 마름이었는데 마름을 떼이자 그 분풀이로 새로 마름이 된 사람의 집에 불을 지른 방화범이었고, 윤은 공문서·사문서 위조에 쓰는 도장을 파주었다가 잡혀 온 인물이며, 윤은 이상하게 날마다 사람의 신경을 자극하는 악담을 일삼고, 탐욕스러울 뿐만 아니라 잠자면서도 남을 괴롭히는 묘한 버릇을 가진 사람이었다. 바로 이 인물 탐욕스러운 잡범 윤씨의 죽음에 이르는 과정을 '나'의 눈을 통해서 관찰한 것이 〈무명〉이다.

〈무명〉의 강점은 그 탁월한 심리 묘사다. '나'의 사식 차입으로 윤이 더욱 탐욕스러워지고, 과식으로 인해 병이 악화되는 상황, 사식이 들어오고 비누와 수건 등을 자신의 돈으로 사게 되었을 때의 윤의 도도함, 간병부에게 손으로 만드는 떡을 만들어 바치는 정과 이것을 폭로하는 윤의 행태, 멸치를 둘러싼 인물들의 신경전, 폐병으로 죽음에 임박한 윤과 마지막으로 감옥 마당에서 만나는 장면 등에서 보여지는 잡범들의 내면을 통찰해내는 작가의 능력은 이 소설을 단연 돋보이게 만든다. 감옥 속의 군상들의 내면과 인간성을 〈무명〉만큼 깊이 있게 통찰하여 그려낸 작가는 우리

문학사에서 그때까지는 없었기 때문이다. 카프(조선 프롤레타리아 예술가 동맹)계 비평가인 임화와 김남천조차도 긍정적으로 평가할 정도로, 제1회 조선 예술상을 작가에게 안길 정도로 뛰어난 부분을 〈무명〉은 가지고 있었다. 따라서 〈무명〉을 두고 가장 문학적으로 성공한 작품이라는 작가 자신의 말은 허언이 아니었던 것이다.

〈꿈〉(「문장」, 1939. 7)

〈꿈〉은 화자인 '나'가 아들과 함께 인천 바닷가의 한 호텔에서 하룻밤을 보내다 악몽에 시달리는 내용을 그린 것으로 불교적 관점에서 죄의 속죄를 추상적으로 그려 낸 짧은 단편이다. 서울에서 인천까지 오는 여정과 길가의 풍경, 택시 운전사의 유쾌함 그리고 무엇보다 열한 살 어린 아들과의 정감 넘치는 대화로 '나'는 잠자리에 들 때까지 유쾌했다. 하지만 악몽에 시달리다 깨어난 '나'는 머리가 쭈뼛해지도록 모든 사물이 무섭게만 보인다. 꿈 속에서 그립지만 사랑해서는 안 되는 여인이 흐느끼며 자신을 쫓아오고, 무덤들조차 자신을 둘러싸는 듯한 공포에 질리고 결국 '나무아미타불, 나무관세음보살'을 소리 높이 부르다가 깼기 때문이다.

화자가 어디선가 풍기는 고약한 악취의 출처를 찾다가 결국 그것이 자신의 냄새이며, 자신의 '썩은 혼'의 악취임을 깨닫는다는 설정은 죽어 염라대왕 앞에서 자신의 추악한 과거를 반추할 수밖에 없다는 작가의 불교적 운명관이 투영된 결과라고 볼 수 있다. 이 시기 본격적인 친일의 행보에 나선 작가 춘원의 고뇌와 두려움이 포착되는 대목이기도 하다. 하지만 그렇다고 해서 친일에 협력한 현실을 되돌릴 수 있는 것은 아니다. 화자이자 작가인 '나'에게 그것은 단지 꿈일 뿐이며, 그렇기 때문에 다음 날 언제 악몽에 시달렸나 싶게 화자인 '나'는 아들과 바닷가를 산책하고 보트를 타고 집에 돌아와 딸들을 정겹게 끌어안는다. 악몽을 통해 깨달음을 얻고 자신을 뒤돌아볼 기회를 얻게 되지만 그 깨달음은 현실로 이어지지 못하고,

'나'는 일상의 평범한 즐거움에 몸을 맡기고 마는 것이다. 친일에 대한 춘원의 인간적 고뇌와 두려움이 현실의 장벽을 넘지 못하고 한갓 꿈의 영역에 머물고 마는 것처럼.

〈육장기〉(「문장」, 1939. 9)

〈육장기〉는 춘원을 이해하는 데 있어 무척 중요한 작품이다. 그에게 있어 이 소설은 일종의 전향(轉向) 소설의 모습을 가지고 있는 것으로 스스로 불도의 행자가 되기까지의 과정, 인생 만사에 대한 불교적 통찰, 그리고 결국 그러한 입장을 바탕으로 일제의 전쟁에 참여할 수밖에 없는 필연성을 피력함에 이르고 있기 때문이다. 따라서 이 소설은 양적으로 보아 친일적 요소보다는 불교적 세계관을 논하는 부분이 주를 이루고 있지만 그것은 결국 성전에 참례하는 용사가 되라는 결론에 이르게 됨으로써 오히려 대단히 뿌리 깊은 협력 문학의 특징을 보인다고 말할 수 있다.

'○○군, 나는 집을 팔았소'로 시작되는 이 작품은 '육장'이란 제목에서 알 수 있듯이 집을 판 이야기다. 여기서 집이란 자신이 1934년 손수 지은 홍지동 산장을 말한다. 춘원은 빚 때문에 애써 지은 이 집을 6천 원에 팔아야 했던 자신의 심경을 만주로 떠나 보낸 제자이자 후견인인 박정호에게 띄우는 편지 형식으로 고백하고 있다. 이 편지 형식은 춘원이 즐겨 사용했던 바 춘원다운 것이라고 볼 수 있겠다. 하지만 그 내용은 무척 복잡하고 구성은 다른 작품에서 찾아볼 수 없을 정도로 엉성하고 지리 멸렬하다. '내가 이 집을 팔고 떠나는 따위, 그깟 것이 다 무엇이오.(중략) 뱀과 모기와 파리와 송충이, 지네, 그리마, 거미, 참새, 물, 나무, 결핵균 이런 것들이 모두 상극이 되지 말고 총친화가 될 날을 위하여서 준비하는 것이 우리 일이 아니오' 라며 불교의 대승적 보살행을 부르짖는가 하면 그런 총친화의 세계를 위해서는 '내 나라를 침범한 적국과는 아니 싸울 수가' 없으며 '이 성전에 참례하는 용사가 되지 못하면 생명을 가지고 났던 보람이' 없다고 친일의 냄새를 짙게 풍긴다. 그리고 마지막에 가서는 갑자기 어린 시절 기억 저편에 있던 종매들이 즐겨 부르던 민요를 적더니, 연이어서 《구약 성경》의 〈시편〉을 적어 놓고 있다. 소설이라기보다 생각나는 대로 적은 수필에 가깝다.

어조도 너무 들뜨고 흥분되어 있어서 얼핏보면 춘원의 차분하고 깔끔한 목소리와 너무 다르다고 생각하기 쉽다. 하지만 자신이 손수 지었고 근 6년간 손때가 묻은 집을 빚 때문에 내놓는 춘원의 텅 빈 마음을 생각한다면 전혀 이해 못할 상황도 아니다. 너무나 슬프고 억울한 상황에서 눈물이 나올 수 없듯이, 춘원은 가장 소중한 것을 잃었을 때의 자신의 황량한 내면을 위장된 목소리와 과장된 어조로 고백하고 있는 것이다. 그러기에 〈육장기〉는 간단한 수필이 아니라 작가의 복잡하게 얽힌 내면 세계를 춘원다운 방식으로 풀어 낸 소설인 것이다.

〈영당 할머니〉(발표 연도, 발표지 미상)

〈영당 할머니〉는 절에서 생활하고 있던 내가 영당 할머니를 알게 되고, 오갈 데 없는 C 할머니를 영당 할머니와 같이 지내도록 배려하지만 두 할머니가 화합하여 지내지 못하고 결국 오해로 인해 갈라서게 된다는 9쪽 분량의 짧은 단편이다. 신여성이자 독립운동가였던 C 할머니와 젊어서 교사 노릇도 하고 수십 년 간 부처님을 모신 영당 할머니가 서로를 욕하고 시기하다기 급기야 C 할머니의 쌀자루 사건으로 인해 공동 생활을 청산하게 된다는 설정은 인간이 자신과 다른 인간의 생활 습관이나 사고 방식을 이해하고 배려한다는 것이 그리 만만한 일이 아니라는 것을 말해 주고 있다.

그런데 상대방을 이해하지 못해 빚어지는 사건은 개인과 개인 사이에서만 존재하는 것은 아니다. 집단과 집단 혹은 국가와 국가 사이에서도 언제든 벌어질 수 있는 일이다. 이렇게 볼 때 C 할머니의 시국담은 예사롭게 들리지 않는다. 독립을 집에 빗대면서 일꾼들이 삽은 안 들고 서로의 문패를 붙이려고만 아우성치고 있다고 시국을 꼬집는다. 진정한 독립을 위해서는 할 일이 산재해 있음에도 불구하고 실질적인 일은 하지 않고 패가 갈려 정치적 집권에만 혈안이 되어 있는 현실을 비판하고 있는 셈이다.

C 할머니가 '독립운동'을 했다는 것을 직접 언급한 것으로 보아 이 작품은 해방 후에 쓰인 것으로 보인다. 그리고 관찰자인 '나'는 해방 후 봉 선사와 사능에서 칩거(蟄居)중이던 춘원으로 볼 수 있겠다. 서로 이질적인 두 노인네가 한방에서 지내도록 배려한 화자, 즉 작가의 의도는 분명하다. 서로의 이질감을 극복하고 평화롭게 서로 도우며 살기를 바라는 것, 다시 말해 좌익과 우익이 서로를 인정하고 협력하여 보다 큰 대의인 국가발전을 도모하기를 바란 것이다. 하지만 역사가 좌우익의 극한 대립으로 치달았듯, 두 노인의 화합은 이루어지지 못했다. 관찰자인 '나'가 두 노인네의 헤어짐을 안타깝게 바라볼 수밖에 없었듯이, 춘원은 좌우익의 극한 대립을 그저 바라볼 수밖에 없었던 것이다.

2. 춘원 — 지식인의 자기 거울

춘원 이광수는 1892년 평안북도 정주군 갈산면 익성리에서 태어났다. 어린 시절 콜레라로 부모를 잃고 고아가 된 그는 우연히 동학당의 도움으로 일본 유학을 가고, 조도전(早稻田)대학 철학과의 특대생으로 성장한다. 조국이 일제의 식민지로 전락한 상황에서 오히려 그는 우리 나라 최초의 근대 장편소설 〈무정〉을 통해 당대 최고의 작가로 성장했으며, 이후 수많은 소설과 시 그리고 평론들을 지속적으로 창작하여 독자들을 사로잡았다. 한편 그는 뛰어난 사상가이기도 했다. 나라의 독립을 위해서는 우리 스스로의 힘을 키워야 한다는 실력 양성론의 입장에서 〈우리의 이상〉,

〈소년에게〉, 〈민족개조론〉 등의 수많은 정치적 논설들을 썼을 뿐만 아니라, 도산 안창호가 만든 신민회의 조직원이 되었으며, 후에는 수양동우회를 결성하여 자신의 사상을 실천에 옮기려 노력했던 인물이다.

빼앗긴 조국의 독립을 위해 2·8 독립선언서를 기초했으며, 그 직후인 1919년에는 상해 임시정부의 기관지인 「독립신문」의 편집국장이 되어 독립에 대한 열정을 불살랐다. 「독립신문」에 실린 〈삼일절〉, 〈삼천의 원혼〉(시), 〈칠가살〉, 〈국민개병〉, 〈독립군 승리〉(논설) 등의 글을 대하면 민족과 더불어 영욕을 함께 한 피끓는 지성인이자 애국자의 존엄하고도 통렬한 분노와 비판의 목소리를 듣는 듯하며, 그의 피끓는 동포애와 슬픔을 추측할 수 있다. 억제할 수 없는 울분과 타는 열정으로 양식과 지성을 오직 민족의 독립을 위해 거짓 없이 토해 낸 한 인간의 민족 화해에 대한 호소와 조국에 대한 사랑의 절규, 그리고 반역자에 대한 냉엄한 질타는 실로 우리의 가슴을 뭉클하게 한다. 조국애와 천재성에서 넘쳐 나오는 유려하고도 힘찬 필치가 당시 절망 속에서 허덕였던 동포들에게 얼마나 큰 감동과 감화를 주었는지는 가히 상상하고도 남는다. 그런 점에서 춘원을 민족의 선각자이자 애국 지사라고 말할 수 있다.

그러나 한편으로 그는 친일파의 거두로 지목되기도 한다. 1939년 김동인과 함께 '북지황군위문'에 협력하여 친일의 행보를 시작한 그는 친일 문학단체인 조선문인협회의 회장이 되고, 1941년 태평양 전쟁이 발발하자 전국을 돌며 친일적 연설을 한다. 무엇보다도 최남선 등과 동경에 가서 조선인 유학생들에게 학병을 권유한 사실은 민족적 분노를 사기에 충분한 것이었다. 같은 시기 춘원의 시나 소설이 그 친일적 본색을 선명하게 드러내고 있음은 물론이다. 〈지원병장행가〉, 〈진주만의 구국신〉(시), 〈내선 일체 수상록〉, 〈학병에게 감사〉, 〈징병과 여성〉(수필)등 내선 일체, 대동아 공영, 황국 신민의 정신을 찬양하고 일제천황에 충성할 것을 다짐하는 그의 글을 접하게 되면 우리는 충격과 분노 그리고 슬픔이 교차하는 복잡한 심정이 되고 만다.

우리가 그의 글을 통해 춘원과 마주했을 때 느끼는 당혹감은 바로 이러한 춘원 문학의 이중적 성격에서 비롯되는 것이다. 섬세한 감각의 결이 그대로 살아 있는 문장과 느낀 바를 감격적으로 전달하는 표현력, 그리고 행간에 숨어 있는 열정과 치열한 작가 의식, 이 모든 것이 춘원 문학을 접한 독자들로 하여금 탄성을 금치 못하게 한 요소들이라면, 역으로 그의 친일 행각은 이런 독자들의 달아오른 마음에 찬물을 끼얹는 것임에 틀림없다. 그의 친일 행각은 용서할 수 없지만 그의 문학적 재능만은 인정해야 한다는 주장이 나오고, 다른 한편에서 문학이란 인간의 진실성을 문제삼는 도구라고 할 때 춘원의 반민족적 행위는 도저히 용서할 수도 용서해서도 안된다는 엇갈린 주장이 나오는 것은 어찌 보면 당연한 일이다. 그래서 누군가는 이광수를 만지면 만질수록 그 증세가 덧나는 그런 상처와 같다고 말했던가. 한국 현대 문학사에 지울 수 없는 흔적을 남겼지만 그의 친일로 한국 정신사에 역시 감출 수 없는 흠집을 만든 사람이 바로 이광수인 것이다.

그러나 그의 친일 행각을 용서할 수 없다고 하더라도 그의 작품을 대하게 되면, 그 양의 방대함과 문학적 탁월함에 절로 감탄이 나오는 것은 필자만의 경험은 아닐 것이다. 그리고 '내가 만약 춘원이었다면 그보다는 낫게 살아 낼 수 있었을까?' 스스로에게 자문해 본다면 선뜻 그렇다고 말할 수 있는 사람은 얼마나 될지 알 수 없다. 이광수의 친일에 대해 날카로운 비판의 글을 쓴 한 사람이 '내가 내심으로 현실을 비난할 수밖에 없는 한 이광수마저 비난할 자격이 없다는 것이 솔직한 고백이다. 이것은 어떤 면으로든 비굴한 일이다. 그러나 비굴함밖에 선택의 여지가 없을 때 우리는 어떻게 해야 할 것인가. 지식의 불신에 가세해야 할 것인가. 자포 자기의 순응주의로 굴러가야 할 것인가'라고 진술했던 것은 그의 솔직한 심정이었을 것이다.

이광수의 친일행각에도 불구하고 그의 문학적 역량과 문학사적 위치에 대해 관심을 기울이는 것은 일제의 가혹한 탄압과 끈질긴 회유에도 불구하고 그 신념을 꺾지 않았던 만해 한용운, 이육사와 윤동주 앞에서 친일파인 이광수를 어줍잖게 변호하는 듯이 보일 수도 있다. 막상 당사자들은 그들 앞에서 감히 변명의 입을 열지 못했을지도 모르는데 말이다. 허나 어찌 일제 암흑기의 불꽃 같은 그들을 욕되게 할 마음을 품을 수 있겠는가? 다만 삶이란 생각처럼 그렇게 흑백으로 분명히 갈리는 것은 아니며, 따라서 한 인간의 삶을 실패라고 규정하더라도 그 삶 속에는 분명 우리가 배울 것이 있다는 것도 또한 진실이다.

어쨌든 한때 애국 혼에 불탔던 그가 변절자에 주었던 경멸과 비난을 고스란히 그가 돌려받게 되었으니 역사는 실로 아이러니컬한 것이다. 비할 바 없는 애국의 화신이라고 말해도 부끄럽지 않았던 그가 결국은 절개를 지키지 못했으니 이는 그의 인간적인 실패일 뿐만 아니라 우리 민족의 손실이며 아픔이라고 하지 않을 수 없다. 이처럼 춘원이 우리시대가 간직하고 있는 아픈 상처인 한, 그는 이래저래 한 시대를 살아가는 지식인들에게 자신을 돌아보게 만드는 훌륭한 거울인 셈이다.

이광수 연보

* 이 내용은 김윤식, 〈이광수와 그의 시대〉의 연보를 발췌 요약한 것임.

1892년 2월 초일(양력 2월 28일) 인 시, 평안북도 정주군 갈산면 익성
리 940번지 돌고지에서 이종원(42)과 3취부인 충주김씨(23)를
부모로 전주이씨 5대 장손으로 태어남. 아명 보경(寶鏡).

1897년(6세) 첫째 누이동생 애경 태어남. 외조모 양씨 별세.

1899년(8세) 동리의 글방에서 한학을 수학함.

1900년(9세) 둘째 누이동생 애란(愛蘭) 태어남.

1902년(11세) 8월 부모가 콜레라로 사망, 3남매가 일시에 고아가 됨.

1903년(12세) 10월 둘째 누이 이질로 요사(夭死). 12월 동학당에 가입. 박
찬명 대령 집에서 기숙하여 심부름을 함.

1904년(13세) 8월 정주읍에서 동학도인이 조직한 진보회에 가입. 9월 상
경하나 서조모 별세. 다시 귀향.

1905년(14세) 2월 상경하여 삭발. 6월 일진회가 만든 학교에 입학. 유학
생으로 뽑혀 도일(渡日). 동해의숙(東海義塾)에서 일어를 배움.

1906년(15세) 3월 대성중학교 입학. 동급생인 홍명희(19)를 만남. 일시 귀
국.

1907년(16세) 2월 다시 도일, 백산학사(예비학교)에 들고, 명치학원 보통부 3학년에 편입. 문일평 등과 만남.

1908년(17세) 명치학원 급우 산기준부(山岐俊夫)의 권유로 톨스토이에 심취. 홍명희의 소개로 최남선(19)을 만남.

1909년(18세) 木下尙江, 德富蘆花의 글에 심취, 홍명희의 권유로 바이런의 시를 읽어 자연주의 문예 사조를 접함.

1910년(19세) 3월 명치학원 졸업. 남강 이승훈의 초청으로 오산학교 교원이 됨. 7월 백혜순과 결혼.

1911년(20세) 1월 105인 사건으로 이승훈이 구속되자 학감으로 취임. 11월 세계 여행을 목적으로 학교를 떠나 상해로 향함.

1913년(22세) 8월 장남 진근(震根) 태어남. 김성수의 도움으로 도일, 조도전대학 고등예과에 편입함.

1915년(24세) 1월 북만주에서 이갑을 만남. 김성수의 도움으로 도일, 조도전대학 고등예과에 편입함.

1916년(25세) 9월 조도전대학 대학부 문학과 철학과에 입학. 12월 「매일신보」로부터 신년 소설(장편)을 청탁받고 제목을 〈무정〉이라고 정함.

1917년(26세) 4월 조대 철학과에서 특대생으로 진급. 유학생회에서 허영숙과 만남. 6월 〈무정〉 연재 끝냄. 11월 〈개척자〉를 「매일신보」에 연재 시삭.

1918년(27세) 9월 〈신생활론〉을 「매일신보」에 연재. 백혜순과 이혼에 합의 10월 동경에서 귀국, 허영숙과 북경으로 애정 도피를 함. 12월 조선 청년독립단에 가담하다.

1919년(28세) 2월 선언서 배포를 위해 상해로 탈출. 신한 청년당의 조직에 가담. 8월 주요한 등의 힘을 빌어 임시정부 기관지 「독립신문」의 사장 겸 편집국장에 취임.

1920년(29세) 4월 홍사단에 입단하다.

1921년(30세) 2월 허영숙 상해로 감. 3월 압록강을 건넜으나 일경에 체포, 불기소 석방. 김억의 소개로 염상섭과 알게 됨. 5월 허영숙과 정식으로 결혼. 삼종제 이학수 불문으로 출가.

1922년(31세) 2월 수양동우회를 발기하다. 9월 경성학교, 경신학교 등에 영어 강사로 출강함.

1923년(32세) 5월 「동아일보」에 입사. 8월 금강산 유점사에서 삼종제 이학수를 만남. 12월 〈허생전〉을 「동아일보」에 연재하다.

1924년(33세) 1월 「동아일보」 연재 사설 〈민족적 경륜〉이 물의를 일으켜 일시 퇴사하다. 4월 비밀리에 북경을 방문하여 안창호의 담론을 필기해 오다. 8월 김동인, 김소월 등과 '영대' 동인이 되다. 10월 방인근이 만든 「조선문단」을 주재하다.

1925년(34세) 2월 과로로 병이 나다. 7월 병든 몸으로 〈재생〉 연재를 계속하다. 신병으로 「조선문단」의 주재를 사퇴하다. 10월 안도산의 지시로 수양동맹회와 동우구락부의 합동을 교섭하다.

1926년(35세) 1월 양주동과 문학관에 관하여 처음으로 지상(紙上) 논쟁을 벌임. 수양동우회 발족. 5월 「동광」을 창간하여 주요한과 진력하다.

1927년(36세) 1월 숙환으로 반 년 간 고생. 5월 차남 봉근(鳳根) 출생. 9월 신병으로 동아일보사 편집국장 사임.

1928년(37세) 1월 경의전 병원으로부터 퇴원. 11월 「동아일보」에 〈단종애사〉연재.

1929년(38세) 5월 신장 결핵 수술을 받다. 9월 3일 3남 영근(榮根) 태어나다. 12월 「단종애사」 연재를 마치다.

1930년(39세) 1월 〈군상〉 3부작으로 〈혁명가의 아내〉를 「동아일보」에 연재. 5월 이충무공 유적 순례의 길을 떠나다. 11월 〈삼봉이네 집〉(〈군상〉 3부)을 「동아일보」에 연재함.

1931년(40세) 3월 이갑을 모델로 〈무명씨전〉을 연재하여 다시 당국의 주
목을 받음. 6월 일제당국의 저지로 〈무명씨전〉 연재 중단되다.
임종의 최학송(최서해)을 찾아보다.

1932년(41세) 4월 농촌 계몽 소설 〈흙〉을 「동아일보」에 연재. 6월 안도산
이 서울로 호송됨을 보고 크게 낙담하다.

1934년(43세) 2월 아들 봉근을 패혈증으로 잃다. 5월 조선일보사 부사장
직 사임. 7월 소림사에 칩거, 불서에 열중.

1935년(44세) 1월 차녀 정화(廷華) 태어남. 2월 안도산 가출옥. 9월 안도
산과 더불어 개성 만월대 등지를 주유함.

1936년(45세) 1월 「경성일보」 사장, 阿部充家의 장례식에 참가. 5월 일본
에 간 가족들을 만나러 도일, 일본 작가들과 만나다. 단 하나의 누
이동생이 만주에서 죽다.

1937년(46세) 6월 동우회사건으로 종로서에 유치되다. 안도산 검거되어
서울로 호송되다. 12월 병 보석으로 출감.

1938년(47세) 1월 병상에서 시작(詩作)으로 소일. 3월 안도산의 서거 소식
을 듣고 통탄하다. 6월 동우회 사건 심문받다.

1939년(48세) 5월 전작 〈세종대왕〉의 집필에 착수. 6월 김동인 등과 '북
지황군위문'에 협력, 친일의 제1보를 딛다. 12월 동우회 사건 1심
에서 7년 구형되나 무죄 선고. 친일 문학 단체 조선문인협회 회장
이 되다.

1940년(49세) 1월 심한 경제적 곤란. 형사 사건에 관련중임을 구실로 조선
문인협회를 탈퇴하다. 3월 향산광랑(香山光郎)으로 창씨 개명. 8월
동우회 사건 2심에서 최고형 5년을 받다. 10월 조선총독부로부터
저작의 재검열을 받아 〈흙〉, 〈무정〉 등이 발매 금지.

1941년(50세) 11월 동우회 사건 무죄판결. 12월 일본군의 진주만 공격으

로 태평양 전쟁 일어남. 각지 돌며 친일 연설.

1942년(51세)   3월 장편 〈원효대사〉를 「매일신보」에 연재하고 10월 연재를 끝내다. 11월 제1회 대동아문학자대회(동경) 유진오, 박영희와 함께 참가.

1943년(52세)   4월 조선문인보국회 이사. 〈징병제도의 감격과 용의〉, 〈학도여〉를 써서, 학도병 지원을 권장하다. 12월 최남선과 함께 조선인 학생에 대한 학병 권유차 동경에 다녀오다.

1944년(53세)   3월 양주군 진건면 사능리에 농가를 짓고 박정호와 농사를 짓다. 8월 제3회 대동아문학자대회(중국 남경)에 김팔봉과 함께 참가. 11월 저작의 전부가 조선총독부에 압수되어 발간 중지되다.

1945년(54세)   8월 일본의 패망을 사능에서 알다. 부인 허영숙의 피신 종용을 일축하다. 허영숙, 두 딸만을 데리고 상경. 9월 사능에 계속 칩거하며 독서와 영농으로 소일함.

1946년(55세)   1월 돌베개를 베어 온 탓으로 안면 신경마비와 고혈압으로 고생. 4월 이학수, 정치를 버리고 봉선사에서 광동중학을 설립하다. 5월 부부가 함께 종로구 호적계에 나타나 가족 및 재산 보호를 목적으로 합의 이혼하다. 9월 운허당 이학수를 찾아 양주 봉선사로 들어가다. 광동중학에서 영어와 작문을 가르치다. 〈산중일기〉를 쓰다. 10월 〈죽은 새〉를 쓰다.

1947년(56세)   1월 흥사단의 청함을 받아 사능으로 돌아와 전기《도산 안창호》의 집필에 착수함. 6월 수필 〈제비집〉, 〈나는 바쁘다〉를 사능에서 집필.

1948년(57세)   8월 자전 고백기 〈나의 고백〉의 붓을 들다. 9월 친지와 가족의 권고로 사능을 떠나 효자동 집으로 돌아옴.

1949년(58세)   2월 반민법에 걸려 육당과 함께 서대문 형무소에 수감, 병보석으로 출감. 3월 두문 불출하며 시작(詩作)을 일삼는 한편, 이상

협의 청탁으로 전작 〈사랑의 동명왕〉집필을 시작. 8월 반민특위
의 불기소로 자유로워지다.

1950년(59세) 1월 장편 〈서울〉「태양신문」에 연재(미완). 3월 유작 〈운
명〉을 집필. 6월 고혈압과 폐렴으로 다시 병석에 눕다. 7월 효자
동집이 공산군에 의해 차압되다. 내무서에 끌려가 심문을 받다. 12
일 공산군에게 납북되다.

Hye Won World Best

Hye Won World Best